Deborah Crombie

Das Hotel im Moor

BUCH Von seiner aufreibenden Arbeit bei Scotland Yard völlig ausgebrannt, begibt sich Inspektor Duncan Kincaid für eine Woche nach Yorkshire, um sich in einem noblen Feriengästehaus zu erholen. Als Vertretung vor Ort läßt er Sergeant Gemma James, seine junge und ebenso praktische wie fähige Mitarbeiterin, zurück. Doch kaum hat es sich Kincaid im Hotel am Moor gemütlich gemacht, liegt schon ein toter Hotelangestellter im Swimmingpool. Die Reihen der Feriengäste beginnen sich zu lichten, als eine schrullige alte Dame erschlagen aufgefunden wird. Kincaid übernimmt den Fall. Wenngleich die Morde in keinem Zusammenhang zu stehen scheinen, ist er fest überzeugt, daß er den Täter unter den Gästen suchen muß. Er schaltet Gemma James in London ein. Mit ihrer Hilfe stößt er auf ein verblüffendes Motiv.

AUTORIN Deborah Crombie hat sich von jeher für England und englische Kriminalgeschichten interessiert. Nach Collegebesuch und einigen Berufsjahren als Journalistin und Werbetexterin heiratete sie einen Schotten und zog nach Edinburgh. Zur Zeit lebt sie in der Nähe von Dallas, Texas, wo sie auch aufgewachsen ist, und arbeitet an ihrem zweiten Buch – mit Duncan Kincaid und Gemma James in den Hauptrollen.

Außerdem von Deborah Crombie als Goldmann Taschenbuch erschienen:

Alles wird gut (42666)

Deborah Crombie

Das Hotel im Moor

Kriminalroman

Aus dem Englischen
von Mechtild Sandberg-Ciletti

GOLDMANN VERLAG

Die Originalausgabe erschien unter dem Titel
»A Share in Death« bei Charles Scribner's Sons, New York

Umwelthinweis:
Alle bedruckten Materialien
dieses Taschenbuches
sind chlorfrei und umweltschonend.

Der Goldmann Verlag
ist ein Unternehmen der Verlagsgruppe Bertelsmann

Umschlaggestaltung: Design Team München
Made in Germany · Verlagsnummer 43108

ISBN 3-442-43108-5

I

Duncan Kincaids Urlaub in Yorkshire fing verheißungsvoll an. Gerade als er in die schmale, von hohen Hecken eingefaßte Landstraße einbog, brach ein Sonnenstrahl durch die Wolken und erhellte, als hätte jemand einen himmlischen Scheinwerfer eingeschaltet, ein Stück sanft gewelltes Hochmoor.

Trockenmauern zogen sich wie blasse Runen über das leuchtende Grün der Weiden, auf denen lichtglänzende Schafe grasten, ohne sich um ihre Bedeutung für die Komposition zu kümmern. Die Szene schien aus Zeit und Raum herausgehoben, und er hatte den Eindruck, ein lebendes Bild vor sich zu sehen, das Bild einer fernen, unerreichbaren Welt. Die Wolken schoben sich wieder zusammen; so rasch wie sie aufgeleuchtet war, erlosch die Vision, und ein merkwürdiges Frösteln des Verlusts überlief ihn bei ihrem Verschwinden.

Das muß die Schufterei der letzten Wochen sein, dachte er und schüttelte das vage Gefühl dunkler Vorahnung ab. Offiziell verlangte New Scotland Yard von keinem seiner frischgebackenen Superintendenten, daß sie rackerten bis zum frühen Herzinfarkt, aber der August war in den September übergegangen, und die Überstunden hatten sich angesammelt. Irgend etwas war immer dazwischengekommen, und der letzte Fall war besonders scheußlich gewesen.

Eine ganze Serie von Leichen im ländlichen Sussex, lauter Frauen, alle auf die gleiche Weise verstümmelt – der größte Alptraum eines Kriminalbeamten. Sie hatten ihn schließlich gefaßt, einen Perversen übelster Sorte, aber es gab keine Garantie, daß die Beweise, die sie in mühsamer Kleinarbeit zusammengetragen hatten, einen Haufen pflaumenweicher Geschworener überzeugen würden. Und die Sinnlosigkeit des Ganzen machte den größten Teil der Befriedigung darüber, den Berg von Schreibarbeit bewältigt zu haben, zunichte.

»Einen amüsanteren Samstagabend könnte ich mir gar nicht vorstellen«, hatte Gemma James, Kincaids Sergeant, am Abend zuvor gesagt, als sie sich durch die letzten Akten geackert hatten.

»Sagen Sie das mal der Werbeabteilung. Ich glaube, der Gedanke ist denen noch gar nicht gekommen.« Kincaid lachte sie über den vollgepackten Schreibtisch hinweg an. Gemma mit dem vor Müdigkeit schneeweißen Gesicht und den dunklen Schatten unter den Wangenknochen wäre in diesem Moment keine Zierde für ein Werbeposter der Polizei gewesen.

Sie blähte die Wangen auf und blies zu den feinen roten Haarsträhnen hinauf, die ihr in die Augen hingen. »Sie haben's gut, Sie bekommen jetzt mal eine Woche lang nichts von allem zu hören und zu sehen. Schade, daß wir nicht alle Vettern mit schicken Ferienwohnungen haben.«

»Entdecke ich da eine Spur Neid?«

»Sie fahren ja morgen nur nach Yorkshire, während ich nach Hause fahre, um die Wäsche der letzten Woche zu waschen und mal wieder einzukaufen – wieso sollte ich da neidisch sein?« Gemma lächelte gutgelaunt wie meistens, aber als sie wieder sprach, lag ein Anflug von mütterlicher

Besorgnis in ihrer Stimme. »Sie sehen echt fertig aus. Es ist wirklich Zeit, daß Sie mal Urlaub machen. Das wird Ihnen bestimmt guttun.«

Soviel Fürsorglichkeit von einer Frau, die zehn Jahre jünger war als er, amüsierte Kincaid, aber er fand sie neu und angenehm. Er hatte diese Beförderung mit großem Einsatz angestrebt, weil er gewußt hatte, daß der neue Posten ihm erlauben würde, endlich wieder vom Schreibtisch weg zur praktischen Arbeit zu kommen. Aber allmählich schien ihm, daß das Beste an dieser Beförderung Gemma James war, die man ihm als Sergeant zugeteilt hatte. Gemma war Ende Zwanzig, geschieden und hatte einen kleinen Sohn, den sie allein aufzog; hinter ihrem gutmütigen Naturell verbargen sich, wie Kincaid langsam entdeckte, ein scharfer Verstand und viel Ehrgeiz.

»Ich glaube nicht, daß es unbedingt mein Fall ist«, sagte er, während er die letzten losen Blätter in einen Hefter schob. »Ein *timesharing*-Apartment.«

»Und Ihr Vetter hat das für Sie organisiert?«

Kincaid nickte. »Seine Frau erwartet ein Kind, und der Arzt hat im letzten Augenblick entschieden, daß es doch besser ist, wenn sie nicht verreist. Und da haben die beiden an mich gedacht, weil sie die Woche nicht einfach sausenlassen wollten.«

»Fortuna«, konterte Gemma in scherzhaftem Ton, »hat wirklich eine Art, immer die zu beschenken, die es am wenigsten verdienen.«

Zu müde für den gewohnten Abstecher ins Pub, war Gemma an diesem Abend direkt nach Leyton hinausgefahren, und Kincaid hatte sich in seine Wohnung in Hampstead geschleppt und den traumlosen Schlaf des total Erschöpften geschlafen. Und nun – ganz gleich, ob er es verdiente oder nicht – war er entschlossen, aus diesem unerwarteten Geschenk das Beste zu machen.

Als er, immer noch unsicher, ob er sich auf dem richtigen Weg befand, auf einer Anhöhe anhielt, kam die Sonne ganz durch und brannte heiß auf das Verdeck des Wagens. Plötzlich war es ein vollkommener Septembertag, warm und golden und voller Verheißung. »Ein gutes Omen für einen Urlaub«, sagte er laut und spürte förmlich, wie ein Teil seiner Schlappheit von ihm abfiel. So, jetzt brauchte er nur noch Followdale House zu finden. Der Wegweiser für Woolsey-under-Bank zeigte direkt über eine Schafweide hinweg. Besser, er warf noch einmal einen Blick in die Karte.

Er hatte den Ellbogen im offenen Fenster des Midget und atmete bewußt den würzigen Duft der Hecken ein. Er fuhr langsam und hielt nach einem Anzeichen dafür Ausschau, daß er auf dem richtigen Weg war. Die Straße führte in Windungen an verstreut liegenden Bauernhöfen mit behäbigen, solide gebauten Häusern aus dem grauen Schiefer Yorkshires vorbei, und über ihnen zogen sich einladend Ausläufer bewaldeten Landes vom Hochmoor in die Weiden hinein. Kühle Nächte mußten diesem plötzlichen Auflodern spätsommerlichen Glanzes vorausgegangen sein, denn das Laub der Bäume färbte sich schon, Kupfer und Gold mit einem gelegentlichen Klecks Grün gesprenkelt. In der Ferne, oberhalb des Flickenteppichs von Feldern und Weiden und Moorlandschaft, stieg das Gelände steil zu einer hohen Wand an.

Als Kincaid die nächste Kurve umrundete, sah er sich plötzlich am Rand eines Bilderbuchdorfs. Kleine Steinhäuser, typische Cottages, säumten die Straße, und aus Töpfen und Kästen fielen Geranien und Petunien in farbigen Kaskaden zur Straße hinunter. Zu seiner Rechten stand ein wuchtiger Stein mit der Aufschrift »Woolsey-under-Bank«. Die hohe Steilwand, die jetzt direkt hinter dem Dorf in die Höhe zu ragen schien, mußte Sutton Bank sein.

Ein paar Meter weiter zeigte sich durch eine Lücke in der hohen Hecke ein steinerner Torpfosten mit einem eingelegten Messingschild. »Followdale« stand darauf, und unter dem Namen war eine voll erblühte Rose auf leicht gebogenem Stengel eingraviert. Kincaid stieß einen tonlosen Pfiff aus. Sehr vornehm, in der Tat, dachte er, als er den Wagen durch das schmale Tor lenkte und auf dem gekiesten Vorplatz anhielt. Er betrachtete Haus und Park überrascht und erleichtert. Er wußte selbst nicht recht, was er von einem englischen *timesharing*-Hotel erwartet hatte, verpflanzte Costa del Sol vielleicht oder prätentiöse viktorianische Wuchtigkeit. Ganz sicher nicht dieses georgianische Haus – elegant und beeindruckend in seiner Schlichtheit –, das in honigfarbenem Glanz im Licht des späten Nachmittags stand. Efeu nahm dem unteren Mauerabsatz die Strenge, und wilder Wein leuchtete in kräftigem Rot am oberen Teil des Hauses.

Bei näherem Hinsehen zeigte sich, daß der erste Eindruck trog – das Haus war nicht wirklich symmetrisch, wenn auch das von einem Giebelfeld gekrönte Portal rechts und links von je einem Seitenflügel flankiert war; die linke Seite des Hauses war geräumiger und ragte in den Vorplatz hinein. Er fand diese Illusion von Ausgewogenheit angenehm, nicht so streng im Anspruch wie echtes Ebenmaß.

Er nahm sich einen Moment Zeit, um seine Glieder zu strecken, ehe er aus seinem alten MG Midget stieg. Nur die Tatsache, daß die Sprungfedern im Fahrersitz schon vor Jahren den Geist aufgegeben hatten, verhinderte, daß er beim Fahren mit dem Kopf ans Verdeck stieß. Er blieb stehen und sah sich um. Im Westen eine Reihe niedriger Bungalows, aus dem gleichen goldbraunen Stein gebaut wie das Haus, im Osten gepflegter Park im Schatten des Sutton Bank.

Wohlgefühl schien durch jede Pore in seinen Körper zu sickern, und erst als er merkte, wie langsam und tief er atmete, wurde er sich bewußt, wie angespannt er gewesen war. Er verbannte die letzten hartnäckigen Gedanken an Arbeit, holte seinen Koffer aus dem Kofferraum und ging zum Haus.

Die schwere Eichentür war nur angelehnt. Sie öffnete sich unter Kincaids Berührung, und er fand sich im typischen Vorsaal eines Landhauses, komplett mit Gummistiefeln und Schirmständer. Im Flur dahinter stand auf einem Seitentisch eine chinesische Vase mit Chrysanthemen, deren Bronzetöne sich mit dem Scharlachrot des gemusterten Teppichs bissen. In der stillen Luft hing ein Geruch nach Möbelpolitur.

Durch eine halboffene Tür zu seiner Linken konnte er die Stimme einer Frau hören. Sie sprach abgehackt, mit einer Art wütender Präzision. »Jetzt hören Sie mal, Sie widerlicher kleiner Schnüffler. Ich sag's Ihnen zum letzten Mal, hören Sie endlich auf, mich zu bespitzeln. Ich hab's satt, Sie dauernd dabei zu erwischen, wie Sie rumschnüffeln, wenn Sie meinen, keiner merkt's.« Kincaid hörte die Frau nach Luft schnappen. »Was ich in meiner Freizeit tue, geht niemanden etwas an. Sie können von Glück reden, daß Sie's bis dahin gebracht haben, wo Sie jetzt sind, bei

Ihrer Ausbildung und Ihren besonderen Eigenschaften!« Sie legte Nachdruck auf die beiden letzten Worte. »Aber verlassen Sie sich drauf, ich werde dafür sorgen, daß Sie auch nicht einen Schritt weiterkommen. Sie haben sich getäuscht, wenn Sie sich eingebildet haben, Sie könnten einfach über mich hinwegsteigen.«

»Das ist nun wirklich das letzte, was ich will!« Kincaid mußte unwillkürlich lächeln über das Innuendo in der Erwiderung des Mannes. »Hören Sie doch auf, Cassie. Was soll der Quatsch, hm? Nur weil Sie mit List und Tücke den Posten als Geschäftsführerin ergattert haben, sind Sie noch lange nicht der Scharfrichter. Außerdem«, fügte der Mann, der Stimme nach noch jung, mit einem Anflug von Bosheit hinzu, »würden Sie es gar nicht wagen, sich über mich zu beschweren. Mir persönlich ist schnurzegal, was Sie mit den Gästen treiben, aber ich glaube nicht, daß es sich unbedingt mit den Vorstellungen der Geschäftsleitung von einem gepflegten Landurlaub deckt. Ich bin schon echt gespannt, wie Sie das diese Woche hinkriegen wollen. Bäumchen wechsel dich, hm?« Die Stimme war hell und hatte einen leichten nasalen Ton, mit einem Anklang des örtlichen Dialekts.

Lautlos kehrte Kincaid zur Haustür zurück, öffnete sie und schlug sie kräftig zu, ehe er mit raschem Schritt durch den Flur ging, an die halb geöffnete Tür klopfte und sie öffnete.

Die Frau stand mit dem Rücken zum Fenster hinter einem zierlichen Queen-Anne-Tisch, der offensichtlich als Empfang diente. Der junge Mann, mit dem sie gesprochen hatte, lehnte am Pfosten der gegenüberliegenden Tür, die Hände in den Hosentaschen, einen Ausdruck leichter Belustigung auf dem Gesicht.

»Guten Tag. Kann ich Ihnen behilflich sein?« fragte die Frau und lächelte Kincaid mit einer Gelassenheit an, die nichts von der Wut verriet, die sich zuvor noch in ihrer Stimme manifestiert hatte.

»Bin ich hier überhaupt richtig?« fragte Kincaid unsicher.

»Wenn Sie Followdale House suchen, ja. Ich bin Cassie Whitlake, die Geschäftsführerin. Und Sie müssen Mr. Kincaid sein.«

Mit einem Lächeln trat er ins Zimmer und stellte seinen Koffer ab. »Wie haben Sie das erraten?«

»Schlichte Elimination. Der Sonntag ist unser üblicher Anreisetag, und alle anderen Gäste sind entweder schon da oder entsprechen nicht dem, was Ihr Vetter uns über Sie gesagt hat.«

»Es gibt nichts Schlimmeres, als wenn einem ein Ruf vorauseilt. Ich hoffe nur, was Sie gehört haben, war nicht allzu negativ.« Kincaid war erleichtert. Sie hatte ihn nicht mit seinem Titel angesprochen. Vielleicht hatte Jack es ausnahmsweise einmal geschafft, Diskretion walten zu lassen, und er würde seinen Urlaub als ganz gewöhnlicher britischer Bürger genießen können.

»Im Gegenteil.« Sie zog die Augenbrauen hoch. Ihre höfliche Antwort erhielt dadurch einen Hauch von Koketterie, bei dem Kincaid sich mit Unbehagen fragte, was genau Jack über ihn erzählt hatte.

Er musterte Cassie Whitlake mit Interesse. Hätte es jemand wirklich wissen wollen, hätte er auf Anfang Dreißig getippt, aber sie war ein Typ, bei dem es schwer war, das Alter zu schätzen. Sie war groß und feingliedrig, eine auf monochromatische Art aparte Frau. Ihr Haar und ihre Augen hatten die Farbe herbstlichen Eichenlaubs, ihre Haut war milchig hell, ihr einfaches Wollkleid hatte einen etwas intensiveren Farbton als ihr Haar. Ihm schoß der Gedanke durch den Kopf, daß sie die Chrysanthemen im Flur ausgesucht haben mußte – sie paßten vollkommen zu ihr.

Der junge Mann hatte während des kurzen Wortwechsels seine lässige Pose beibehalten und das Gespräch mit raschen Kopfbewegungen, die an die eines Vogels erinnerten, verfolgt. Jetzt zog er die rechte Hand aus der Hosentasche und ging auf Kincaid zu.

»Ich bin Sebastian Wade, zweiter Geschäftsführer oder Lakai unserer Lady Di hier, es kommt auf den Standpunkt an«, sagte er und bot Kincaid die Hand. Er warf einen raschen Blick auf Cassie, um die Wirkung seines kleinen Giftpfeils zu beobachten, dann wandte er sich lächelnd Kincaid zu. In seinem Händedruck schien Kincaid echte Wärme zu liegen. Er fühlte sich von Wades entwaffnender Frechheit mehr angezogen als von Cassie Whitlakes glatter Höflichkeit. Wade war ein zierlicher Mann Ende Zwanzig, mit hellem Haar in modischem Schnitt. Die Haut seines schmalen, zarten Gesichts war narbig, seine Augen waren überraschend dunkel.

Cassie kam um ihren Schreibtisch herum und legte Kincaid ihre kühle Hand auf den Arm. »Ich bringe Sie jetzt zu Ihrer Suite. Und wenn Sie sich eingerichtet haben, zeige ich Ihnen das Haus. Dann werde ich auch alle Fragen, die Sie eventuell haben, beantworten.«

Sebastian Wade hob spöttisch grüßend die Hand, als Cassie Kincaid hinausführte. Er musterte sie, während er langsam hinter ihr herging. Der fließende Stoff ihres Kleides betonte die Konturen ihres Körpers, und der Duft eines schwülen Parfums ging von ihr aus, nicht das, was er bei einer so eleganten und gepflegten Frau erwartet hätte.

An der Treppe drehte sie sich nach ihm um. »Ich finde, Ihr Apartment ist das schönste im Haus. Wirklich schade, daß Ihr Vetter und seine Frau ihren Urlaub in letzter Minute absagen mußten. Aber für Sie ein Glück«, fügte sie hinzu, und wieder nahm er einen Hauch von Koketterie wahr.

»Ja«, antwortete Kincaid und fragte sich flüchtig, wie sein gutmütiger und argloser Vetter sich unter Cassie Whitlakes raffinierten Offensiven gehalten hatte.

Am Ende der Treppe ging es durch einen Flur, der in den hinteren Teil des Hauses führte und vor einer Tür mit der diskret in Messing ausgeführten Nummer vier endete. Cassie sperrte die Tür mit ihrem eigenen Schlüssel auf und ging ihm voraus in den kleinen Vorraum. Kincaid konnte seinen Koffer nicht durch den engen Raum manövrieren, ohne sie zu berühren, und das Lächeln, mit dem sie darauf reagierte, war recht eindeutig.

Aus dem Vorraum gelangte man in das Wohnzimmer, dessen Einrichtung wiederum Cassies Handschrift verriet, jedenfalls was die Farbgebung anging. Sofa und Sessel mit gedrehten Armlehnen, Knöpfen und Fransen waren honiggelb, die Vorhänge olivgrün, und der gemusterte Teppich vereinte in sich die beiden Farben in geometrischen Verschränkungen. Das ganze Zimmer, das komplett aus der Möbelabteilung eines Kaufhauses hätte stammen können, vermittelte den Eindruck solider, anonymer Wohlanständigkeit.

Das, was das Zimmer rettete, war der Balkon. Cassie folgte Kincaid, als er durch das Zimmer ging, seinen Koffer abstellte und die Tür öffnete. Zusammen traten sie auf den schmalen Balkon hinaus. Unter ihnen dehnten sich der Park und die Ländereien von Followdale und führten das Auge zur massigen Silhouette von Sutton Bank in der Ferne.

»Da ist der Tennisplatz.« Cassie wies nach links. »Und das Gewächshaus. Sie können hier Badminton und Krokket spielen oder auch Boccia. Sie können reiten oder wandern. Oh, und natürlich haben wir auch einen überdachten Swimming-Pool. Das ist eine unserer Hauptattraktionen. Ich denke, Sie werden sich bei uns nicht so leicht langweilen.«

»Ich bin überwältigt.« Kincaid lachte. »Wahrscheinlich werde ich vor lauter Entscheidungsschwierigkeiten einen Nervenzusammenbruch bekommen.«

»Hoffentlich nicht. Ich lasse Sie jetzt erst einmal allein, damit Sie sich häuslich niederlassen können. Wenn Sie sich Vorräte anlegen wollen, müssen Sie nur in das Lebensmittelgeschäft hier in der Nähe gehen. Nur ein paar Schritte. Um sechs findet im Salon eine kleine Cocktail-Party statt, um den Gästen Gelegenheit zu geben, einander kennenzulernen.«

»Ich habe leider mit diesem *timesharing*-System überhaupt keine Erfahrung. Kennen sich denn die anderen Gäste nicht schon alle, wenn sie immer dieselbe Woche kaufen?«

»Nicht unbedingt. Erstens kaufen sich immer wieder neue Leute ein. Und außerdem tauschen viele Eigentümer ihre Wochen oder verbringen ihre Zeit anderswo, man weiß also eigentlich nie, wer wirklich kommt. Wir haben beispielsweise in dieser Woche mehrere Gäste, die zum erstenmal hier sind.«

»Gut. Dann bin ich wenigstens nicht der einzige Neuling. Wie viele Gäste haben Sie denn?«

Cassie lehnte sich an das Balkongitter und verschränkte

die Arme. »Im Haupthaus gibt es acht Apartments«, erklärte sie geduldig. »Dazu kommen drei Bungalows in der Dependance. Ich wohne selbst im Augenblick in einem der Bungalows, dem letzten.« Mühelos tischte sie ihm Fakten und Zahlen auf, und ihr Vortrag war so glatt wie ihre Stimme.

Unverwandt sah sie ihm dabei in die Augen, doch so attraktiv die Frau war, diese gewollte und irgendwie unpersönliche Einladung bereitete ihm Unbehagen. Von dem starken Wunsch getrieben, sie aus dem Konzept zu bringen, ihr zu zeigen, daß er so leicht nicht zu manipulieren war, fragte er: »Wohnt Ihr Mitarbeiter auch hier? Er scheint ein sympathischer junger Mann zu sein.«

Mit brüsker Bewegung richtete sie sich auf. Als sie Sebastian Wades soziale Verurteilung aussprach, schwang in ihrer Stimme ein Hauch des Giftes mit, den er bereits beim Eintritt wahrgenommen hatte. »Nein. Er wohnt in der Stadt bei seiner Mutter. Sie hat einen Tabakladen.« Sie rieb ihre Hände aneinander, als wollte sie Krümel loswerden. »Wenn Sie mich jetzt entschuldigen würden, ich habe noch zu tun. Lassen Sie es mich wissen, wenn Sie etwas brauchen, sonst sehen wir uns nachher.«

Das Lächeln war flüchtig diesmal und enthielt keine Einladung. Cassie eilte an ihm vorbei und ließ ihn allein auf dem Balkon stehen.

2

Penelope MacKenzie warf einen verstohlenen Blick in das Wohnzimmer des Apartments, in dem ihre Schwester Emma mit ihrem Vogelkundeheft saß und ganz in ihre

Notizen vom Tage vertieft zu sein schien. Mit einem erleichterten Aufatmen machte Penny es sich vor dem Schlafzimmerfenster gemütlich. Noch ein paar Minuten ohne Forderungen, noch ein paar Minuten Schonung vor der fürsorglichen Beaufsichtigung ihrer Schwester.

Vor dem Tod ihres Vaters war alles anders gewesen. Da war Penny noch nicht vergeßlich gewesen; höchstens ab und zu ein bißchen zerstreut. Aber seit nun die letzte lange Krankheit ihres Vaters vorüber war, schienen einige der zerbrechlichen Verbindungen zwischen Denken und Handeln sich einfach aufzulösen.

Erst letzte Woche hatte sie einen Topf Wasser auf den Herd gestellt und war dann ins Wohnzimmer gegangen, um sich ein Buch zu holen. Als ihr der Topf wieder einfiel, war das ganze Wasser bereits verdunstet, der Boden des Topfs war in der Mitte geschmolzen, und die Masse war in einem silbrigen Strom über den Herd geflossen. Und wenig später hatte sie die Reste vom Sonntagsbraten ins Backrohr geschoben, anstatt sie in den Kühlschrank zu stellen. Emma war wütend gewesen, als sie es am nächsten Tag entdeckt hatte und den Braten wegwerfen mußte.

Aber das waren nur Kleinigkeiten. Penny dachte nicht gern an den Tag, an dem sie zum Einkaufen ins Dorf gegangen war, ihre Besorgungen erledigt und dann gemerkt hatte, daß sie nicht mehr wußte, wie sie nach Hause kam. Statt der Erinnerung an den bekannten Weg durch Dedham und danach den Hügel hinauf zum Ivy Cottage war in ihrem Hirn nur Leere gewesen.

In Panik flüchtete sie sich in die vertraute Wärme der Teestube ihrer Freundin Mary. Dort saß sie und schwitzte Blut, plauderte und trank heißen, süßen Tee, während sie versuchte, so zu tun, als hätte sich in ihrer Welt nicht gerade ein gähnender Abgrund aufgetan. Als sie endlich einen Nachbarn vorüberkommen sah, lief sie ihm nach und fragte atemlos: »Gehen Sie auch nach Hause, George? Dann gehen wir doch gleich zusammen.« Beim Gehen kehrte die Vertrautheit mit der Umgebung zurück und füllte das Vakuum, aber die Furcht hatte sich für immer in ihrem Inneren niedergelassen. Sie sagte keinem Menschen etwas davon, vor allem nicht Emma.

Vielleicht brauchte sie nur einen Urlaub, zwei Wochen ohne Pflichten und Verantwortung. Sie hatte lang genug dazu gebraucht, Emma davon zu überzeugen, daß sie nach den Jahren mit Vater Erholung verdient hatten. Und jetzt hatten sie ja sein Geld, jetzt konnten sie tun, was ihnen beliebte. Sie selbst hatte die Broschüre über das *timesharing*-Hotel im Reisebüro im Dorf entdeckt. Und Followdale war wunderschön – genauso schön, wie sie es sich vorgestellt hatte.

»Na, träumst du wieder mal, Pen?« Sie fuhr zusammen, als sie die Stimme ihrer Schwester hörte. »Komm, beweg dich. Wenn wir uns nachher in Ruhe für die Party umziehen wollen, müssen wir gleich einkaufen gehen.« Emma nahm ihre wasserdichte Jacke aus dem Schrank und begann mit ihrer nüchternen Resolutheit, sich fertigzumachen.

»Ja, Emma, ich komme«, antwortete Penny. Es war nicht nötig, Emma ungeduldig zu machen oder, schlimmer noch, ihre Nerven zu strapazieren, bis sie anfing, in diesem ihr völlig wesensfremden Ton sanfter Geduld zu sprechen. Penny rieb sich mit den Fingerspitzen die Stirn, als könnte ein Glätten der äußeren Linien ihrem Gesicht den gewohnten Ausdruck ruhiger Heiterkeit wiedergeben, und lächelte strahlend, als Emma sich nach ihr umdrehte.

...achtundzwanzig... neunundzwanzig... dreißig... Hannah Alcock saß vor dem Spiegel und zählte die Bürstenstriche. Merkwürdig, dachte sie, wie hartnäckig Kindergewohnheiten waren. Sie wußte keinen logischen Grund dafür, warum man sein Haar jeden Tag mit hundert Bürstenstrichen pflegen sollte, aber sie brauchte nur einen Moment die Augen zu schließen, und schon konnte sie sich in ihrem Nachthemd vor ihrem alten Toilettentisch sitzen sehen, wie sie die Bürste in gleichmäßigem Rhythmus durch ihr langes braunes Haar zog, und konnte aus dem Flur die Stimme ihrer Mutter hören: »Hannah, Kind, vergiß nicht, dir die Haare zu bürsten.«

All das war lange her – fast dreißig Jahre waren seit dem Tag vergangen, an dem sie sich das Haar, das ihr bis zur Taille reichte, plötzlich abgeschnitten hatte. Wie ein Schleier hatte es auf ihrem Rücken gelegen, ein sattes, schimmerndes Kastanienbraun mit rotem Glanz, der ganze Stolz ihrer Mutter, und sie hatte es brutal in Höhe ihres Kinns abgeschnitten.

Obwohl sie in den folgenden Jahren ihr Haar immer kurz getragen hatte, hatte sie an der Gewohnheit, es täglich zu bürsten, festgehalten. Ein albernes Ritual, das sie mit der Pubertät hätte ablegen sollen, aber wenn sie nervös war wie jetzt, fand sie es auf eigenartige Weise entspannend. Ihre Bauchmuskeln entspannten sich, während sie im Rhythmus mit den Bürstenstrichen atmete, und als sie später die Bürste mit dem silbernen Rücken neben den dazu passenden Spiegel legte, fühlte sie sich dem kommenden Abend besser gewachsen.

Die Cocktail-Party hatte schon vor einer Viertelstunde angefangen; wenn sie sich nicht beeilte, würde ihr Zuspätkommen unhöflich wirken. Dennoch fuhr sie fort, sich im Spiegel zu betrachten. Ein apartes Gesicht, hatte sie sich angewöhnt zu denken, nachdem sie den Mädchenwunsch nach konventionellem hübschen Aussehen abgelegt hatte. Diese gefälligen, runden Blondinen, die sie so beneidet hatte, waren jetzt verblichen, ihre Haut war schwammig, ihr Haar gesträhnt und getönt, um das langsam überhandnehmende Grau zu verdecken. Ihr eigenes Haar, gepflegt und von einem teuren Friseur geschnitten, war nur an den Schläfen leicht ergraut, und der kräftige Knochenbau ihres Gesichts, den sie gehaßt hatte, verlieh ihren Zügen jetzt eine Individualität, die fesselte.

Seit Jahren schon kümmerte sie die Meinung anderer nicht mehr. Sie war erfolgreich, selbstsicher, gelassen, und sie hatte geglaubt, nichts könnte ihr mühsam errungenes inneres Gleichgewicht je wieder erschüttern. Bis dann diese merkwürdigen Regungen des letzten Jahres sich bemerkbar gemacht hatten und so heftig geworden waren, daß sie schließlich gar nicht mehr anders konnte, als etwas zu unternehmen, was sich vielleicht als nicht wiedergutzumachende Torheit entpuppen würde.

Sie hatte dieses persönliche Zusammentreffen mit einer Sorgfalt geplant, die sie dem anspruchsvollsten Experiment gewidmet hätte. Sie hatte einen Privatdetektiv engagiert, um Details seines Lebens in Erfahrung zu bringen, sie hatte sich in dieses *timesharing*-Projekt für dieselbe Woche eingekauft – und jetzt zitterte sie plötzlich vor Aufregung und Lampenfieber wie das schüchterne Schulmädchen, das sie einmal gewesen war.

Was hatte sie denn zu verlieren? Vielleicht würde die

Woche damit vergehen, daß sie in den Korridoren aneinander vorübergingen, einen Gruß, vielleicht ein paar Worte wechselten, und er dann abreiste, ohne sich ihres Namens oder ihres Gesichts zu erinnern. Das konnte doch nun wirklich nicht so schlimm sein.

Vielleicht würden sie aber auch Freunde werden. Weiter wollte sie nicht denken – was sie zu ihm sagen, wie er reagieren würde. Der heutige Abend mit der Möglichkeit, sich mit ihm bekannt zu machen und einige Belanglosigkeiten zu tauschen, reichte für den Anfang.

Sie stand auf, nahm im Wohnzimmer ihre Handtasche und ging.

Duncan Kincaid lehnte am Geländer seines Balkons und gestand sich ein, daß er überhaupt keine Lust hatte, sich eine Krawatte umzubinden und hinunterzugehen, um den ganzen Zirkus mitzumachen, den die gesellschaftlichen Formen verlangten. Sein vorheriger Energieschub war einer kriechenden Lethargie gewichen.

Es wäre so schön, sich eine Kleinigkeit zu essen zu machen und sich dann mit dem abgegriffenen Taschenbuch – *Jane Eyre* –, das er in der Schublade des Nachttischs gefunden hatte, auf dem Sofa auszustrecken. Die Eier, der Schinken und das frische Vollkornbrot, die er im Dorf gekauft hatte, reichten für einen geruhsamen Abend.

Er hatte vor dem Regal mit den Keksen gestanden, als eine mädchenhafte Stimme hinter ihm ihn veranlaßt hatte, sich herumzudrehen. »Sie müssen der neue Gast sein. Wir sind schon so gespannt darauf, Sie kennenzulernen.«

Vor ihm stand eine zierliche Frau in einem voluminösen, schottisch karierten Cape. Sie war vielleicht sechzig, mit feinem, wirr abstehendem grauen Haar, das ein schmales Gesicht mit zwei außergewöhnlich blauen Augen umrahmte. Unter dem Saum des Capes sahen altmodische Schnürstiefel hervor.

»Wir waren doppelt gespannt, als Cassie uns erzählte, daß Sie Kincaid heißen. Ein Schotte wie wir, dachten wir – wir sind nämlich MacKenzies. Unser Großvater hatte zu seiner Zeit einen großen Besitz in Perthshire.« Sie sprudelte die Worte hervor, ohne sich zum Atemholen Zeit zu nehmen. »Genauso muß es damals gewesen sein. Ich meine, wie es jetzt in Followdale ist. Ich kann mir richtig vorstellen...«

Kincaid unterbrach sie erheitert: »Sie leben jetzt nicht mehr in Schottland?«

»O nein. Unser Vater – wissen Sie, es waren so viele Söhne da, daß er einen Beruf ergreifen mußte. Er nahm, als er noch ein relativ junger Mann war, eine Stellung in Essex an. Er war vierzig Jahre lang Pastor in Dedham, ehe er in den Ruhestand ging. Aber das alles kommt mir jetzt so weit entfernt vor.« Sie sah mit einem etwas wehmütigen Lächeln zu ihm auf. »Wir wohnen immer noch dort, Emma und ich, obwohl natürlich andere Leute in das alte Pfarrhaus eingezogen sind. Wir züchten Ziegen. Wunderbare Tiere, finden Sie nicht auch? So sauber, und Ziegenmilch und -käse sind heutzutage sehr gefragt. Unser Vater konnte sich allerdings nie dazu durchringen, das gut zu finden. Nun ja. Und Sie, Mr. Kincaid? Woher kommt Ihre Familie?«

»Ich bin Immigrant in der zweiten Generation, genau wie Sie. Mein Vater zog von Edinburgh nach Cheshire, ehe ich auf der Welt war, und heiratete dann eine Engländerin. Meine Herkunft ist also ziemlich gesprenkelt. Und...«

»Ich bin Emma McKenzie«, unterbrach die Frau, die Kincaid an der Theke beim Bezahlen gesehen hatte. »Meine Schwester Penelope.« Sie schüttelte ihm mit kräftigem Druck die Hand. »Guten Tag.«

Mit ihrem glatten grauen Bubikopf, der männlich wirkenden Windjacke und dem strengen Gesichtsausdruck erinnerte sie Kincaid an seinen Lehrer in der sechsten Klasse. Sie hatte einen Feldstecher um den Hals hängen.

»Ich kann mir nicht denken, daß Mr. Kincaid unsere ganze Familiengeschichte hören möchte, Penny. Außerdem müssen wir jetzt gehen, wenn wir rechtzeitig zu der Party kommen wollen.« Emma nickte ihm zu und schob ihre Schwester recht grob in Richtung Tür.

»Miss MacKenzie«, rief Kincaid, als sie schon fast draußen waren. »Es hat mich gefreut, Sie kennenzulernen. Vielleicht sehen wir uns bei der Party.« Er wurde mit einem strahlenden Lächeln belohnt.

Lautes Klopfen an der Tür riß Kincaid aus seinen Gedanken, und er wurde sich plötzlich bewußt, daß es auf dem Balkon kühl geworden war. Er ging hinein und öffnete die Tür des Apartments. Sebastian Wade stand draußen, die Faust schon erhoben, um ein zweites Mal zu klopfen.

»Entschuldigen Sie«, sagte Wade, »manchmal geht mein Enthusiasmus mit mir durch. Ich bin gekommen, um mich Ihnen als Begleiter zu der kleinen Party anzubieten und um Ihnen das Haus zu zeigen, wenn Cassie das noch nicht getan haben sollte.«

»Sie hat es mir zwar versprochen, aber es ist nichts daraus geworden. Ja, ich würde mir das Haus sehr gern ansehen.«

»Wenn Sie wüßten, was für ein Genuß auf Sie wartet!

Landleben der gehobenen Klasse mit allem modernen Komfort. Wollen Sie so gehen, wie Sie sind, der sportliche Landjunker im Freizeit-Look?« Er musterte Kincaids Hemd mit dem offenen Kragen und die Kordhose.

»Nein, warten Sie, ich hole mein Jackett«, antwortete Kincaid, der sah, daß ihm die Entscheidung abgenommen worden war. Er war bereit, sich treiben zu lassen.

»Ihr Apartment«, sagte Sebastian in spöttischer Reiseleiterimitation, »heißt Sutton-Suite, weil Sie von Ihrem Balkon aus den Blick auf Sutton Bank haben. Originell, nicht wahr? Die Apartments haben alle so unglaublich einfallsreiche Namen. Das ist sehr viel persönlicher, hat so den heimeligen Touch, wie wenn jemand seine Doppelhaushälfte im dichtbesiedelten Vorort ›Bellevue‹ nennt. Direkt unter Ihnen befindet sich die Thirsk-Suite, derzeit Eigentum unseres aufstrebenden jungen Abgeordneten Patrick Rennie und seiner Gemahlin Marta mit dem ewigen Pferdeschwanz und der schwarzen Samtschleife. Sehr schick. Sie haben hier mehrere Wochen, über das Jahr verteilt.«

Kincaid band vor dem Spiegel im Wohnzimmer die Krawatte, schlüpfte ins Jackett und klopfte auf die Taschen, um zu prüfen, ob er Brieftasche und Schlüssel mit hatte.

»Das Apartment neben dem Ihren«, fuhr Sebastian fort, als sie die Tür hinter sich geschlossen hatten und die drei Stufen zum Hauptkorridor hinunterstiegen, »das Richmond, wird seit heute morgen von Hannah Alcock bewohnt, einer Wissenschaftlerin, die sehr professionell und sehr tüchtig aussieht. Außerdem recht attraktiv, auf eine etwas knochige Art, wenn man für intelligente Frauen was übrig hat.« Er warf Kincaid einen Blick blitzender Boshaftigkeit zu.

»Sie nicht?«

»O doch, ich finde viele Frauen vom rein ästhetischen Standpunkt aus attraktiv«, antwortete Sebastian in dem zweideutigen Ton, an den Kincaid sich schon zu gewöhnen begann. »So, diese Tür hier, unmittelbar rechts von Ihnen, führt auf den Balkon oberhalb des Swimming-Pools hinaus.« Er öffnete sie und ließ Kincaid den Vortritt.«

Feuchtigkeit und scharfer Chlorgeruch wehten Kincaid entgegen, und sein erster Eindruck, als er die kleine Galerie betrat, war der eines Südseeparadieses *en miniature*. Der Boden war mit glasierten roten Ziegeln gepflastert, grüne Pflanzen wucherten überall, und über ein schwarzes schmiedeeisernes Gitter hinweg konnte man unten das Wasser sehen.

»Genial, finden Sie nicht? Ein Ausblick, von dem aus Sie unsere Gäste beobachten können, wie sie sich fröhlich im Pool tummeln, diesem absoluten Schlager unseres Angebots. Macht sich bei den Rundgängen mit Interessenten echt gut, kann ich Ihnen sagen. Schlimm wird's nur, wenn der Gast eine Gästin ist, zwei Zentner wiegt und einen Tanga trägt.«

Kincaid lachte. »Mich scheinen Sie ja nicht gerade für einen ernst zu nehmenden Interessenten zu halten.«

Sebastian betrachtete ihn einen Moment, und als er sprach, fehlte seiner Stimme ausnahmsweise der ätzende Unterton. »Nein. Ich würde sagen, Sie lassen sich durch Wohlanständigkeit nicht so leicht verführen. Sie haben vielleicht andere Schwächen, hm? Aber das hier würden Sie sicher nicht wählen, wenn man Ihnen einen Urlaub schenkte.«

Kincaid dachte darüber nach. »Nein. Sie haben recht, so

angenehm es ist, ich würde es mir wahrscheinlich nicht aussuchen. Es ist mir zu strukturiert. Zu gemütlich. Ich komme mir ein bißchen wie ein Kind vor, das ins Ferienlager geschickt wird.«

»Wenn du brav bist, gibt's nach dem Abendessen einen Pudding. Hm. Kommen Sie. Sie sollten die Erfahrung jetzt gründlich auskosten, wenn Sie nicht die Absicht haben, sie zu wiederholen. Am hinteren Ende des Korridors«, sagte er mit einer Geste zur anderen Seite, »ist eine Treppe, die zum Pool-Eingang hinunterführt. Das Pool hat auch ein warmes Sprudelbad. Es befindet sich direkt unter uns. Die Sprudeldüsen kann man selbst aufdrehen, wenn man Lust dazu hat. Ich geh' da oft hinunter. Einer der Vorteile dieses Jobs.«

Kincaid konnte sich vorstellten, daß Sebastian Wade, im ständigen Machtkampf mit der Geschäftsleitung, sämtliche Vorteile des Jobs aus Prinzip wahrnahm.

Sie überquerten den Balkon und traten durch die Tür in die kühlere Atmosphäre des gegenüberliegenden Korridors. »Der Grundriß ist nicht symmetrisch.« Sebastian wies zum rückwärtigen Teil des Hauses. »In diesem Apartment wohnen die Lyles, aus Hertfordshire oder einer ähnlich tristen Gegend. So ein pingeliges kleines Männchen, ehemaliger Soldat – er wirkt absolut lächerlich. Mich hat er bereits stundenlang mit seinen Erlebnissen in Irland gelöchert. Wenn man ihm zuhört, könnte man glauben, er hätte die IRA ganz allein in die Knie gezwungen. Meiner Ansicht nach hat er allenfalls seine Untergebenen zur Weißglut gebracht, wenn er welche hatte.«

Kincaid mußte lächeln, daß ausgerechnet der akribische Sebastian mit seinem indiskreten Blick für das Detail einen anderen als pingelig bezeichnete.

»Das Apartment hier ist eine Art Maisonette. Da wohnen die Hunsingers, Maureen und John. Späte Hippies, die in Manchester einen Naturkostladen betreiben. Sie sind letzte Woche mit ihren ungeheuer gesunden Kindern hier angekommen.« Sebastian sah Kincaid fragend an. »Sie wissen, daß nicht alle Gäste zur gleichen Zeit ankommen und abreisen?«

Sie gingen durch den Flur zum vorderen Treppenabsatz. »Die Frazers zum Beispiel, die die Suite hier vorn haben, sind auch schon seit einer Woche hier. Vater und Tochter.« Kincaid wartete auf eine schnippische Bemerkung, aber es kam keine. Das Gesicht abgewandt, stieß Sebastian die Tür zur Treppe auf.

»Und was sind das für Leute?« erkundigte sich Kincaid, dessen Neugier geweckt war.

»Ich überlasse es Ihnen, sich eine Meinung zu bilden«, antwortete Sebastian ein wenig brüsk. Doch nach einem kurzen, etwas unbehaglichen Schweigen gab er nach. »Eine schmutzige Scheidung. Angela ist gerade fünfzehn, und sie ist der Zankapfel. Dabei will keiner von beiden sie in Wirklichkeit haben, und sie weiß das auch.« Die Maske maliziöser Unbekümmertheit war abgefallen, die helle Stimme klang bitter.

Kincaid hatte das Gefühl, daß er zum zweiten Mal an diesem Abend einen Blick hinter die spröde Fassade erhascht hatte. Doch mehr, so schien es, würde es auch nicht werden, denn schon auf dem Weg die Treppe hinunter zum Vestibül setzte Sebastian seinen bissigen Monolog fort.

»Bleibt noch das Erdgeschoß. Das vordere Apartment steht diese Woche leer. Es heißt übrigens das Herriot. Reiner Zufall, daß wir nicht auch noch Siegfried und Tristan haben. Wir bemühen uns selbstverständlich, aus unserer einheimischen Prominenz Kapital zu schlagen, wo es geht. Von den Rennies habe ich Ihnen bereits erzählt, und in dem hinteren Apartment auf der anderen Seite wohnen die Schätze dieser Woche, die Schwestern MacKenzie aus Denham Vale. Die guten Damen haben die erste Woche ihres Besuchs ungeheuer genossen – es ist richtig herzerwärmend.« Als er Kincaids verstehendes Lächeln sah, fügte er hinzu: »Ich sehe, Sie haben die beiden Damen schon kennengelernt. Aber lassen Sie sich vom Schein nicht trügen. Ich glaube nicht, daß Emma wirklich der alte Haudegen ist, der sie zu sein scheint, und die reizende Penny ist auch nicht ganz so verhuscht.«

Sie hatten das Portal erreicht und blieben stehen. »Und die Bungalows?« fragte Kincaid.

»Leer. Außer Cassies.« Ebenfalls ein Tabuthema, dachte Kincaid in Anbetracht von Sebastians kurzer Antwort. »Den Empfangsraum haben Sie gesehen. Dahinter ist der Salon mit der White-Rose-Bar. Sie soll die Eigentümer zum geselligen Beisammensein anregen. Die Bezahlung ist Ehrensache, aber es gibt immer welche, die nicht zahlen, und man erkennt sie sofort. An dem verstohlenen Blick nach dem Einschenken, wenn sie prüfen, ob jemand bemerkt hat, daß sie kein Geld in die Schale gelegt haben.«

Sebastian musterte sich im Spiegel, schnippte mit den Fingerspitzen eine helle Haarsträhne aus der Stirn und prüfte den Sitz seiner Leinenhose. »Also, auf, auf zum fröhlichen Jagen. Soll ich Sie zur Schlachtbank führen?« Sein Blick, so verschwörerisch wie ein Zwinkern, hinterließ in Kincaid das unangenehme Gefühl, daß Sebastian Wade ihn genauso durchschaute wie alle anderen armen Irren dieser Welt.

Die Luft im Salon war zum Schneiden, und verschlimmert wurde die unangenehme Muffigkeit noch durch die trockene Hitze der rotglühenden Heizröhren im offenen Kamin. In Grüppchen standen die Gäste auf dem rot-grün gemusterten Teppich, und ihre Stimmen vermischten sich zu einem unverständlichen Chor.

Sebastian führte ihn an den Tresen und schenkte ihm ein Lager ein. Während Kincaid wartete, bemerkte er hinter der Bar einen Raum, den Sebastian nicht erwähnt hatte. Im Gegensatz zum stilvoll eingerichteten, gepflegten Empfangsraum, in dem Cassie Whitlake ihn empfangen hatte, war dies ein Büro, in dem offensichtlich gearbeitet wurde. Statt eleganter Stilmöbel gab es hier einen grauen Metallschreibtisch, Aktenschränke, einen stabilen Schreibtischstuhl und einen alten hölzernen Garderobenständer. Die Addiermaschine war kaum noch zu sehen unter Bergen von Papieren, die den ganzen Schreibtisch und zum Teil auch die Schreibmaschine bedeckten. Dies mußte Cassies Reich sein, die Schaltzentrale des Hauses. Kein Wunder, daß Sebastian vorgezogen hatte, es nicht zu erwähnen.

Mit ihren Gläsern in den Händen bahnten sie sich einen Weg wieder durch den Salon zu einem Platz mit guter Übersicht in der Nähe der Tür. Einen Fuß hinter sich hochgestellt, lehnte Sebastian an der Wand und sah sich mit lebhaftem Interesse um.

»So«, sagte er, »und jetzt dürfen Sie raten. Mal sehen, ob Sie mir sagen können, wer wer ist.« Vier Personen standen mit Gläsern in den Händen im Gespräch vor dem offenen Kamin, ihre Aufmerksamkeit in der Art geübter Partygänger halb auf das Gespräch, halb auf die Umgebung gerichtet. »Immer auf dem Qui-vive, hm? Damit sie's nur ja nicht verpassen, wenn es irgendwo interessanter ist.« Sebastian trank einen Schluck und wartete darauf, daß Kincaid den Beschriebenen Namen geben würde.

»Hm«, meinte Kincaid, die Herausforderung annehmend, »der große Blonde mit dem Maßanzug aus der Savile Row – der Herr Abgeordnete?« Schlank, mit glänzendem, perfekt gestyltem Haar und einem gutaussehenden Gesicht, dem die stark ausgeprägten Wangenknochen einen charakteristischen Zug verliehen.

Als Sebastian nickte, fuhr Kincaid fort: »Es ist nicht nur das Aussehen, das ihn verrät. Er benimmt sich ganz wie jemand, der weiß, daß er im Blickpunkt der Öffentlichkeit steht. Hm, und die Frau mit dem Kräuselhaar und dem langen Schlabberkleid? Das ist doch bestimmt nicht die Gemahlin, oder? Nein, das ist die Naturkostladenbesitzerin, Maureen. Stimmt's?«

Sebastian grinste beifällig.

Ein schmächtig wirkender Mann mittleren Alters mit schütterem Haar und Brille schien das Gespräch für immer an sich gerissen zu haben. Die Gesichter der Zuhörer drückten Desinteresse unterschiedlichen Grades bis hin zur Langeweile aus. »Mr. Lyle aus Hertfordshire, ja? Und die dunkelhaarige Frau mit der Duldermiene muß seine Angetraute sein.«

»Bravo. Lauter Volltreffer bis jetzt. Können Sie die anderen auch noch abschießen?«

»Sie reden von den Leuten, als wären sie Schießbudenfiguren.« Doch Kincaid, dem diese Prüfung Spaß machte, sah sich gehorsam weiter um.

An einem Tisch am Fenster saß ein wuchtiger Mann mit wenig Haar und einem dafür um so üppigeren braunen Vollbart. Er spielte mit zwei Kindern ein Brettspiel, aber obwohl er sich so konzentriert wie die Kinder über das Brett neigte, schien er sich in Jackett und Krawatte unwohl zu fühlen. Immer wieder steckte er den Finger unter seinen Kragen und bewegte unbehaglich die Schultern unter dem Jackett. »Der Rest der Familie Hunsinger, würde ich sagen.«

Aber Sebastian hatte ihn nicht gehört. Seine Aufmerksamkeit galt einem jungen Mädchen, das allein an der Wand stand. Sie war ein wenig rundlich, Reste von Babyspeck wahrscheinlich, und ihre Gesichtszüge wirkten noch ungeformt, wie verwischt. Die dunklen Schatten, die ihre Augen umgaben, verliehen ihr das Aussehen einer Nachtschwärmerin, und ihr von violetten Strähnen durchzogenes Strubbelhaar paßte zu ihrem verdrossenen Gesicht. Kincaid stieß Sebastian an und sagte mit gesenkter Stimme: »Angela? Vielleicht sollten Sie zu ihr gehen und versuchen, sie ein bißchen aufzuheitern. Ich komme hier schon allein zurecht.«

»Gut«, sagte Sebastian. »Bis später.«

Kincaid bedauerte seinen Abgang beinahe sofort. Um das Sofa herum segelte die Frau mit dem Schlabberkleid mit wild entschlossenem Lächeln auf ihn zu. Sie hat anscheinend nur auf die Gelegenheit gewartet, dachte er, während er nach einer Fluchtmöglichkeit Ausschau hielt. Sein Blick fiel auf eine Frau, die zögernd an der Tür stand. Sie trug etwas Cremefarbenes, Seidenes, das ihre aparte, herbe Schönheit perfekt zur Geltung brachte. Die fehlende Wissenschaftlerin, dachte er, aber bevor er auch nur einen Schritt in ihre Richtung machen konnte, überschwemmte ihn Maureen Hunsinger mit einer Welle guter Absichten.

Hannah sah, daß die Party schon in vollem Gang war, und bemühte sich, als sie den Salon betrat, einen, wie sie hoffte, Ausdruck freundlicher Erwartung aufzusetzen. Sie ging direkt zur Bar und schenkte sich einen Whisky ein. Sie konnte sich nicht erinnern, wann sie zum letztenmal so dringend einen Mutmacher gebraucht hatte.

Neben ihr goß sich gerade die weichere der beiden MacKenzie-Schwestern einen großen Cream Sherry ein. Ihr flaumiges graues Haar umgab ihr Gesicht wie ein vom Wind zerzauster Heiligenschein. Penny neigte sich zu Hannah und hob mit verschwörerischem Flüstern ihr Glas: »So etwas gönne ich mir nur ganz selten. Und was«, fuhr sie in vertraulichem Ton fort, »halten Sie von unserem letzten Neuzugang, Miss Alcock? Wir haben ihn heute nachmittag beim Einkaufen getroffen, ein reizender junger Mann, so höflich. Cassie hat erzählt, er sei Beamter, irgendein schrecklich langweiliger Posten. Das würde man nie vermuten, wenn man ihn so sieht, nicht?«

Hannah sah ihrem Blick folgend zur anderen Seite des Raums hinüber, wo ein hochgewachsener Mann an der Wand lehnte, sichtlich in die Enge getrieben von einer üppigen Frau in einem unmöglichen Kleid. Er sah nicht wie ein Beamter aus. Sympathisch, Mitte Dreißig, vielleicht auch etwas älter, mit widerspenstigem toffeebraunen Haar und einer nicht unbedingt aristokratischen Nase. Er hörte Maureen mit einer Miene amüsierten Interesses zu, doch Hannah meinte etwas Wachsames an ihm wahrzunehmen, eine innere Distanz, die ihn von den anderen unterschied.

»Kincaid«, sagte Penny. »Er heißt Duncan Kincaid.« Hannah sah weg und fand es albern, daß sie sich solchen extravaganten Spekulationen hingab, wenn sie viel dringendere Sorgen hatte. In diesem Moment drehte Kincaid, als hätte er ihren Blick gespürt, plötzlich den Kopf und sah sie lächelnd an. Ein sympathisches Lächeln, verschmitzt und gütig zugleich, und absolut entwaffnend.

Cassie erschien lautlos wie immer an Hannahs Seite, angekündigt durch den scharfen Duft ihres Parfums. Er erinnerte Hannah an brennendes Laub.

»Sie und Miss MacKenzie haben sich heute morgen schon kennengelernt, glaube ich? Darf ich Sie mit einigen der anderen Gäste bekanntmachen?«

Cassie kam ihren Pflichten als professionelle Gastgeberin mit der Sorgfalt nach, die Hannah von ihr erwartet hatte. Das Zusammentreffen, das sie sich so brennend wünschte, würde so leicht und mühelos wie eine Zufallsbegegnung vonstatten gehen. Sie durfte sich nur nicht durch einen Versprecher oder eine unkontrollierte Geste verraten. Ihr Magen war so fest zusammengekrampft, daß sie kaum atmen konnte. Sie zwang sich, lockerzulassen und tief durchzuatmen, zwang sich mit einem zittrigen Lächeln zu sagen: »Ja, gern, das wäre nett.«

3

In der stillen Luft hingen Gerüche von Holzrauch und Küche. Kincaid schnupperte voll Wohlgefallen, als er den kurzen Weg vom Parkplatz zum *Carpenter's Arms* ging, und sein Magen knurrte wie zur Antwort. Nach Maureen Hunsingers Vortrag über die wohltuenden Eigenschaften von Algen und Tofu waren ketzerische Visionen von dampfendem Braten, knusprigen Bratkartoffeln und Apfelstreuselkuchen mit Sahne vor seinem inneren Auge aufgestiegen. Cassie hatte ihm das Restaurant empfohlen. Es sei das bevorzugte Lokal der gutbetuchten Einheimischen, hatte sie gesagt, und als Kincaid jetzt die Tür aufstieß, war ihm auch klar, warum. Man hatte das alte Pub aufgedonnert, gewiß, aber das Holzfeuer in dem riesigen Steinkamin am Ende der Bar lockte unwiderstehlich. Er holte sich am Tresen ein Bier und ging dann hinüber, um sich am Feuer den Rücken zu wärmen. Mit dem Essen hatte er es jetzt gar nicht mehr so eilig.

Der Sonntag war ein Tag, an dem nicht viel los war, und in der Bar war es ruhig. Kincaid trank gemächlich sein Bier und sah sich um. Ein paar Stammgäste unterhielten sich mit dem Barkeeper über die Rennen des nächsten Tages in Catterick.

Ganz hinten saß eine Frau an einem kleinen Tisch und studierte mit einer Lesebrille auf der Nase die Speisekarte. Er erkannte Hannah Alcock, auch wenn er auf der Party keine Gelegenheit gehabt hatte, ihre Bekanntschaft zu machen. Cassie hatte ihn mit den meisten anderen Leuten bekannt gemacht, aber Hannah war früh gegangen. Sie war jetzt ganz in die Speisekarte vertieft, und da er dies für eine gute Gelegenheit hielt, das Versäumte nachzuholen, ging er durch die Bar auf sie zu.

Sie sah überrascht aus, als er vor ihrem Tisch stehenblieb und sich vorstellte. Er glaubte, in ihrem Gesicht einen Schatten von Enttäuschung zu bemerken, ehe sie ihn anlächelte, aber der Eindruck war so flüchtig, daß er sich sagte, er habe es sich eingebildet. Sie nahm die Brille ab und steckte sie hastig ein. »Eitelkeit«, sagte sie entschuldigend. »Die Brille hat mir das Alter aufgezwungen, und ich bin noch nicht an sie gewöhnt. Bitte, setzen Sie sich doch.«

»Danke. Ja, erst wird man altersweitsichtig, und dann muß man, ehe man es sich versieht, eine Bifokalbrille tragen. Reizende Aussichten, nicht?«

»Du lieber Gott!« Sie lachte. »Da wird meine Eitelkeit mir wohl noch ernstliche Ungelegenheiten bereiten. Ich weiß, wer Sie sind. Ich weiß es von der Party. Penny MacKenzie war sehr angetan von Ihnen.«

»Und ich von ihr. Penny ist eine nette Person, aber bei ihrer Schwester scheine ich nicht so gut angekommen zu sein. Ihr gegenüber komme ich mir immer vor, als hätte ich meine Hausaufgaben nicht gemacht oder mein Hemd nicht ordentlich in die Hose gestopft.«

Hannah lachte wieder. »Ich weiß, was Sie meinen. Sind Sie zum erstenmal hier?«

»Ja, und nur dank der Großzügigkeit meines Vetters. Und Sie?«

»Ich auch. Ich bin heute morgen gekommen. Ich dachte, es wäre gut...«, sie hielt inne, und Kincaid hatte das Gefühl, sie hatte eigentlich etwas anderes sagen wollen, »mal einen Urlaub anderer Art auszuprobieren. Ich bin sonst immer...«

»Entschuldigen Sie. Ihr Tisch ist jetzt bereit.« Die Kellnerin sah Kincaid unsicher an. »Möchte der Herr...«

Kincaid sprang auf. Er war plötzlich verlegen. »Lassen Sie sich von mir nicht stören.«

Hannah hob die Hand und berührte seinen Arm. »Nein, nein. Es wäre doch albern, wenn jeder von uns für sich allein essen würde. Setzen Sie sich zu mir. Ich freue mich über Gesellschaft, wirklich.«

»Nun, wenn Sie sicher sind...« Mehr an höflicher Ablehnung konnte er bei dem plötzlich deprimierenden Gedanken an ein einsames Mahl nicht aufbringen.

Der Steak-and-kidney-pie mit der knusprig goldenen Kruste und der pikanten Füllung aus Pilzen mit Wein übertraf seine Erwartungen. Maureen Hunsinger, dachte er mit Genugtuung, wäre entsetzt gewesen.

Hannah hatte ihre Forelle in präziser Feinarbeit verzehrt und legte jetzt Gabel und Messer beiseite, ordentlich nebeneinander wie tote Soldaten. Über den Rand ihres Weinglases sah sie Kincaid an. »Sind Sie verheiratet?«

»Geschieden.«

»Kinder?«

Er schüttelte den Kopf.

»Dann stehen Sie gut miteinander?«

»Wie das eben so ist.« Er zuckte die Achseln und hörte die Bitterkeit in seiner Stimme. Es überraschte ihn, daß es immer noch so stach. Es war schließlich lange genug her; die Zeit, die alle Wunden heilte, hätte eigentlich ihr Werk tun müssen. Als er damals in Bramshill den Ausbildungslehrgang gemacht hatte, war er zu einer Party in Oxford eingeladen worden, und er hatte sich auf den ersten Blick unsterblich verliebt. Victoria. Der Name paßte zu ihr – feingliedrig und strahlend blond und hell (wie Sonnenlicht auf weißem Marmor, hatte er einmal in einer lyrischen Anwandlung, die ihm heute äußerst peinlich war, zu ihr gesagt), mit feinem Zuckerwatte-Haar und einer Ernsthaftigkeit des Ausdrucks, die ihn faszinierte.

Der Zauber hielt keine zwei Jahre an. Wie hatte er, darin geschult, in Gesichtern zu lesen und die Körpersprache zu verstehen, so blind sein können? Verpaßte Vorlesungen und Seminare, die Dissertation nie abgeschlossen, unerklärte Abwesenheiten und ihre Ernsthaftigkeit zur unüberwindlichen Mauer erstarrt. Als die Ungeheuerlichkeit der Veränderung schließlich in sein von Arbeit und

Erschöpfung stumpfes Bewußtsein drang, war es zu spät gewesen.

»Entschuldigen Sie.« Hannahs Stimme rief ihn zurück. »Ich hätte nicht fragen sollen.«

Kincaid lächelte und schüttelte die düsteren Gedanken ab. »Es könnte schlimmer sein, vermute ich. Und Sie?«

»Ich bin eine alte Jungfer, wie man so unschön, aber treffend sagt.«

»Na, auf Sie trifft das aber wirklich nicht zu. Bei dem Wort alte Jungfer denke ich an grauhaarige kleine Omas, und die Beschreibung paßt ja nun wirklich nicht auf Sie.« Kincaid musterte sie und fragte sich, warum eine so attraktive Frau nie geheiratet hatte.

Als hätte Hannah seine Gedanken gelesen, sagte sie: »Ich liebe meine Arbeit. Und ich liebe meine Selbständigkeit. Das schien mir genug zu sein.« Sie zog geistesabwesend an einem Ring an ihrer rechten Hand, während sie sprach. Es hätte Kincaid interessiert, ob der Gebrauch der Vergangenheit unbewußt gewesen war.

»Sebastian hat mir erzählt, daß Sie Wissenschaftlerin sind.«

»Biogenetikerin. Ich leite eine aus privaten Mitteln finanzierte Klinik, die sich mit der Erforschung seltener Viruskrankheiten beschäftigt. Die Ehefrau des Mannes, der die Stiftung ins Leben gerufen hat, starb an CJ, und seitdem hat er sich der Suche nach einer Heilung für diese Krankheit verschrieben.«

»Was ist CJ?« fragte Kincaid. »Oder müßte ich das wissen?«

»Verzeihen Sie. Das steht für Creutzfeldt-Jakob-Krankheit. Sie verursacht Orientierungsstörungen, Muskelkrämpfe, vorzeitigen Schwachsinn. Und sie ist tödlich.

Man vermutet, daß sie durch ein Viruspartikel, das als Prion bezeichnet wird, hervorgerufen wird.« Auf seinen fragenden Blick erläuterte sie: »Prione sind Sub-Viren, reines Protein ohne eigene DNA. Sie beuten das Protein in Wirtszellen zur Replikation aus. Prion scheint eine infektiöse Perversion einer normalen menschlichen Proteinzelle namens PrP zu sein – ach, du meine Güte, ich muß Sie schon wieder um Entschuldigung bitten. Eigentlich müßte ich das doch längst wissen. Diesen glasigen Blick kenne ich zur Genüge.«

»Ist Ihre Klinik in London?«

»Nein, in Oxford. Wir sind eine kleine Einrichtung, und Miles wohnt im obersten Stockwerk des Hauses.«

»Miles?«

»Miles Sterrett. Die Klinik ist nach seiner Frau, Julia Sterrett, benannt. Sie war noch sehr jung, als sie an dieser Krankheit starb, und er war untröstlich. Er hat sich danach gesundheitlich nie mehr ganz erholt, und in letzter Zeit geht es ihm gar nicht gut. Kleine Schlaganfälle, sagt der Arzt.«

Hannah trank von ihrem Wein, und Kincaids Augen folgten ihrem Blick, als sie eine Jagdszene betrachtete, die neben dem Kamin hing. Die zuckenden Schatten auf den langgestreckten Pferdekörpern erinnerten ihn an eine Höhlenmalerei, die er einmal gesehen hatte.

Sie stellte ihr Glas ab und sah ihn lächelnd an. »Und was machen Sie?« fragte sie, das Thema wechselnd. »Penny sagte, Sie seien Beamter.«

Die Versuchung war unwiderstehlich. »Richtig. Ich sitze eigentlich den ganzen Tag am Schreibtisch.« Er fühlte sich Millionen Meilen von New Scotland Yard entfernt, und er wollte die schillernde Seifenblase dieses

Abends nicht platzen lassen. Zum Teufel mit den Konsequenzen.

»Das paßt aber nicht zu Ihnen. Vielleicht sind Sie in Wirklichkeit ein Spion.«

Kincaid lachte. »Du lieber Gott, nein. Das hätte gerade noch gefehlt, ein Mantel-und-Degen-Bürokrat.«

Hannah runzelte die Stirn und rückte das säuberlich abgelegte Besteck einen Millimeter weiter zur Mitte. »Dabei fällt mir ein – bei Mantel und Degen, meine ich –, vor ungefähr einem halben Jahr ist in meiner Wohnung eingebrochen worden. Der Einbrecher hat nicht viel mitgenommen, nur meine Uhr, einen billigen Fotoapparat und etwas Schmuck, nichts Wertvolles. Aber es war alles durchwühlt. Mein Schreibtisch, alle Schränke und Kommoden. Es war ein scheußliches Gefühl. Ich war wütend, und gleichzeitig bekam ich die Gänsehaut, wenn ich daran dachte, daß ein Fremder an meinen Sachen gewesen war. Sogar an meiner Unterwäsche. Ich weiß, es ist albern«, fügte sie leicht verlegen hinzu, »aber...«

»Keineswegs«, widersprach Kincaid. »Den meisten Menschen geht es genauso. Sie sind wütend und fühlen sich in ihrer Intimsphäre verletzt, und es dauert meist lange, bis dieses Gefühl sich gibt.« Es waren die beschwichtigenden Worte des Polizeibeamten, aus der Erfahrung geboren. Er hatte zu Beginn seiner Laufbahn beim Einbruchsdezernat gearbeitet und genug verstörte Opfer getröstet, die den persönlichen Übergriff fast immer schwerer erträglich fanden als den Verlust irgendwelcher mehr oder weniger wertvoller Dinge. Hannah musterte ihn mit Interesse und holte Luft, um eine Frage zu stellen.

Jetzt hab' ich's gründlich verpatzt, dachte er. Ich bin

wirklich ein Meister der Täuschung. Ein Themawechsel würde den Abend vielleicht retten, wenn er es schaffte, nicht gleich wieder ins Fettnäpfchen zu treten. »Die Kellnerin macht ein Gesicht, als würde sie uns gern rauswerfen. Wollen wir gehen?«

Sie trafen sich auf dem Vorplatz von Followdale House. Einen Moment standen sie verlegen zwischen Hannahs neuem Citroën und dem altgedienten Midget. Kincaid hatte das Gefühl, sich für seinen alten Freund entschuldigen zu müssen. »Er ist mir ans Herz gewachsen«, erklärte er mit leichtem Spott. »Alter und Schönheit gehen Hand in Hand.«

Hannah lachte, und die Befangenheit zwischen ihnen legte sich. »Und auch in diesem Fall liegt die Schönheit ganz im Auge des Betrachters.«

Der Abend war dunstig und ungewöhnlich mild für September. Kincaid hatte keine Lust, den Abend schon zu beenden. »Machen wir noch einen Spaziergang durch den Garten, ehe wir hineingehen?«

»Ja, guter Gedanke«, antwortete Hannah.

Sie gingen schweigend durch die Dunkelheit. Das Licht im Garten war diffus und warf keine Schatten; gespenstisch leuchteten im Dunst die weißen Steinlöwen auf den Balustraden. Jenseits des Parks erhob sich finster Sutton Bank, ein schwarzer Buckel vor dem helleren Himmel. Am Ende des Wegs blieben sie stehen und blickten zum Haus zurück. Mehrere Fenster im ersten Stock waren erleuchtet, und in der leeren Suite im Parterre flammte ein Licht auf, so flüchtig allerdings, daß Kincaid meinte, seine Augen müßten ihm einen Streich gespielt haben.

»Wir wohnen übrigens nebeneinander. Wir müssen

einmal feststellen, wer von uns den schöneren Blick hat. Cassie hat mir versichert, von meinem Balkon hätte man den besten im ganzen Haus.«

»Das gleiche hat sie zu mir gesagt«, versetzte Hannah. »Sie müssen mir von Ihrem Balkon aus etwas vortragen – Lyrik um Mitternacht.« Sie lachte, hob die Arme hoch über ihren Kopf und drehte sich übermütig im Kreis. »Das war ein wunderbarer Abend. Ich hatte vor dem Urlaub ein paar Zweifel. Ich dachte, es sei vielleicht doch ein... kein guter Gedanke gewesen. Ach, ich kann es nicht erklären – es ist zu kompliziert. Aber plötzlich habe ich das Gefühl, als würde alles in Ordnung kommen. Sie müssen einen positiven Einfluß ausüben.«

»Ich bin mir nicht sicher, ob das ein Kompliment ist«, sagte er mit einem Lächeln und fragte sich im stillen, wer oder was hinter diesem plötzlichen Ausbruch von Überschwang steckte.

Vogelgezwitscher weckte ihn. Auf einem Sonnenstrahl schwebten die Töne durch die offene Balkontür ins Zimmer. Kincaid drehte sich auf die andere Seite und zog sich das Kissen über den Kopf. Dann streckte er sich und sah auf seine Uhr. Sieben.

Er war voll angekleidet, mit dem aufgeklappten Buch auf der Brust und bei Licht eingeschlafen, am frühen Morgen war er erst ins Bett geschlüpft. Und doch fühlte er sich nach dieser unorthodoxen Nacht erstaunlich frisch. Es war gerade noch Zeit für eine Runde im Pool und eine Dusche vor dem Frühstück; danach wollte er einen Ausflug in die Yorkshire Dales machen, es schien ein idealer Tag dafür zu sein. Er ließ seine zerknitterten Sachen in einem Häufchen auf dem Bett liegen, schlüpfte in Badehose und

Bademantel und machte sich auf bloßen Füßen auf den Weg zum Pool.

Stille hüllte das Haus ein – keine gedämpften Stimmen hinter den geschlossenen Türen, kein Klappern von Geschirr, kein Kaffeeduft. Im Flur blieb er einen Moment stehen und genoß den morgendlichen Frieden und das wiedergewonnene Gefühl körperlichen Wohlbefindens.

Er stieß die Tür zur Galerie auf. Vielleicht würde er den Pool für sich...

Ein durchdringender, schriller Klagelaut stieg von unten zu ihm auf. Ein leidendes Tier, ein junger Hund oder ein Kätzchen – der erste Eindruck verflüchtigte sich rasch, und mit dem bewußten Hinhören kam die Erkenntnis, daß der klägliche Schrei der eines Menschen war. Er raste die Treppe hinunter und stürmte durch die Tür.

Die beiden Kinder standen drinnen zusammengedrängt an den Stufen, nur ein, zwei Schritte vom Sprudelbad entfernt.

Sebastian Wades nackter Körper schaukelte sachte am Rand des Beckens, vom unaufhörlichen Wirbel des aus den Düsen sprudelnden Wassers getragen.

4

Sebastian lag mit dem Gesicht nach unten im Wasser. Seine Haut war mausgrau, und die Strähnen seines hellen Haars schlängelten sich in einer Art perverser Lebendigkeit wie die Fäden von Seeanemonen. Er hatte im Gegensatz zu Kincaids erstem Eindruck eine Badehose an, die mit tropischen Blumen gemustert war.

Vom Balkon in der ersten Etage hing ein elektrisches

Kabel herunter, das sich im wirbelnden Wasser verlor. Kincaid schob die nun stummen Kinder durch die Tür ins Haus. Ihre Gesichter schienen im Schock erstarrt, und ihm wurde bewußt, daß er sich nicht an ihre Namen erinnern konnte. Er ging vor den beiden in die Hocke und sagte sanft: »Bleibt schön hier, ja? Ihr dürft nicht noch mal ans Wasser. Habt ihr das verstanden?« Sie nickten ernsthaft, und er ließ sie stehen und rannte, immer drei Stufen auf einmal nehmend, die Treppe hinauf.

Das Kabel, das in der Dose neben der Tür eingesteckt war, hing durch die Gitterstäbe des Balkongeländers nach unten. Kincaid umfaßte den Stecker mit dem Zipfel seines Bademantels und zog ihn heraus. Dann schlang er das Kabel um eine der Geländerstangen, damit es nicht hinunterrutschen konnte. Auf dem Rückweg machte er bei den Kindern halt, um sie noch einmal zu beruhigen, dann zog er seinen Bademantel aus und ging daran, Sebastian Wade aus dem Wasser zu ziehen.

Sebastians Haut fühlte sich schlaff und schwammig an. Trotz langer Gewöhnung an den Tod bestürzte es Kincaid immer wieder, daß etwas so Unfaßbares wie das Leben so konkret über die Haut erfahren werden konnte. Sebastians Körper jedoch war wärmer als sein eigener, das Fleisch so glitschig, daß es seinen Fingern immer wieder entglitt.

Schließlich aber gelang es Kincaid, ihn aus dem Pool zu ziehen, indem er ihn unter den Achseln nahm; die Leiche rutschte mit einem leichten Schmatzgeräusch auf die Backsteineinfassung. Kincaid drehte den Körper herum und suchte nach Anzeichen von Leben, obwohl eigentlich klar war, daß dies vergeblich sein würde.

Die Tür zum Pool wurde aufgestoßen, und er hörte einen unterdrückten Aufschrei. Mit einiger Anstrengung richtete er sich auf und wischte sich instinktiv die Hände an den Seiten ab.

Emma MacKenzie war an der Tür stehengeblieben. Gott sei Dank, dachte Kincaid, daß es Emma ist und nicht Penny.

»Guter Gott! Sebastian! Er ist tot, nicht wahr?« Ihre Stimme war überraschend sanft. Sie kam näher und streckte den Arm aus, als wollte sie Sebastian berühren.

Kincaid nickte. »Ich fürchte, ja. Könnten Sie ins Büro gehen und die Polizei anrufen? Und dann vielleicht warten, bis sie kommen, damit Sie ihnen den Weg zeigen können?«

»Aber – was ist mit den Kindern?«

»Die haben das Schlimmste schon gesehen. Ich glaube nicht, daß ein paar Minuten mehr noch schaden können. Jemand muß bei der Leiche bleiben. Wenn ich die beiden allein hinaufschicke, werden in der nächsten Minute ihre Eltern hier unten erscheinen, und je weniger Trubel wir hier haben, bevor die Polizei kommt, desto besser.«

Emma überlegte kurz, dann nickte sie. »Gut«, sagte sie, wieder ganz die alte, nüchtern und sachlich. Ihre Badesandalen klatschten auf den Fliesen, als sie hinauseilte.

Sie hatte seine Autorität ohne Frage akzeptiert. Kincaid war klar, daß die Schwierigkeiten sich bald genug einstellen würden. Es war töricht von ihm gewesen, sich für etwas auszugeben, das er nicht war; nun würde er die Konsequenzen tragen müssen. Der Instinkt des Polizeibeamten in ihm war zu stark, um sich so leicht unterdrücken zu lassen. Schon spürte er den rauschhaften Reiz erhöhter Wahrnehmung, der den Beginn eines Falls zu kennzeichnen pflegte. Aber es ist nicht dein Fall, ermahnte er sich streng. Er war hier nicht zuständig, und die Kollegen, die zuständig waren, würden ihn höchstens als lästig empfinden. New Scotland Yard, das unaufgefordert seine Nase in fremde Angelegenheiten steckte. Er kannte niemanden von den Gästen hier, außer vielleicht Hannah. Er wünschte keinesfalls mehr als eine flüchtige Bekanntschaft mit ihnen, und er würde sich hüten, sich da hineinziehen zu lassen. Sein Gewissen zwickte ihn. Er hatte Sebastian gemocht. Plötzlich fühlte er sich erschöpft und tief erschüttert.

In der Stille zwischen der Entdeckung und dem Erscheinen der Polizei wurde ihm bewußt, daß er bis zu einem gewissen Grad unter einem emotionalen Schock stand. Immer überkam ihn eine Aufwallung von Zorn und Mitleid, wenn er eine Leiche das erstemal sah, aber er hatte gelernt, sich innerlich von den Toten zu distanzieren. Nie zuvor hatte er sich der Leiche eines Menschen gegenübergesehen, den er gekannt, berührt, mit dem er noch Stunden zuvor gesprochen hatte. Er hatte das Bedürfnis, irgendwie einen Unterschied zu machen, ihn durch eine persönliche Geste zu bestätigen. Er kniete nieder und berührte ganz kurz Sebastians bloße Schulter.

Der Dorfpolizist, der bald darauf erschien, war ein vierschrötiger junger Mann mit einem runden, roten Gesicht und leicht dümmlicher Miene. »Also was gibt's? Ich höre, daß hier ein Herr im Pool ertrunken ist.«

»Er ist nicht ertrunken«, sagte Kincaid. Er wies auf Emma, die dem Beamten gefolgt war, um ihm die Tür zum Pool zu öffnen und sich um die Kinder zu kümmern. Sobald sie mit den Kindern verschwunden war, fügte er hinzu: »Er ist an einem elektrischen Schlag gestorben. Es wird irgendein kleines Haushaltsgerät gewesen sein, vermute ich. Ich habe das Kabel oben herausgezogen, ehe ich ihn aus dem Wasser gezogen habe, aber ich habe nicht nachgesehen, was für ein Gerät es war.«

»Sie haben den Toten aus dem Wasser gezogen, Sir?« Er schien den Anblick Sebastians, der wie ein gestrandeter Wal am Rand des Beckens lag, mit Fassung aufzunehmen; Kincaid hatte allerdings den Eindruck, sein Gesicht sei etwas blasser geworden.

»Natürlich habe ich ihn herausgeholt. Ich mußte mich doch vergewissern, ob er wirklich tot war.«

Kincaids gereizter Ton veranlaßte den Constable, auf seine Amtswürde zu pochen. Er richtete sich zu voller Größe auf, zog Heft und Bleistift heraus und wippte ein klein wenig auf den Fußballen. Er räusperte sich, um sicher zu sein, daß seine Stimme die angemessene Resonanz haben würde. »Und wer sind Sie, Sir, wenn ich fragen darf?« Leider hatte er seinen Bleistift abgeleckt, ehe er ihn über dem Heft zückte, und das beeinträchtigte den Eindruck von Kompetenz und Autorität doch erheblich.

»Mein Name ist Kincaid. Ich bin Polizeibeamter, Superintendent bei New Scotland Yard. Ich bin im Urlaub hier und war heute morgen rein zufällig der erste, der herunter kam – abgesehen von den Kindern natürlich. Ein Glück, daß die beiden nichts angerührt haben.«

Er hatte inzwischen erfahren, daß die Kinder Bethany und Brian hießen und auf eigene Faust losgezogen waren, während ihre Eltern noch geschlafen hatten.

»Wir wollten uns nur umschauen«, hatte Brian mit einem leichten Lispeln, das durch die Zahnlücke noch verstärkt wurde, erklärt. »Wir haben gedacht, der Mann schwimmt und könnte unheimlich lang die Luft anhalten. Aber er ist überhaupt nicht mehr hochgekommen…«

»Und er hat auch ganz komisch ausgesehen«, fügte Bethany hinzu. »Wir haben nicht gesehen, daß es Sebastian war... wir konnten ja sein Gesicht nicht... und dann hat Brian zu heulen angefangen.« Sie hatte ihrem Bruder einen geringschätzigen Blick zugeworfen, jetzt, da das Entsetzliche hinter der Tür war, ganz die überlegene ältere Schwester. »Haben wir was Schlimmes getan?«

Brians kleines Gesicht verzog sich erneut zum Weinen, und Kincaid beeilte sich, die beiden zu beruhigen. »Ihr wart beide sehr mutig und sehr vernünftig. Eure Eltern werden sicher stolz auf euch sein. Sobald die Polizei hier ist, bringt jemand euch zu ihnen hinauf.«

Der Constable schien zu dem Schluß gelangt zu sein, daß Kincaid keinen weiteren Schaden anrichten könnte. Schließlich war er ja schon beträchtliche Zeit mit dem Toten allein gewesen. »Constable Ron Trumble, Sir. Ich muß mit Mid-Yorks telefonieren. Wenn es Ihnen nichts ausmacht...«

»Nein, nein. Gehen Sie ruhig telefonieren.« Kincaid wedelte mit der Hand und blieb nachdenklich bei dem toten Sebastian stehen. Was, zum Teufel, fragte er sich, war da benutzt worden? Kurz entschlossen nahm er seinen Bademantel und ließ sich ins Wasser gleiten. Nachdem er seine Hand mit einem Zipfel des Bademantels umwickelt hatte, griff er in die Tiefe des Wassers und stieß vorsichtig den Gegenstand, der auf dem Grund lag, in die Höhe. Es war ein kleiner Heizlüfter von der Größe einer Damenhandtasche, und wenn er sich nicht sehr täuschte, hatte er ihn oder ein sehr ähnliches Gerät unter Cassie Whitlakes grauem Metallschreibtisch gesehen.

Hochrot vor Aufregung und stolz über die eigene Wichtigkeit gab Constable Trumble Kincaid die Genehmigung, sich abzutrocknen und anzuziehen, und gestattete Emma, die Kinder in das Apartment ihrer Eltern zu bringen. Kincaid wollte den Beamten der Kriminalpolizei Mid-Yorkshire nicht unbedingt tropfnaß und halbnackt gegenübertreten. Es war wirklich nicht nötig, daß man sich gleich von Anfang an psychologisch ins Hintertreffen brachte. Er hatte sich das Haar trockengerubbelt und Jeans und einen verwaschenen blauen Baumwollpulli angezogen. Tennisschuhe, Brieftasche und Schlüssel, und er fühlte sich gewappnet.

Er war überrascht gewesen, als er bei der Rückkehr in sein Apartment gesehen hatte, daß es erst kurz vor acht war. Und doch schien der Moment friedlicher Verheißung, den er vor einer Stunde erlebt hatte, Lichtjahre entfernt. Das Haus erwachte jetzt. Gedämpftes Klappern war zu hören, hinter geschlossenen Türen Rumoren. Die Kollegen würden sich beeilen müssen, wenn sie die Gäste erreichen wollten, ehe diese zu ihrem täglichen Exodus aufbrachen.

Kincaid gesellte sich zur schweigenden Totenwache zu Trumble an den Pool, und als Chief Inspector Bill Nash in Begleitung von Inspector Peter Raskin eintraf, war er froh, daß er angekleidet war. Nash war ein korpulenter, zerknittert wirkender Mann mit beginnender Glatze, ein gutmütiger Polterer mit dröhnender Stimme und kleinen schwarzen Augen, die so kalt und glanzlos waren wie Teersteinchen. Er schnippte den Dienstausweis, den Kincaid ihm hinhielt, mit einem Finger zur Seite, und Kincaid hatte das Gefühl, innerhalb von fünf Sekunden gewogen und zu leicht befunden zu sein.

»So, so«, sagte Nash langsam und gedehnt, »einer von unseren Edelpolizisten, der zufällig nichts Besseres zu tun hat, als sich in anderer Leute Angelegenheiten einzumischen. Was für ein Glück für uns. Nun sagen Sie mir doch mal, alter Freund, wie kommt es, daß Sie so prompt an Ort und Stelle waren?«

Kincaid verschluckte eine Entgegnung, die augenblicklichem Widerwillen entsprang, und zwang sich, sachlich zu sprechen. »Das war reiner Zufall, Inspector. Es liegt mir fern, mich in Ihre Belange einzumischen, aber ich wäre gern als Beobachter dabei, wenn ich Ihnen da nicht im Weg bin.«

»Ja, da sehen Sie sich mal besser vor.« Nash schien klar zu sein, daß es unklug wäre, einen höheren Beamten von New Scotland Yard des Feldes zu verweisen, aber sein Ton war ablehnend. Er musterte schweigend und nachdenklich den Toten. »Mr. Sebastian Wade, richtig?« sagte er dann. »Zweiter Geschäftsführer. Ehemals zweiter Geschäftsführer, sollte ich wohl sagen.« Noch einen Moment lang blieb er in Nachdenklichkeit versunken stehen, ohne zu sprechen, dann riß er sich aus seinen Gedanken und sagte: »Peter, nehmen Sie Mister Kincaids Aussage auf, dann kann er spielen gehen.«

Er legte die Betonung auf das Wort ›Mister‹, und Raskin warf ihm einen schrägen Blick zu, ehe er sein Heft herauszog und Kincaid zu einer Holzbank bat, die an der Wand stand. Er hatte bisher kein Wort gesagt. Jetzt, nachdem er sich mit einem kurzen Blick vergewissert hatte, daß Nash beschäftigt war, sah er Kincaid mit hochgezogener Braue teilnahmsvoll an. Er war ein drahtiger junger Mann mit einem schmalen, dunklen Gesicht, das ein wenig düster wirkte. Die dunkle Locke, die ihm in die Stirn fiel, erinnerte an den romantischen Heathcliff. Kincaid beantwortete seine Fragen nur mit halber Aufmerksamkeit. Die andere Hälfte seiner Aufmerksamkeit war auf Nash konzentriert.

Trumble wurde abgeordnet, sich um die Gäste zu kümmern. »Trumble, richtig? Gut, dann trommeln Sie die Leute jetzt mal alle im Salon zusammen, egal, ob's ihnen paßt oder nicht, und sehen Sie zu, daß sie dort bleiben, bis ich mit ihnen sprechen möchte. Und wenn schon jemand weg sein sollte, dann stellen Sie fest, wann und wohin die gefahren sind. Verstanden?«

»Sir.« Trumbles Enthusiasmus war gedämpft. Er tat Kincaid leid. Das aufregendste Erlebnis seiner kurzen Laufbahn, und er wurde zum Babysitter degradiert und würde nicht einmal dem Spurensicherungs-Team bei der Arbeit zusehen können. Er war zu unerfahren, um aus der Gelegenheit, die Reaktionen der Gäste auf seine Neuigkeit zu beobachten, etwas zu machen, oder um auf die Nuancen in den Gesprächen zu achten, wenn sie alle zusammen waren. Und Nash klärte ihn nicht auf.

Eine Aussage zu Protokoll zu geben, anstatt sie aufzunehmen, war eine ganz neue Erfahrung für Kincaid, und er bemühte sich um größtmögliche Genauigkeit und Kürze seiner Angaben, während er die ganze Zeit Nashs bedächtiges Tun am Pool beobachtete. Zuerst kauerte der Chief Inspector neben dem toten Sebastian nieder. Er legte die Unterarme auf seine massigen Schenkel und ließ die Hände schlaff zwischen ihnen herabhängen. Er erinnerte Kincaid auf unangenehme Weise an einen gesättigten Geier. In gleicher Pose ließ er sich vor dem Häufchen ordentlich gefalteter Kleider nieder, das Sebastian hinterlassen hatte, und ging schließlich an den Beckenrand, um mit langem Hals den Weg des elektrischen Kabels zu verfolgen.

»Klare Sache«, verkündete er. »Hatte genug vom Leben, der Junge. Schlauer Bursche. Hat das Kabel da oben eingesteckt und heruntergelassen, dann ist er hinuntergelaufen und ins Wasser gesprungen. Wenn der Stromschlag ihn nicht auf der Stelle getötet hat, hat er ihn auf jeden Fall so lange bewußtlos gemacht, daß er ertrunken ist.«

»Nein.« Kincaid sagte es beinahe, ohne zu wollen. »Nein, so war es nicht. Es kam jemand, als er schon im Sprudelbecken war. Er wird dem Balkon den Rücken zugewandt haben, denn dort sind die Hauptdüsen. Und in der Zeit hat oben jemand das Kabel angeschlossen und dann das Ding ins Wasser geworfen. Selbst wenn Sebastian es gesehen hätte, hätte er keine Zeit mehr gehabt, aus dem Becken zu steigen.« Er fügte nicht hinzu, daß es bei dem Heizlüfter einen Kurzschluß gegeben haben mußte, sobald dieser in das Wasser eingetaucht war. Der Stromstoß konnte höchstens wenige Sekunden gedauert haben.

»Und woher wissen Sie das alles, Sportsfreund? Haben Sie vielleicht das zweite Gesicht?« Nash drehte sich um und sah Kincaid mit seinen schwarzen Äuglein an. »Mir sieht das ganz nach einem Selbstmord aus. Schauen Sie sich doch seine Sachen an. Sauber gefaltet. Typisch.«

»Nein. Er war ein sehr ordentlicher Mensch. Ich kann mir nicht vorstellen, daß er seine Sachen je einfach hingeworfen hat. Dieses ordentliche Ablegen der Kleider war wahrscheinlich ganz automatisch. Er hat kein Geheimnis daraus gemacht, daß er abends nach Dienstschluß gern noch hier heruntergekommen ist. Ich bin überzeugt, man wird weder auf dem Kabel noch auf der Steckdose einen Fingerabdruck von ihm finden. Selbstmörder tragen aber im allgemeinen keine Handschuhe. Außerdem war er nicht der suizidale Typ.«

Nash gewährte ihm jetzt seine ungeteilte Aufmerksamkeit. »Sie sind sich Ihrer Sache ja sehr sicher, junger Mann. Hab' ich nicht eben gehört, wie Sie meinem Inspector erzählt haben, daß Sie erst einen Tag hier sind? In der kurzen Zeit scheinen Sie Mr. Wade sehr gut kennengelernt zu haben.« Seine Stimme war leise und freundlich, aber voll feindseliger Unterströmungen.

Kincaid ballte unwillkürlich die Hände. Aber er zwang sich, den Mund zu halten – alles, was er über die kurze Zeit sagen konnte, die er mit Sebastian zugebracht hatte, hätte schwach und sentimental geklungen. Das beste war es, Nash mit seinen eigenen Waffen zu schlagen. Er lächelte ihn daher an und sagte ruhig: »Ich habe eine sehr gute Beobachtungsgabe. Das gehört zu meiner Arbeit, Inspector, falls Sie das vergessen haben sollten.«

Eine Erwiderung Nashs auf diese keineswegs subtile Zurechtweisung wurde durch das Eintreffen der Spurensicherung verhindert. Kincaid sah mit Erleichterung, daß Nash immerhin kompetent genug war, die Leute arbeiten zu lassen, ohne ihnen ins Handwerk zu pfuschen.

Der Fotograf stellte routiniert seine Lampen und Geräte auf und begann den Toten aus allen Blickwinkeln aufzunehmen. Der forensische Biologe, ein hellhaariger Mann mit Kaninchengebiß, wirkte in Shorts, schweißnassem Sweatshirt und Tennisschuhen völlig fehl am Platz. Nachdem er sich seine dünnen Latexhandschuhe übergezogen hatte, kauerte er wie vorher Nash neben dem Kleiderhäufchen Sebastians nieder und begann gewissenhaft die Sachen durchzugehen.

Von einem Pathologen war nichts zu sehen. Kincaid

wartete, bis Peter Raskin einen Moment frei war, um ihn zu fragen. »Wo bleibt der Amtsarzt?«

»Der ist anscheinend dienstlich unterwegs. Sie haben einen Arzt aus dem Ort gerufen. Im allgemeinen ist das nicht gut, aber in diesem Fall spielt es wahrscheinlich keine Rolle.«

»Dann stimmen Sie also mit Ihrem Chef überein? Daß es Selbstmord war?«

»Nein. Das habe ich nicht gesagt«, erwiderte Raskin ausweichend. Kincaid entdeckte einen Funken Humor in seinen Augen. »Aber bei der ersten Untersuchung einer Leiche kommt ja selten viel heraus, und die Obduktion führt selbstverständlich der Amtsarzt durch, sobald er kann. Da, schauen Sie...«, er wies mit dem Kopf zur Glastür, »da kommt die Ärztin schon.«

Nur am schwarzen Arztkoffer, den sie bei sich hatte, war sie zu erkennen. Sie hatte einen grünen Jogginganzug und Turnschuhe an. Feuchte Haarsträhnen ringelten sich um ihr herzförmiges Gesicht. Nash, der mit dem Fotografen beschäftigt war, hatte sie noch nicht gesehen. Raskin ging zu ihr, um sie zu begrüßen. Kincaid folgte in diskretem Abstand und bot ihr ebenfalls die Hand.

»Guten Tag. Ich bin Anne Percy.« Einen Moment lang sah sie von ihren Gesichtern weg zu der reglosen Gestalt am Beckenrand. »Kann ich anfangen? Ich bin auf Ihren Anruf hin sofort aufgebrochen. Ich kam gerade vom Joggen.« Sie wies entschuldigend auf ihren Anzug.

Eine Kleinstadtärztin, dachte Kincaid, an den natürlichen Tod im Kreise der Familie gewöhnt, nicht an Mordschauplätze. Ihr verlegenes Geplauder diente dem gleichen Zweck wie die zynischen Witze eines Polizeiarztes. »Was ist denn passiert? Wer ist der Mann?«

Sie sah Kincaid an, während sie sprach, und auf ein kaum wahrnehmbares Nicken von Raskin antwortete er ihr. »Er heißt Sebastian Wade und war hier zweiter Geschäftsführer. Äh... verdächtige Umstände.« Er bemerkte, wie Raskin flüchtig eine Augenbraue hochzog, eine Eigenheit, die er als Anzeichen von Erheiterung zu erkennen begann. »Tod durch Stromschlag oder durch Ertrinken infolge eines Stromschlags. Irgendwann gestern nacht, höchstwahrscheinlich.«

»Er wurde im Sprudelbad gefunden?«

Peter Raskin nahm den Faden auf. »Mr. Kincaid hat ihn heute morgen gefunden, als er zum Schwimmen herunterkam.«

»Oh.« Anne Percy schien einen Moment verwirrt. »Aber ich hatte den Eindruck, daß Sie auch Polizeibeamter seien.«

»Das bin ich auch«, antwortete Kincaid, »aber im Urlaub. Ich bin Gast hier.«

»Tja, ich weiß nicht, ob ich mehr für Sie tun kann, als den Tod festzustellen.« Sie klappte ihren Koffer auf und kniete neben Sebastian nieder. »Die Körpertemperatur können wir zur Feststellung der Todeszeit nicht gebrauchen.« Nachdem sie vorsichtig Sebastians schlaffen Arm gebeugt hatte, zog sie ihre dünnen Gummihandschuhe über. »Die relevanten Fakten werden Sie erst aus der Obduktion erfahren.«

Kincaid fühlte sich seltsam unbehaglich. Es erschien ihm unanständig, zuzusehen, wie Sebastians Körper Gewalt angetan wurde. Er wandte sich ab, als Dr. Percy sich an die Arbeit machte.

Cassie Whitlake stand an der Tür. Sie sah ungepflegt aus. Bei ihr wirkte schon die kleinste Nachlässigkeit wie Schlampigkeit. Das ungekämmte braune Haar war kurzerhand hinter die Ohren zurückgestrichen, an denen sie keinen Schmuck trug. Die Bluse hing ihr halb aus dem Rock, und ihre Füße steckten in abgestoßenen alten Slippers. Ihr Gesicht war wachsbleich.

Kincaid, der fand, er sei jetzt lange genug empfindlich gewesen, hatte sich wieder von der Wand weggedreht. Außerdem wog der Anblick Anne Percys das Unbehagen auf, das es bereitete, ihr bei der Arbeit zuzusehen. Er hatte nicht gehört, daß die Schwingtür sich geöffnet hatte.

Cassie hielt sich am Türgriff fest, als brauchte sie Halt, während sie mit aufgerissenen Augen auf das Bild starrte, das sich ihr bot. Warum, zum Teufel, dachte Kincaid, hatte Nash nicht einen Beamten an die Tür gestellt, um solche Zwischenfälle zu vermeiden? Er ging zu ihr und legte ihr die Hand auf den Arm.

»Cassie.«

Sie sah ihn nicht an, ihre ganze Aufmerksamkeit war auf die Szene am Pool konzentriert. Anne Percy streifte gerade sorgfältig die Handschuhe ab, schloß ihren Koffer und sprach leise mit Peter Raskin.

»Cassie«, wiederholte Kincaid. »Kommen Sie, ich bringe Sie...«

»Nein. Was ist passiert? Was ist los mit ihm? Dazu hatte er kein Recht. Verdammt, der gemeine Kerl.« Sie begann zu weinen, mehr zornig und geschockt, dachte Kincaid, denn kummervoll.

»Wozu hatte er kein Recht?«

»Er hat sich umgebracht, stimmt's? Hier. Er mußte es hier tun. Aus Bosheit. Mein Gott, was soll ich sagen...

wie soll ich das erklären...« Die gepflegte Sprechweise verfiel unter der Einwirkung des Schocks, und die gedehnten Vokale, die die Südlondoner Herkunft verrieten, wurden hörbar.

»Wem müssen Sie etwas erklären?« fragte Kincaid.

»Der Geschäftsleitung. Es gehört zu meinen Aufgaben, dafür zu sorgen, daß so etwas nicht passiert. Und Sie sind ein Bulle!«, zum erstenmal sah sie Kincaid an. »Dieser Brummer von einem Constable hat gesagt, Sie seien von der Polizei und den Leuten hier ›bei den Ermittlungen behilflich‹. Davon haben Sie mir keinen Ton gesagt! Wollen Sie hier herumschnüffeln und uns bespitzeln?«

»Cassie, es tut mir leid. Als ich kam, dachte ich nicht, daß es wichtig sei, was für einen Beruf ich habe.«

Ihre Aufmerksamkeit schweifte von ihm ab, kehrte zu Sebastian zurück, und ihre Stimme schwoll beunruhigend an. »Wann bringen Sie ihn endlich weg? So sieht es doch jeder. Und warum wurden alle zusammengetrieben wie Verbrecher?«

Anne Percy erkannte den Klang drohender Hysterie und kam auf sie zu. Sie tauschte einen Blick mit Kincaid. »Ich bin Dr. Percy. Kann ich...«

»Ich weiß, wer Sie sind.« Cassie zog heftig ihren Arm vor Annes Berührung zurück. »Ich brauche keine Hilfe. Ich will kein Beruhigungsmittel.« Sie machte eine sichtbare Anstrengung, sich zu fassen, schloß einen Moment die Augen und holte tief Atem.

Constable Trumble kam rot und schwitzend die geflieste Treppe heruntergerannt und bremste vor der Glastür mit quietschenden Sohlen ab. Kincaid mußte Cassie ein wenig zur Seite ziehen, damit die Tür sich öffnen ließ – diesmal zuckte sie nicht vor der Berührung zurück.

Trumble sah sich ängstlich nach Inspector Nash um und atmete erleichtert auf, als es den Anschein hatte, daß die Strafpredigt nicht auf dem Fuß folgen würde.

»Keine Sorge, Constable.« In Peter Raskins leiser Stimme schwang ein Anflug von Erheiterung. »Er ist gerade hinausgegangen, um die Sanitäter zu holen, weil Dr. Percy jetzt fertig ist.«

»Miss!« Trumble richtete sich vor Cassie wieder einmal zu voller Größe auf. »Sie können hier nicht bleiben. Unbefugten ist der Zutritt verboten. Sie müssen bei den anderen bleiben, bis der Chief Inspector mit allen gesprochen hat.« Zu Raskin sagte er, um sich zu rechtfertigen: »Ich wußte nichts von dem Bungalow, Sir. Die anderen haben es mir gesagt; sie meinten, jemand müßte Miss Whitlake Bescheid geben. Da bin ich hinübergegangen, und sie hat gesagt, sie würde direkt zu den anderen gehen. Erst als sie nicht kam, habe ich entdeckt, daß sie hierher gekommen war...«

»Das ist mein gutes Recht. Ich habe hier die Verantwortung. Ich muß für alles... ja, gut, meinetwegen.« Sie gab nach, als sie die unerbittlichen Gesichter sah. »Ich warte bei den anderen, aber ich hoffe, es dauert nicht zu lange. Ich muß telefonieren.«

Sie war jetzt ruhig, und Kincaid glaubte, die Rückkehr einer gewissen Berechnung zu entdecken. Mit vielen Blikken zurück und unter unwirschem Gebrummel führte Trumble sie weg, und Kincaid fiel auf, daß Cassie Sebastian nicht noch einmal ansah. Aber was hatte er denn erwartet? Eine kummervolle Abschiedsszene? Bestimmt nicht. Jedenfalls nicht von Cassie Whitlake. Wenn überhaupt Tränen um Sebastian vergossen werden würden, dann von anderen.

5

Ohne seinen Chef aus den Augen zu lassen, nahm Peter Raskin Kincaid auf die Seite und senkte seine Stimme, so daß nur Kincaid ihn verstehen konnte. »Ich gebe Ihnen den Befund der Obduktion. Und der Laboruntersuchungen, wenn Sie sich dafür interessieren. Um ehrlich zu sein, gefällt mir diese Selbstmordtheorie auch nicht. Meiner Ansicht nach paßt sie nicht. Die Ordentlichen hinterlassen im allgemeinen einen Abschiedsbrief und wählen irgend etwas, das langsam wirkt, Tabletten oder eine Spritze. Und die anderen, die mit Knallbumm aus dieser Welt scheiden wollen, hinterlassen meiner Erfahrung nach ein fürchterliches Chaos und blasen sich dann beim Gewehrreinigen das Lebenslicht aus. Das Bild hier ist einfach nicht stimmig.«

»Richtig.«

Schade um Raskin. Er hatte das Zeug zu einem guten Polizeibeamten – zurückhaltend, aufmerksam, intelligent und nicht so besserwisserisch, daß er nicht über seine eigene Nase hinaussehen konnte –, und ausgerechnet ihm mußte ein Ekel wie Nash vor die Nase gesetzt werden. Kincaid fragte sich, wie Raskin sich angesichts dieser Meinungsverschiedenheit mit seinem Chef verhalten würde. Wenn sich herausstellen sollte, daß Nash falsch lag, und davon war Kincaid überzeugt, würde er seine Wut an irgend jemand auslassen, und Raskin würde gut daran tun, seine Ansichten vorerst für sich zu behalten.

Kincaid fuhr nach Thirsk und versuchte, den ärgerlichen Gedanken »mit eingekniffenem Schwanz«, der ihm nicht aus dem Kopf wollte, zu ignorieren. Er hielt es für das beste, weitere Konfrontationen mit Nash zu vermeiden, bis er bessere Munition hatte.

Auf dem Marktplatz lockte eine Bank, und nachdem er sich in einer kleinen Bäckerei eine heiße Fleischpastete gekauft hatte und an einem Stand etwas frischen Käse und einen knackigen Apfel, ließ er sich dort nieder und verzehrte in Ruhe sein improvisiertes Mittagessen. Dann machte er sich auf, das Städtchen zu erkunden.

Um halb vier hatte er sämtliche Sehenswürdigkeiten genossen. Der Tag war so strahlend schön geworden, wie er sich angekündigt hatte, die Herbstluft weich und sonnenwarm. Er wanderte straßauf, straßab und schob in seiner Entschlossenheit, ein sorgloser Tourist zu sein, alle Gedanken an die Ereignisse des Morgens beiseite, sobald sie seine heitere Gelassenheit bedrohten.

Die schöne spätgotische Kirche mit dem hohen gezinnten Turm war wahrhaftig sehenswert gewesen. Das Gelände um sie herum stieg von Osten nach Westen leicht an, während die Kirche selbst auf ebenem Grund stand. So schien es beim Näherkommen, als versinke der Turm allmählich im Boden. Ihn erinnerte das Bild an ein gewaltiges Schlachtschiff, das eine stürmische See durchpflügte, und einen Moment lang fühlte er sich tatsächlich unsicher auf den Beinen.

Zum Abschluß seines Rundgangs ging er in die Buchhandlung auf dem Marktplatz. Mit einer Taschenbuchausgabe von James Herriots *Yorkshire* unterm Arm kam er wieder heraus, nachdem der Buchhändler ihm versichert hatte, daß sie als Führer durch diese Gegend weit besser und unterhaltsamer sei als die trockenen Machwerke, die einem unter diesem Namen verkauft wurden. Er hatte in den letzten Jahren kaum Gelegenheit gehabt, in

Kleinstadtbuchhandlungen herumzustöbern – ein Vergnügen, das ihn stets in seine Kindheit zurückversetzte, die er im ländlichen Cheshire verbracht hatte, wo seine Eltern im Zentrum einer kleinen Stadt eine Buchhandlung gehabt hatten. Und noch ein Vergnügen aus der Kinderzeit beschloß er sich an diesem Nachmittag zu gönnen, als er auf der anderen Seite des Platzes eine Teestube bemerkte, die Tee mit Sahne anpries.

Das *Blue Plate* machte seinem Namen alle Ehre; blaue Teller in vielerlei Mustern schmückten die Wände, und auf den Tischen lagen freundliche gelb-weiß karierte Dekken. Erst als Kincaid an einem kleinen Tisch im hinteren Teil des Raumes Platz genommen und bestellt hatte, bemerkte er die beiden Frauen, die in angeregtem Gespräch an einem Tisch am Fenster saßen. Maureen Hunsinger, mit ihrem runden, freundlichen Gesicht und dem gekräuselten Haar, trug ein blaues Chenillegewand, das aussah, als hätte es bereits ein früheres Leben als Tagesdecke hinter sich.

Er brauchte einen Moment, um in Maureens Gesprächspartnerin Janet Lyle zu erkennen, die Frau des ehemaligen Berufssoldaten. Gestern abend hatte sie kaum ein Wort gesprochen, nie gelächelt, ihren Mann kaum einen Moment aus den Augen gelassen, und wenn sie einmal etwas gesagt hatte, vorher stets seinen Blick gesucht; ob zur Ermutigung oder um sich Sprecherlaubnis zu holen, hatte Kincaid nicht erkennen können. Möglich, daß sie einfach schüchtern war oder sich in Gesellschaft nicht recht wohl fühlte. Jetzt jedoch fühlte sie sich ganz offensichtlich wohl, sie redete und lachte, unterstrich ihre Worte mit lebhaften Gesten und bewegte ihren Kopf so temperamentvoll hin und her, daß das dunkle Haar flog.

Merkwürdig, dachte Kincaid, nach den Ereignissen des Morgens. Unterhielten sie sich etwa über Sebastians Tod mit solcher Lebhaftigkeit? Erregung wäre eine typische Reaktion gewesen, vermischt mit der Erleichterung darüber, selbst verschont geblieben zu sein. Aber nicht diese gutgelaunte Heiterkeit, die sie an den Tag legten und die selbst aus der Ferne wahrnehmbar war.

Er spitzte die Ohren, und es gelang ihm, Fetzen ihres Gesprächs aufzufangen. »Ach, du lieber Gott, ich erinnere mich, als meine in dem Alter war. Furchtbar! Man weiß nicht, wie man das je überstehen soll. Aber man übersteht es... Noch schlimmer.« Janet lachte wieder. Sie muß ein älteres Kind haben, dachte Kincaid, das nicht mit ihnen im Urlaub ist. Im Internat vielleicht. Wieder wurden ihre Worte zu ihm herübergeweht. »...die beste Schule, sagt Eddie immer. Dann die Universität. Ich weiß nicht, wie wir das machen...« Sie neigten sich näher zueinander, ihre Gesichter waren jetzt ernster, und er konnte nichts mehr hören. Es war sowieso eine Unverschämtheit von ihm zu lauschen; ihr Gespräch ging ihn nichts an. Nur die verflixte Berufsgewohnheit hatte ihn dazu getrieben.

Die beiden Frauen hatten ihn nicht bemerkt, und als sein Tee und die warmen Brötchen kamen, schlug er sein Buch auf und vertiefte sich in die Schönheiten Yorkshires.

Es war nicht mehr länger aufzuschieben. Er hatte lang genug an seinen heißen Brötchen mit Erdbeermarmelade gekaut und so viel schwachen Tee getrunken, als wäre er kurz vor dem Verdursten. Er zahlte seine Rechnung und ging. Auf dem Heimweg klappte er das Verdeck herunter, um die Sonne genießen zu können, und fuhr langsam nach Followdale House zurück.

Das Haus wirkte still und verschlossen. Erst als er den Wagen abgestellt hatte und auf dem Weg zum Portal war, bemerkte er die kleine Gestalt, die zusammengekauert auf der Treppe hockte.

Angela Frazers ungeschminkte dunkle Augen waren verschwollen. Selbst ihr struppiges Haar mit den lila Strähnen wirkte gedrückt. Ohne etwas zu sagen, sah sie Kincaid an. Als er die Treppe erreichte, setzte er sich zwei Schritte von ihr entfernt und blickte schweigend auf den Vorplatz. Aus dem Augenwinkel sah er sie mit den Fäden spielen, die von ihrer modisch zerrissenen Jeans herabhingen, und ihre Füße, die in schmutzigen weißen Leinenschuhen steckten, erschienen ihm lächerlich klein.

Nach ein paar Sekunden begann sie zu sprechen. Ihre Stimme war kaum mehr als ein Flüstern. »Sie haben ihn gemocht, nicht wahr?«

»Ja.« Er wartete, ohne sie anzusehen.

»Er hat gesagt, Sie wären okay.« Ihre Worte waren jetzt klarer, ihre Stimme gewann an Kraft. »Echt okay. Nicht wie die meisten anderen.«

»Ach ja? Das freut mich.«

»Den anderen ist das ganz egal. Mein Vater war echt gemein. ›Na, dann sind wir den kleinen Schwulen wenigstens los‹, hat er gesagt. Alle haben sie gesagt...« Ihre Stimme schwankte, und er riskierte einen Blick zu ihr hinüber, bezwang jedoch den Impuls, sie zu berühren. Ohne ihm in die Augen zu sehen, drückte sie die Arme auf ihren Bauch und krümmte die Schultern ein wenig tiefer – eine Igelhaltung. »Sie sagen, daß er sich selber das Leben genommen hat. Aber das glaube ich nicht. So etwas hätte Sebastian nie getan.« Sie krümmte sich noch mehr zusammen und legte ihr Gesicht auf die hochgezogenen Knie.

Ach Gott, dachte Kincaid, was kann ich diesem Kind sagen, das es nicht noch unglücklicher macht? Hatte sie sich die Bedeutung dessen, was sie da gesagt hatte, überlegt? Daß Sebastian, wenn er sich nicht selbst das Leben genommen hatte, möglicherweise von jemandem getötet worden war, den sie kannte, vielleicht sogar liebte? Kincaid glaubte es nicht. Es war wahrscheinlicher, daß sie über die Umstände des Todes nicht genug wußte, um erkennen zu können, daß es kein Unfall gewesen sein konnte.

»Ich glaube«, improvisierte er, »bis jetzt steht gar nichts fest. Erst müssen sie ein paar Untersuchungen machen, um festzustellen, woran Sebastian gestorben ist.«

»Ich hab' noch nie erlebt, daß jemand, den ich kannte, gestorben ist. Außer meiner Großmutter, und die hatte ich sehr lange nicht gesehen.« Angelas Worte klangen gedämpft. Sie hielt das Gesicht noch immer an die Knie gedrückt. »Sie haben mich nicht zu ihm gelassen. Mein Vater hat gesagt, ich soll nicht so blöd sein. Aber ich kann nicht glauben, daß er tot ist. Einfach weg. Einfach so. Ich müßte ihm doch wenigstens auf Wiedersehen sagen.«

»Ja, es hilft wirklich manchmal, einen Menschen, der tot ist, noch einmal zu sehen. Abschied zu nehmen. Ich glaube, das ist der Grund, warum sie bei manchen Beerdigungen offene Särge haben. Aber weißt du, wenn die Leute im Bestattungsinstitut den Toten dann geschminkt und zurechtgemacht haben, hat er meistens überhaupt keine Ähnlichkeit mehr mit dem Menschen, den man gekannt hat. Und das macht es in gewisser Hinsicht noch schlimmer.«

Angela überlegte einen Moment. »Dann möchte ich, glaube ich, Sebastian lieber doch nicht sehen. Selbst wenn sie's mir erlauben würden. Ich möchte ihn lieber so in Erinnerung behalten, wie er war.«

»Ich an deiner Stelle«, sagte Kincaid langsam, »würde einfach auf meine eigene Art von ihm Abschied nehmen. Tu irgend etwas, von dem du weißt, daß er es gemocht hat. Geh irgendwohin, wo er gern war, oder tu etwas, was ihr zusammen getan habt.«

Angela hob den Kopf. Ihr Gesicht hatte sich aufgehellt. »Ja, das ist eine gute Idee. In memoriam. So heißt das doch, nicht wahr? Ja, vielleicht tu ich das.«

»Angela«, sagte Kincaid vorsichtig, »du hast Sebastian gestern abend noch gesehen, nicht wahr?«

»Ja, auf der Party. Da hat er mir von Ihnen erzählt. Aber ich kam nicht dazu, mit Ihnen zu reden, weil Sie mit den anderen so beschäftigt waren.« Sie legte besondere Betonung auf die Worte ›den anderen‹, und er vermutete, daß es die meisten Erwachsenen einschloß.

»Hat Sebastian irgendwie anders auf dich gewirkt als sonst?«

»Deprimiert, meinen Sie? Nein.« Angela krauste in plötzlicher Konzentration die Stirn. »Das heißt, er ist mal ein paar Minuten rausgegangen. Und als er wiederkam, da war er irgendwie... aufgeregt. Er hatte so einen Ausdruck im Gesicht, den ich schon kannte, wissen Sie, wie die Katze, wenn sie den Kanarienvogel gefressen hat. Zufrieden mit sich selbst. Aber er hat nichts gesagt. Und als ich ihn gefragt habe, hat er nur gesagt, ›Laß gut sein, Kleine‹ – auf diese neckende Art, die er so draufhatte.«

»Hast du ihn später noch einmal gesehen, nach der Party?«

»Nein, mein Vater ist mit mir nach York in ein piekfeines Restaurant gefahren. Aber er war so schlecht gelaunt, daß es ganz fürchterlich war. Auf der Rückfahrt hatten wir einen Riesenkrach.«

»Und ist dein Vater dann noch einmal weggegangen?«

»Nein. Jedenfalls glaub' ich es nicht. Ich hab' mich stundenlang ins Bad eingesperrt, weil ich so wütend war. Ich bin dann auf dem Boden eingeschlafen, und als ich aufgewacht bin, lag er im Bett und hat geschlafen.«

»Das muß ja wirklich ein ziemlich übler Krach gewesen sein. Worum ging es denn?« Kincaid stellte die Frage in leichtem Ton, beinahe scherzhaft, ängstlich darauf bedacht, sie nicht kopfscheu zu machen.

»Ach, es geht immer um das gleiche. Um meine Mutter. Um mich. Er findet meine Kleider fürchterlich, meine Haare, mein Make-up. Er hat gesagt, ich hätte gestern abend auf der blöden Party wie ein Flittchen ausgesehen, und er hätte sich wegen mir geschämt. Da kann ich nur sagen, hoffentlich. Ich hab' mich auch schon oft genug für ihn geschämt, wenn er...« Sie brach ab, senkte den Kopf, schien sich plötzlich gar nicht mehr wohl zu fühlen.

Durch die geschlossene Eichentür hinter ihnen drangen Stimmen, dann kurzes dröhnendes Gelächter.

»Das ist mein Vater.« Angela sprang auf, blieb lauschend stehen wie auf dem Sprung. »Ich glaube, ich...«

»Schon gut, Angela. Ich muß sowieso gehen«, sagte Kincaid und stand ebenfalls auf. Als sie sich nach ihm umdrehte, fügte er hinzu: »Sebastian hat dich auch gemocht, sehr sogar. Er hat es mir gestern abend gesagt, vor der Party.«

»Ich weiß.« Sie lächelte, und er sah, was schon Sebastian scharfsichtig entdeckt hatte, den Kern süßer Kindlichkeit, der sich hinter trotziger Verschlossenheit verbarg. »Darf ich Sie Duncan nennen? Mister Kincaid klingt so uralt.« Ein Hauch von Koketterie war jetzt in dem Lächeln und im Blick der dunklen Augen unter den gesenkten Wimpern. Kincaid wurde sich bewußt, daß er darauf achten mußte, sie nicht zu necken. Sie war schließlich fast erwachsen.

»Aber natürlich. Bis später.«

»Ja.«

Sie schlüpfte hinein, und er wartete einen Moment, ehe er ihr folgte. Er hatte das Gefühl, daß Angela ihr Gespräch gern für sich behalten wollte, und das war auch ihm recht.

Graham Frazers dröhnende Stimme schallte ihm entgegen, als er in den Salon trat. »Siehe da, ist das nicht unser Sonderdetektiv.« Kincaid begann, Sebastians Antipathie gegen Frazer zu verstehen.

Angela war nirgends zu sehen. Der Kreis von Gesichtern wandte sich ihm zu, eine Parodie des harmlosen Beisammenseins vom vergangenen Abend. Hannah fehlte, ebenso Emma und Penny MacKenzie, doch die anderen schienen zu einer feindseligen Abwehrmauer zusammenzurücken.

»Mr. Kincaid.« Maureen Hunsinger sprach vorwurfsvoll wie ein Kind, dessen Gefühle verletzt worden sind. »Sie haben uns irregeführt.«

Cassie, die vorübergehend ihre Sonderstellung als Geschäftsführerin aufgegeben zu haben schien, um sich mit der Herde zusammenzutun, stimmte auf ihre Art in den Vorwurf ein. »Oh, er hat stets eine kleine Überraschung parat, unser Superintendent Kincaid. Gut Freund mit der hiesigen Polizei und immer der Retter in der Not. Ein echter Held. Leider war es für den armen Sebastian zu spät.« Ihre Stimme klang hell, ihr Ton war spöttisch. Sie hatte sich wieder völlig in der Gewalt, alle Spuren des morgendlichen Ausbruchs waren getilgt. Ihr Haar war perfekt frisiert, ihr Gesicht perfekt geschminkt, sie trug Rostrot, Rock und Bluse Ton in Ton aus einem feinen Stoff, stumpf glänzend, von braunen Fäden durchzogen.

»Ich habe etwas dagegen, wie ein gemeiner Verbrecher behandelt zu werden. Erst sperrt man uns zusammen in ein Zimmer wie eine Herde Vieh, dann werden wir verhört, und dann nimmt man uns auch noch die Fingerabdrücke ab! Es ist eine Schande.« Eddie Lyle schien wütend zu sein, als hätte ihm Sebastian mit seinem Tod eins auswischen wollen.

»Sie haben ja keine Ahnung, wie das war...«, begann Maureen, errötete dann, als ihr einfiel, daß Kincaid sicherlich genau wußte, wie es war.

»Was haben Sie denn bis jetzt herausgefunden? Ihre Freunde haben uns gesagt, wir sollten uns ›zur Verfügung halten‹, bis die Todesursache festgestellt ist. Ich muß sagen, das entspricht nicht gerade meiner Vorstellung von einem gelungenen Urlaub«, erklärte Graham Frazer. Sein aufgedunsenes Gesicht war ohne Ausdruck, verriet nicht, was hinter seiner Stirn vorging, doch seine Stimme klang etwas weniger aggressiv.

Niemand hatte Kincaid einen Drink angeboten, obwohl sie sich alle an ihre Gläser klammerten, als seien es schützende Talismane. Er antwortete Frazer daher über die Schulter hinweg, während er zur Bar ging und sich einen Whisky eingoß. »Schauen Sie, ich weiß nicht mehr als Sie. Es war reiner Zufall, daß ich heute morgen als erster unten war.«

»Ja, ja, Sie haben gut reden«, quengelte Eddie Lyle mißmutig, »aber Sie sind ja auch nicht wie wir...«

»Ich mußte genau wie Sie eine Aussage machen und zu Protokoll geben«, unterbrach ihn Kincaid. Er trat wieder zu ihnen und nahm einen Schluck Whisky. Kein Single Malt Scotch, wenn zahlen Ehrensache war; das war ein Verschnitt übelster Sorte, und er brannte höllisch.

Kincaid fiel auf, daß Patrick Rennie noch keinen Ton gesagt hatte, obwohl er dem Gespräch mit Interesse folgte. Der will erst mal sehen, wie der Hase läuft, dachte Kincaid, typischer Politiker. In Pulli und zerknitterter Cordhose, das blonde Haar nicht ganz so geschniegelt, sah der Mann allerdings etwas menschlicher aus als am vergangenen Abend; wieviel davon jedoch Image war und wieviel echt, konnte Kincaid nicht sagen.

Rennie schaltete sich jetzt als Vermittler ein. »Ich bin sicher, Mr. Kincaid hat einen ebenso schwierigen Tag hinter sich wie wir und hat sicherlich kein Verlangen danach, in seinem Urlaub zu arbeiten. Ich finde, wir sind alle ziemlich unfair.«

»Danke.« Kincaid sah Rennie an und entdeckte in seinem Blick einen Funken humorvollen Verständnisses. Ein gewiefter Bursche, aber vielleicht nahm Rennie sich selbst doch nicht ganz so ernst. In Marta Rennies Augen glomm nichts auf. Sie beobachtete ihren Mann, ohne an dem kurzen Kontakt zwischen den beiden Männern teilzuhaben. Kincaid spürte Spannung zwischen den beiden, aber wenn seine Phantasie ihn nicht trog, war die ganze Atmosphäre, die diese Gruppe verbreitete, von Unterströmungen eines Unbehagens bewegt, das nicht allein auf Sebastians Tod zurückzuführen war.

»Wie geht es den Kindern?« Kincaid wandte sich John Hunsinger zu, der wie am vergangenen Abend etwas außerhalb der Gruppe stand.

»Sie sind mehr aufgeregt als erschrocken, jedenfalls vorläufig. In der Nacht, wenn sie träumen, wird das vielleicht anders werden.« Hunsingers Stimme war tief und ein wenig rauh, als sei er es nicht gewöhnt, viel zu sprechen. »Sie sagten, daß Sie...«

»Sie waren sehr nett zu ihnen«, fiel Maureen ihrem Mann ins Wort. »Die beiden lassen nichts auf Sie kommen. Das Schlimme ist, wir haben nicht mal gemerkt, daß sie weg waren. Sie hätten...«

»Wo sind sie denn jetzt?« fragte Kincaid.

»Emma MacKenzie macht einen Spaziergang mit ihnen. Sie wollen Vögel beobachten. Ist das zu glauben? Sie scheinen heute morgen Freundschaft geschlossen zu haben.«

Die Gruppe begann sich jetzt, da ihre Aufmerksamkeit nicht mehr auf Kincaid konzentriert war, aufzulösen. Janet Lyle stand, ihr Glas in der Hand, noch schweigend bei ihnen, während Eddie Marta Rennie mit Beschlag belegte. »Ich kann nicht verstehen, warum für ein derartiges Vorkommnis keine Vorsorge getroffen wird. Wenn das hier ein anständig geführtes Unternehmen wäre...«, ein Seitenblick zu Cassie, »würde man nicht zulassen, daß solche Dinge passieren.«

Kincaid widerstand der Versuchung, ihn zu fragen, was um alles in der Welt seiner Ansicht nach denn zur Verhinderung von Sebastians Tod hätte getan werden können, und wandte sich statt dessen Janet zu. »Janet, haben Sie Kinder?«

Sie errötete ein wenig, und als sie sprach, lag ein Hauch jener Lebhaftigkeit in ihrer Stimme und ihrem Gesicht, die er am Nachmittag beobachtet hatte. »Ja, wir haben eine Tochter. Chloe.« Auf seinen etwas erstaunten Blick –

er hatte wahrscheinlich eine Cindy oder eine Jennifer erwartet – fügte Janet hinzu: »Eddie hat den Namen ausgesucht. Er wollte, daß seine Tochter eine kultivierte Frau wird, und er meinte, wir sollten gleich mit einem Namen anfangen, der später zu ihr passen würde.«

»Und hat das geklappt?« fragte Kincaid.

Janets Blick schweifte zu Eddie, der mit Marta in Richtung Bar gegangen war. »Also, ich merke nichts.« Sie lachte. »Sie ist ein typischer Teenager, aber ihr Vater will es nicht glauben. Chloe ist ungefähr im selben Alter wie Angela Frazer, nur ist sie jetzt auf der Schule, und Angela ist... hm, sie geht, soviel ich weiß, im Moment gar nicht zur Schule.« Janet schwieg, als wäre sie am Ende ihrer Kraft.

Kincaid leerte sein Glas mit einem Zug. Die Luft im Zimmer war muffig und verbraucht. Die Spätnachmittagssonne lag heiß auf den geschlossenen Fenstertüren, und die Aschenbecher quollen über von Stummeln. Selbst Maureen schien in dieser Atmosphäre dahinzuwelken, nicht fähig, die Gesprächspause mit ihrem gewohnten Überschwang zu nutzen. Das Ordnungmachen, das Lüften, das Säubern der Aschenbecher, das Einsammeln und Bereitlegen der Zeitschriften, um all diese Dinge hatte Sebastian sich gekümmert.

Kincaid zog sich in Rekordzeit um, selbst für jemanden, der es gewöhnt war, im ungünstigsten Moment gerufen zu werden. Er stopfte sich eine Krawatte in die Jackentasche, sperrte die Tür seines Apartments hinter sich ab und rannte die Treppe hinunter, froh und erleichtert, ins Freie entkommen zu können.

Als er zum Tor hinausfuhr, sah er Hannah, die zu Fuß

den Weg vom Dorf zurückkam. Er beobachtete, wie sie ihm entgegenkam. Sie trug eine Strickjacke, und die letzten Strahlen der Sonne brachten ihr dunkles Haar zum Glänzen. Als sie seinen Wagen erreichte, öffnete sie die Tür und stieg ein, ohne ihn anzusehen, ohne etwas zu sagen. Kincaid fuhr etwa einen Kilometer weiter, dann zog er den Wagen an den Straßenrand und hielt.

»Sie haben uns verhört, Duncan.« Sie sprach in das plötzliche Schweigen nach dem Ausgehen des Motors, hielt das Gesicht immer noch abgewandt. »Einen nach dem anderen, in Cassies Büro. Sie haben gefragt, ob wir gestern abend zusammen waren. Nur zur Bestätigung Ihrer Aussage, sagten sie. Sie schienen anzunehmen, ich wüßte, daß Sie Polizeibeamter sind, und Nash, der Dicke, machte alle möglichen Anspielungen.« Jetzt erst sah sie ihn an, und ihr Gesicht rötete sich, während sie weitersprach. »Können Sie sich vorstellen, wie blöd ich mir vorgekommen bin? ›Polizeibeamter?‹ habe ich wie eine Idiotin gesagt. Warum haben Sie mich belogen, Duncan?«

Kincaid lenkte ab, um seine Gedanken zu sammeln. »Ach, dieser Inspector Nash ist wirklich ein fürchterlicher Kerl. Ich bin überzeugt, es ist bei ihm Standardpraxis, den...«, er zögerte, suchte nach dem richtigen Wort, »den Gesprächspartner in Verlegenheit zu bringen.«

»Wenn Sie ›Verdächtiger‹ meinen, dann sagen Sie es doch. Bei mir brauchen Sie kein Blatt vor den Mund zu nehmen. Im übrigen dachte ich, Chief Inspector Nash hätte gesagt, es sei Selbstmord gewesen.«

»Das ist seine offizielle Version«, sagte er langsam. »Aber man muß dennoch alle Möglichkeiten in Betracht ziehen.« Kincaid drehte sich in seinem Sitz herum, so daß er ihr leichter ins Gesicht sehen konnte.

»Aber... wir beide haben doch ein Alibi.«

»Infolge der hohen Wassertemperatur wird es schwierig sein, die genaue Todeszeit festzustellen. Ich persönlich halte es für wahrscheinlich, daß er schon tot war, als wir gestern abend im Garten spazierengegangen sind. Überlegen Sie. Er wird zum Pool gegangen sein, nachdem er mit seiner Arbeit fertig war und bevor er nach Hause fahren wollte. Also nicht allzu spät, sagen wir, so um zehn oder elf.«

Hannah war blaß geworden. »Ehe er nach Hause fuhr? Sie glauben nicht... Sie glauben überhaupt nicht, daß es Selbstmord war, nicht wahr?«

»Nein, ich halte es nicht für wahrscheinlich.«

»Mein Gott. Sie meinen, es hat jemand... jemand hat Sebastian das angetan, während wir im Garten waren und miteinander geredet haben? Und ich mich wie eine alberne Gans aufgeführt habe.«

»Sehr wahrscheinlich, ja.«

»Das erscheint mir jetzt alles so dumm und belanglos.« Sie schob sich das Haar aus der Stirn und sank etwas tiefer in ihren Sitz.

»Wir konnten es doch nicht wissen. Und Ihr Leben ist nicht trivial oder belanglos. Wenn die Dinge, die uns täglich widerfahren, nicht wichtig wären, wäre niemands Tod ein großer Verlust, auch Sebastians nicht.«

»Hätten wir denn etwas tun können, hätten wir ihm helfen können, wenn wir es gemerkt hätten?«

Kincaid nahm ihre Hand und hielt sie so, als wollte er ihr aus der Hand lesen. »Das bezweifle ich. Es war ein massiver Stromschlag. Er war vermutlich augenblicklich tot. Sofortige Wiederbelebung hätte ihn vielleicht retten können, aber auch das ist nicht sicher.«

Sie rückte von ihm ab, und ihre Stimme klang scharf, als sie sprach. »Natürlich, Sie kennen sich in diesen Dingen aus. Sie sind der Experte. Und Sie haben meine Frage immer noch nicht beantwortet.«

Seufzend wandte er sich ab, blickte durch die verschmierte Windschutzscheibe in die dichter werdende Dunkelheit hinaus. »Es war nicht meine Absicht, Sie zu täuschen. Ich denke, ich wollte einfach meine Arbeit eine Woche lang hinter mir lassen und ausnahmsweise einmal als der genommen werden, der ich bin. Sie hätten die anderen sehen sollen, vorhin im Salon. Sie wußten nicht, ob sie wütend über mich herfallen sollten, weil ich sie getäuscht hatte, oder ob sie sich einschmeicheln sollten, um Informationen zu bekommen.« Er lächelte. »Sie werden mich nie wieder als einen ganz normalen Menschen sehen. Von jetzt an bin ich der Spion im feindlichen Lager. Ich hätte wissen müssen, daß es nicht klappen kann. Ich kann den Menschen, der ich durch meine Arbeit bin, nicht so leicht abschütteln.«

»Ich glaube, ich verstehe, was Sie meinen«, sagte Hannah, den Blick auf ihre Hände gesenkt. »Und sind Sie ein Spion in unserem Lager?«

»Das glaube ich nicht. Weder Fisch noch Fleisch, wenn man es genau nimmt. Für Nash bin ich ganz bestimmt nur eine Plage, und die Tatsache, daß ich ihm an Rang überlegen bin, ist auch keine Hilfe.«

»Was haben Sie denn für einen Rang? Nash hat es nie gesagt, sondern immer nur mit höhnischer Miene von ›Ihr Freund Kincaid‹ gesprochen.«

»Superintendent.« Sie riß überrascht die Augen auf. »Ich weiß, ich weiß«, sagte er, ehe sie sprechen konnte. »Aber ich bin gerade erst befördert worden, es ist also nicht so schlimm, wie es klingt. Ich war in Bramshill.« Als er ihr Unverständnis sah, fügte er hinzu: »Die Polizeiakademie in der Nähe von Reading. Ein Spezialkurs. Er beschleunigt die Beförderung zum Inspector um ungefähr fünf Jahre.«

Er sagte nicht, daß nur »junge Beamte mit außergewöhnlichen Fähigkeiten« zur Sonderausbildung in Bramshill zugelassen wurden. Wenn Nash sich jedoch über ihn erkundigt hatte, so wußte er das jetzt und würde ihn darum nur um so weniger mögen.

»Ich wollte doch nur«, zitierte er mit klagender Stimme und falsch, »eine Woche Urlaub und ein bißchen Butter für mein Brot.«

Darauf lächelte sie immerhin. »Schwach. Aber jemand, der Milne gelesen hat, kann so übel nicht sein.«

»Waffenstillstand?« fragte er und bot ihr die Hand.

»Ja. Gut.« Sie drückte flüchtig seine Hand. »Ich komme mir vor wie eine Zehnjährige.«

»So ist es richtig.« Er vermerkte mit Befriedigung, daß ihr Gesicht etwas entspannter wirkte. »Ich bin gerade auf der Flucht.« Er wies auf sein Jackett. »Fahren Sie doch mit mir nach York zum Essen, wo keiner uns kennt.«

Sie schüttelte den Kopf. »Nein. Es war ein schlimmer Tag. Ich glaube, ich möchte lieber allein sein. Wenn Sie mich nur vor dem Haus absetzen.«

Kincaid lenkte den Wagen auf die schmale Straße und brachte Hannah zum Haus, wie sie gebeten hatte. Er neigte sich an ihr vorbei und öffnete die Tür, um sie hinauszulassen. In den Fenstern von Followdale House glänzten die Lichter, einladend wie der Tod.

6

Sergeant Gemma James schob ihren Ford Escort in eine Parklücke, die allenfalls für ein Motorrad gereicht hätte. Ihr ganzes geschicktes Manövrieren half nichts. Als sie den Motor abstellte und die Handbremse zog, ragte das Heck des Wagens schräg in die Straße hinaus. Früher als sonst zu Hause, ein ungewöhnliches Vorkommnis, und dennoch kein Platz zum Parken, weil die halbwüchsigen Söhne ihrer Nachbarn alles mit ihren Vehikeln vollgestellt hatten. Selbst der Kleine hatte sein Dreirad umgekippt mitten auf dem Weg liegenlassen.

Sie löste die Gurte von Tobys Sitz und hob ihren Sohn aus dem Auto. Mit dem Jungen auf einem Arm und der Einkaufstüte im anderen stieß sie die Autotür mit unnötiger Heftigkeit mit dem Fuß zu. Den Weg kam sie ganz gut hinauf, bis sie an einem Rad des Dreirads hängenblieb und stolperte. Sie fluchte.

Einen Namen wie ein Stabreim und die Hypothek auf der Doppelhaushälfte in Leyton war so ziemlich das einzige, was Rob ihr hinterlassen hatte, und die besonderen Eigenschaften des Hauses waren zweifelhafter Natur – Blick auf die Lea Bridge Road, roter Backstein, abblätternde Farbe, ein verkümmerter kleiner Vorgarten und Nachbarn, bei denen es immer aussah wie auf dem Schrottplatz.

Toby fing an zu strampeln und schrie: »Runter, runter!«

»Pscht, pscht. Gleich, Schatz, gleich.« Gemma schaukelte ihn auf ihrer Hüfte und klapperte mit den Schlüsseln, während sie nach dem richtigen suchte. Als sie Toby drinnen auf dem Boden absetzte, bemerkte sie auf der Hüfte ihrer Leinenjacke einen großen feuchten Fleck. »Verdammt. Jetzt reicht's mir aber«, murmelte sie mit unterdrücktem Zorn. Toby war klatschnaß, und als sie ihn nochmals hochhob, nahm sie auch den scharfen Geruch nach altem Urin wahr. »Dieser verdammte Hort«, sagte sie.

Toby zog eine blonde Augenbraue hoch, und es sah so komisch aus, daß sie lachen mußte.

»Verdammt«, wiederholte er ernst und nickte dazu.

»Ach, Schatz.« Sie drückte ihn samt seiner klatschnassen Windel fest an sich und flüsterte ihm ins Ohr. »Mama bringt dir wirklich schlimme Sachen bei. Aber verdammt ist in diesem Fall schon das richtige Wort. Anders kann man nicht sagen.« Sie trug ihn nach oben, stellte ihn in sein Bettchen, zog ihn aus und wusch ihm dann das feuchte Hinterteil ab. »Du bist eigentlich schon viel zu groß, um noch Windeln anzuziehen. Du bist doch schon zwei, nicht wahr? Ein richtiger großer Junge.«

»Ich zwei«, wiederholte Toby und lachte sie an.

Gemma seufzte. Sie hatte ihren Urlaub schon im Sommer genommen und wußte nicht, wie sie ihn sauber bekommen sollte, ohne ein paar Tage mit ihm zu Hause zu bleiben.

Sie drückte ihren Mund auf seinen Bauch und blies mit aller Kraft. Toby quietschte und krähte vor Wonne, als sie ihn mit Schwung heraushob und ihm einen Klaps gab. Prustend wie eine Lokomotive rannte er auf seinen kleinen Beinchen davon, und Gemma folgte langsamer.

Nachdem sie sich mit einem Glas gekühlten Weißwein gestärkt hatte, verstaute sie ihre Einkäufe und machte im Wohnzimmer Ordnung, indem sie Tobys Spielsachen und Bücher in Körbe warf. Sie hatte versucht, das Haus ein bißchen wohnlicher zu gestalten. Kugelschirme aus weißem Reispapier über den nackten Glühbirnen, Reispapierjalousien an den Fenstern, bedruckte Baumwollkissen auf der langweiligen Couch, bunte Poster an den Wänden – aber die Feuchtigkeit kroch dennoch durch die Tapete, und die Sprünge in der Decke verästelten sich wie Efeu.

Das dumpfe Dröhnen von Heavy-Metal-Rockmusik setzte nebenan ein, so stark, daß die Wände vibrierten. Gemma holte aus der Küche einen Besen und klopfte mit dem Stiel nachdrücklich an die Verbindungswand. Der Krach nahm um den Bruchteil eines Dezibels ab. »Wenn ihr die verdammte Musik nicht sofort leise macht, hol' ich die Polizei«, schrie sie an die Wand, obwohl sie genau wußte, daß sie drüben nicht ein Wort hörten.

Dann wurde ihr die Absurdität der Situation bewußt, und sie begann zu lachen. Da stand sie mit ihrem Besen in der Hand und fliegendem roten Haar und kreischte wie ein Fischweib – die reinste Hexe. Immer noch lächelnd holte sie ihren Wein aus der Küche, setzte sich aufs Sofa und legte die Füße auf die Truhe, die als Couchtisch diente. Toby schob, vom Lärm gänzlich unberührt, einen Plüschteddybären über den Boden und machte dabei Brummgeräusche.

So tolerant sollte ich mal sein, dachte Gemma ironisch. Vor zehn Jahren hätte ich nebenan feste mitgerockt – aber nein, vielleicht doch nicht. Mit achtzehn war es ihr weit wichtiger gewesen, ein anderes Leben für sich selbst zu planen, als sich zu amüsieren. Sie war auf der Schule geblieben und hatte den Abschluß gemacht, der ihr erlaubte, auf die Universität zu gehen, während ihre Freundinnen Verkäuferinnen oder Kassiererinnen geworden waren oder geheiratet hatten. An ihrem neunzehnten Geburtstag bewarb sie sich bei der Metropolitan Police. Zwei Jahre später entschied sie sich für eine Karriere beim CID, der Kriminalpolizei. Sie sah ihren zukünftigen Berufsweg so klar gezeichnet vor sich wie eine Karte.

Sie hatte nicht damit gerechnet, daß sie in einem Viertel landen würde, das genauso war wie das, aus dem sie immer herausgewollt hatte. Aber sie hatte ja auch nicht mit Rob James gerechnet.

Toby kletterte neben ihr aufs Sofa und schlug ein Bilderbuch auf. »Ball«, sagte er und tippte mit dem Finger auf die Seite. »Auto.«

»Ja, du bist ein gescheiter Junge, Schatz.« Gemma strich ihm über das glatte blonde Haar. Sie konnte sich wirklich nicht beklagen. Bisher war sie mit ihrem Leben gut zurechtgekommen, trotz aller Hindernisse. Und morgen hatte sie einen halben Tag frei, Zeit, sich Toby zu widmen.

Vielleicht kam ihre schlechte Laune zum Teil daher, gestand sie sich widerwillig ein, daß sie sich sehr schnell daran gewöhnt hatte, mit Duncan Kincaid zusammenzuarbeiten, und der Tag infolge seiner Abwesenheit einiges von seinem Glanz verloren hatte.

Und das, sagte sich Gemma streng, war eine Neigung, die man fest im Griff behalten mußte.

Am Dienstag morgen erwachte Kincaid spät, von einer Lustlosigkeit geplagt, die oft die Folge des Verschlafens ist. Das Bettzeug war verwurstelt und halb zu Boden gerutscht. Seine Zunge fühlte sich von allzuviel Wein am Abend zuvor pelzig an.

Ein bedrückender Traum hing ihm noch nach, quälte ihn mit zusammenhanglosen Bildfragmenten. Ein Kind in einem Brunnen – eine kleine Stimme, die nach ihm rief...

Er konnte kein Seil finden... Dann stieg er in den Brunnen hinab, Moos, das seine Handflächen wie gelatinöser Leim bedeckte... um nur Knochen zu finden, nichts als kleine Knöchelchen, die unter seiner Berührung in Staub zerfielen. Puh! Er schüttelte sich und lief in die Dusche, in der Hoffnung, daß das heiße Wasser seinen Kopf freimachen würde.

Als er aus dem Bad kam, merkte er, daß er einen Bärenhunger hatte. Er nahm sein Frühstück – Butterbrot, Käse und eine Tasse Tee – mit auf den Balkon hinaus und verzehrte es ans Geländer gelehnt, während er über den Tag nachdachte, der vor ihm lag. Er stellte fest, daß ihm aller Enthusiasmus, den Touristen zu spielen, abhanden gekommen war. Alle seine Pläne erschienen ihm langweilig, lahm, Abklatsch des trüben, bewölkten Tages. Selbst der Gedanke, allein zu wandern, eine Vorstellung, die er noch vor zwei Tagen herrlich gefunden hatte, konnte ihn jetzt nicht mehr reizen.

Sein Gewissen plagte ihn. All diese Träume von Dingen, die ungetan geblieben oder zu spät erledigt worden waren. Sein Unterbewußtsein bombardierte ihn mit kleinen Giftpfeilen, er mußte ein Friedensangebot machen. Offizielles Handeln war schwierig, aber er hatte das Bedürfnis, etwas Positives zu tun.

Er würde Sebastians Mutter besuchen. Ihr einen Beileidsbesuch machen. Ein altmodischer Brauch, traditionell, ehrenwert und häufig nicht mehr als leere Etikette, aber so ein Besuch würde ihm wenigstens das Gefühl geben, daß Sebastians Tod nicht ohne ein Zeichen vorübergegangen war.

Die Adresse konnte er sich bei Cassie holen.

Als Kincaid seine Apartmenttür abgeschlossen hatte und sich umdrehte, sah er Penny MacKenzie unsicher im Flur stehen. Sie trug an diesem Morgen eine lange Hose, Pullover und feste Schnürschuhe und wirkte irgendwie reduziert, als hätte sie zusammen mit ihrer exzentrischen Garderobe eine Dimension ihrer Persönlichkeit verloren. Eine ältere Frau, ein wenig gebrechlich vielleicht, aber durchschnittlich. Ihr Enthusiasmus fehlte, erkannte Kincaid plötzlich; statt zu sprudeln wie sonst, zauderte sie jetzt nur.

»Guten Morgen, Miss MacKenzie.«

»Oh, Mr. Kincaid, ich hatte gehofft... ich meine, ich dachte, wenn Sie vielleicht... ich dachte mir, ich warte einfach mal...« Die Worte gingen ihr aus, sie schwieg mit hilflosem Gesicht.

»Wollten Sie mit mir über etwas reden?«

»Ich wollte nicht mit diesem Inspector Nash sprechen, weil ich mir schrecklich albern vorkäme, wenn sich dann herausstellen sollte, daß es gar nicht wichtig ist. Und Emma hat mir gesagt, daß Sie auch Polizeibeamter sind, deshalb dachte ich, Sie könnten mir vielleicht... Ich wollte nicht, daß Emma es erfährt, wissen Sie... Ich habe nämlich Inspector Nash gesagt, ich hätte geschlafen, aber das stimmt nicht. Emma regt sich immer so auf, wenn ich etwas vergesse, deshalb habe ich gewartet, bis sie eingeschlafen war...«

»Ach, hatten Sie etwas vergessen?« Kincaid lehnte sich an die Wand, geduldig und entspannt, um sie nicht zu hetzen.

»Ja, meine Handtasche. Unten im Salon. Ich habe mich auf der Party so gut unterhalten. Ich habe einen Sherry getrunken. Ich trinke fast nie, wissen Sie, und der Sherry muß mich vergeßlich gemacht haben...«

Wieder geriet Penny ins Stocken, und diesmal wagte es Kincaid, sie zum Weitersprechen zu ermuntern. »Und nachdem Ihre Schwester eingeschlafen war, sind Sie wohl hinuntergegangen, um die Tasche zu suchen?«

»Ja. Ich habe gewartet, bis sie zu schnarchen anfing. Dann wacht sie nicht mehr so leicht auf.« Ein Hauch ihres verschmitzten Lächelns zeigte sich. »Das Haus war so still. Ich war richtig ein bißchen... furchtsam. Ich meine, in einem fremden Haus und dann so dunkel. Ich war überhaupt nicht darauf gefaßt...« Sie brach ab, die Unbefangenheit des Augenblicks war so rasch wieder verschwunden, wie sie gekommen war. »Wahrscheinlich hat es gar nichts zu bedeuten. Es wäre mir furchtbar, jemanden in Schwierigkeiten zu bringen. Der Fairneß halber wäre vielleicht ein Gespräch...«

»Ah, Penny, da bist du ja! Ich hab' dich schon überall gesucht.« Emma MacKenzie kam leicht keuchend die Treppe herauf. »Was machst du denn hier oben?«

»Ich wollte nur kurz mit Mr. Kincaid sprechen, Emma.«

Penny war verlegen und, den Eindruck hatte jedenfalls Kincaid, ein klein wenig erleichtert. Er verwünschte im stillen Emmas Erscheinen. Jetzt würde er nichts mehr aus Penny herausbekommen; das, wozu sie sich durchgerungen hatte ihm zu sagen, würde warten müssen. »Miss MacKenzie hat mir gerade erzählt, was ich mir anschauen sollte...«

»Dann laß doch Mr. Kincaid jetzt losgehen, und komm, sonst verpassen wir noch die Vögel. Es ist schon spät.« Emma drehte sich herum und murmelte: »Ein ganzer Morgen verschwendet...«, während sie wieder die Treppe hinunterstapfte.

Kincaid zwinkerte Penny hinter Emmas Rücken zu, als sie ihrer Schwester gehorsam folgte.

Cassie hatte, soweit Kincaid sehen konnte, eine angenehme Nacht verbracht. Er traf sie in ihrem Büro an, heiter, sichtlich ausgeruht, elegant und so sehr mit sich und der Welt zufrieden, daß er fast erwartete, sie würde gleich zu schnurren anfangen. Sie lächelte ihn strahlend an und begrüßte ihn mit seinem Titel – wohl um ihn wissen zu lassen, dachte Kincaid, daß sie Wert darauf legte, Abstand zu halten.

»Was kann ich für Sie tun, Superintendent?«

»Gut geschlafen, Cassie?« Sie lächelte nur und wartete, als erwartete sie Bedeutenderes von ihm. »Ich dachte, Sie könnten mir vielleicht Sebastians Adresse geben.«

»Ach, wollen Sie den guten Samariter spielen?« spöttelte Cassie.

»Ja, ich finde, irgend jemand muß es tun. Sie haben mir erzählt, daß er mit seiner Mutter zusammengelebt hat. Was ist mit seinem Vater?«

Kincaid setzte sich halb auf die Schreibtischkante und befingerte die losen Blätter, die auf dem Schreibtisch herumlagen. Er neigte sich zu ihr hinüber und mißachtete ganz bewußt den Abstand, den sie zwischen ihn und sich gelegt hatte.

»Der ist vor Jahren gestorben, zumindest hat er das immer gesagt. Mami hat ihr Bübchen allein großgezogen.« Cassie verschränkte die Arme und neigte den Kopf etwas nach rückwärts, um zu ihm hinaufzusehen.

»Cassie, haben Sie Sebastian an dem Abend nach der Party noch gesehen? Er schien mir völlig in Ordnung zu sein.«

»Ich bin gegen zehn in meinen Bungalow gegangen. Er hat noch im Salon aufgeräumt. Er sagte, er würde absperren – das hat er meistens getan. Er hat gern den Hausherrn gespielt und ist mit Vorliebe nachts im Haus herumgegeistert, um alles piekfein zu machen. Und am Schluß, bevor er nach Hause gefahren ist, ist er jedesmal noch ins Sprudelbad gegangen. Wenn ich noch wach war, hab' ich immer sein Motorrad anspringen hören, wenn er abgefahren ist – er hat immer direkt neben den Bungalows geparkt.«

Cassie schien so sehr mit sich selbst zu sprechen wie mit Kincaid. Ihre Stimme war leise, hatte einen Unterton, den man beinah für Bedauern hätte halten können.

»Ich kann mich nicht erinnern, ihn an dem Abend gehört zu haben, obwohl mir in dem Moment gar nicht aufgefallen ist, daß etwas gefehlt hat.«

»Und haben Sie sonst etwas gehört oder gesehen, nachdem Sie an dem Abend in Ihren Bungalow gegangen waren?«

»Hören Sie auf, mich zu verhören, Superintendent«, sagte Cassie scharf und unangenehm. »Das hat Inspector Nash schon für zwei erledigt.« Sie blätterte in einer Kartei auf ihrem Schreibtisch und kritzelte etwas auf einen Zettel. »Hier haben Sie die Adresse. Und jetzt muß ich arbeiten, wenn Sie gestatten.«

Er hatte es verpatzt. Cassie war ruckzuck wieder in ihre Rüstung gestiegen.

Eddie Lyle saß mit einer aufgeschlagenen Zeitung auf dem Schoß in einem Sessel im Salon. Kincaid blieb an der Tür stehen. Würde er mit einem kurzen Gruß und einem Nikken vorbeikommen? Sein Zögern wurde ihm zum Verhängnis.

Lyle blickte auf. »Ah, Mr. Kincaid.« Er schwenkte die Zeitung. »Wir sind heute die Sensation im lokalen Käseblättchen. Ich hoffe nur, die großen Zeitungen übernehmen das nicht. Ich möchte nicht, daß meine Tochter sich wegen irgendeines Sensationsberichts ängstigt.«

Kincaid, der jetzt nicht mehr einfach gehen konnte, sich aber auch nicht auf ein längeres Gespräch einlassen wollte, ging zum Sofa, das Lyles Sessel gegenüberstand, und lehnte sich an seinen Rücken. »Ihre Tochter ist so alt wie Angela Frazer, nicht?«

»Ja, sie ist fünfzehn, aber...«

»Die meisten Fünfzehnjährigen lesen keine Zeitungen, Mr. Lyle. Ich würde mir da keine Sorgen machen.«

»Chloe hat mit Angela Frazer nicht die geringste Ähnlichkeit, Mr. Kincaid. Sie ist eine sehr gute Schülerin, und ich habe sie immer ermutigt, sich für die Weltereignisse zu interessieren.«

»Ach, sie ist wohl im Internat?«

»Ja, aber so nahe, daß sie die meisten Wochenenden nach Hause kommen kann.« Lyle nahm seine Brille ab und massierte seinen Nasenrücken mit Daumen und Zeigefinger. »Meine Tochter soll einmal alle Chancen haben, Mr. Kincaid. Sie soll nicht knausern und kämpfen müssen, wie ich das mußte.«

Kincaid, der Lyle jetzt, da er nicht großspurig mit Beschwerden drohte, beinahe erträglich fand, verkniff es sich zu sagen, daß die meisten Kinder es gar nicht zu würdigen wußten, wenn ihnen Dinge in den Schoß fielen, die ihre Eltern hatten entbehren müssen – sie sahen das als selbstverständlich an.

Immerhin, Lyle mußte es zu etwas gebracht haben – eine Tochter im Internat, teure Garderobe, auch wenn sie schlecht saß, *timeshare*-Urlaub, das alles war nicht billig. »Sie waren bei der Armee, wie ich gehört habe?«

»Ja, da habe ich meine Ausbildung bekommen, aber umsonst war da gar nichts, falls Sie das glauben sollten. Ich habe dafür bezahlt, Mr. Kincaid. Ja, ich habe den Preis bezahlt.« Lyle sah wieder in seine Zeitung, faltete sie zusammen und zog scharf den Kniff nach.

Ein Gespräch mit Eddie Lyle, dachte Kincaid, war ungefähr so, als liefe man auf Eiern. Ganz gleich, wie vorsichtig man war, es ging unweigerlich schief.

Die Adresse, die Cassie Whitlake ihm gegeben hatte, führte ihn zu einem schmalen Reihenhaus in einer der gewundenen Gassen hinter dem Marktplatz von Thirsk. Ein Messingklopfer blitzte, und einige hartnäckige Petunien leuchteten noch in den Blumenkästen. Ehe er läuten konnte, wurde die Tür geöffnet, und er sah sich einer Frau mittleren Alters mit ergrauendem blonden Haar gegenüber.

»Mrs. Wade?« Die Frau nickte. »Darf ich hereinkommen? Mein Name ist Kincaid.«

Er reichte ihr seinen Dienstausweis, und sie studierte ihn sehr genau, trat dann mit schweigender Aufforderung zurück. Sie hatte, wie es schien, ihr bestes Kleid an, ein marineblaues Hemdblusenkleid mit weißen Manschetten und weißem Kragen. Das helle Haar war sorgfältig gekämmt, doch ihre Augen waren rot und verschwollen vom Weinen, und ihre Gesichtszüge waren so schlaff, als hätten sie allen Halt verloren. Selbst der Lippenstift schien in einer langsamen, roten Lawine des Schmerzes von ihren Lippen zu rutschen.

»Ich wußte, daß er tot war.« Die Stimme war tonlos,

ohne Schwingungen, nicht an ihn, sondern ins Leere gerichtet.

»Mrs. Wade.« Kincaids sanfter Ruf holte sie zurück, und zum erstenmal richtete sie ihren Blick auf ihn. »Ich möchte Ihnen nichts vormachen. Ich bin nicht in meiner Eigenschaft als Polizeibeamter hier. Die örtliche Kriminalpolizei ermittelt im Tod Ihres Sohnes. Ich habe Sebastian in Followdale kennengelernt, wo ich zur Zeit meinen Urlaub verbringe, und ich wollte Ihnen mein Beileid aussprechen.«

»Die Polizeibeamtin, die gestern hier war, die nette, hat mir gesagt, daß ein Kollege von ihr, der im Haus wohnt, ihn gefunden hat. Waren Sie das?«

»Ja«, antwortete Kincaid.

»Haben Sie... wie...« Sie ließ die Frage unausgesprochen, vielleicht, wie Kincaid meinte, weil sie spürte, daß sie in diesem Augenblick eine Beschreibung der Todesumstände nicht hätte ertragen können. Statt dessen sah sie ihn wieder an und sagte: »Haben Sie ihn gemocht?«

»Ja. Er war sehr freundlich zu mir, und er war sehr amüsant.«

Sie nickte, und ein Teil ihrer Spannung löste sich. »Ich bin froh, daß Sie ihn gefunden haben. Niemand ist zu mir gekommen. Nicht einmal diese Cassie.« Abrupt wandte sie sich von ihm ab und ging ihm voraus ins Wohnzimmer. »Möchten Sie eine Tasse Tee? Ich setze nur rasch Wasser auf.«

Das Zimmer, in dem sie ihn zurückließ, war kalt, blitzsauber, ordentlich und bar allen Charmes und jeglicher Gemütlichkeit. Die Luft roch so muffig wie ein alter Schiffskoffer. Die Tapete war einmal rosarot gewesen. Die Möbel, vor fünfzig Jahren vielleicht neu und von zweifelhaftem Geschmack, konnten Mrs. Wades Eltern gehört haben. Es gab keine Bücher, kein Fernsehgerät, kein Radio. Sie muß in der Küche leben, dachte Kincaid, oder im hinteren Zimmer. Dieser Raum war bestimmt seit dem vorletzten Todesfall in der Familie nicht mehr benutzt worden.

Das Teegeschirr stand sorgfältig geordnet auf einem alten Blechtablett, nichts paßte zusammen.

»Mrs. Wade«, begann Kincaid, nachdem sie sich gesetzt hatte und damit beschäftigt war, den Tee einzuschenken, »wie haben Sie gestern davon erfahren, daß Ihr Sohn tot ist? Hat es Ihnen jemand gesagt?«

»Er selbst.« Ihre Stimme war tonlos. Sie sah ihn flüchtig an und wandte sich wieder ihrem Tee zu. Sie hielt ihre Tasse nahe vor der Brust, umschloß sie mit beiden Händen, als könnte sie aus ihrer Wärme Kraft schöpfen. »Ich bin in der Nacht aufgewacht, das heißt, eigentlich war es schon früher Morgen, und ich habe gespürt, daß er da war, in meinem Zimmer. Er hat nicht richtig mit mir gesprochen, nicht laut, meine ich, aber irgendwie habe ich gespürt, daß er mich wissen lassen wollte, daß es ihm gut geht und daß ich mir keine Sorgen um ihn machen soll. Da habe ich gewußt, daß er tot ist. Das ist alles. Aber ich hab' es gewußt.«

Und dann war sie aufgestanden und hatte sich angekleidet und darauf gewartet, daß jemand kommen und es ihr sagen würde, um den Tod amtlich zu machen. Vor zehn Jahren hätte Kincaid auf ihre Geschichte mit Geringschätzung reagiert, sie als Ausgeburt einer vom Schmerz überreizten Phantasie abgetan. Aber er hatte zu viele ähnliche Berichte gehört, um nicht einen gewissen Respekt vor den geheimnisvollen Kräften der Seele zu haben.

Behutsam stellte er seine Tasse ab, und ihre Veilchen vereinigten sich mit den Rosen der Untertasse zu zarter Fülle. Mrs. Wades Aufmerksamkeit hatte sich wieder von ihm abgewandt. Geistesabwesend starrte sie die gegenüberliegende Wand an, die vergessene Teetasse noch mit beiden Händen umschlossen.

»Mrs. Wade«, sagte er leise, »wer waren Sebastians Freunde?«

Ihr Blick kehrte aufgestört zu ihm zurück. »Er hat eigentlich gar keine Freunde gehabt, nein. Er war ja fast jeden Tag bis spätabends in der Arbeit. Und nach der Arbeit ist er gern noch in den...«, sie geriet einen Moment ins Stocken, »in den Pool gegangen. Das sei eine der positiven Seiten des Jobs, hat er immer gesagt. Ich weiß, daß er mit dieser Cassie nicht zurechtgekommen ist. Er sagte, sie behandele jeden von oben herab, obwohl sie selber auch nichts Besseres sei. Ihr Vater hat in Clapham auf dem Bau gearbeitet. Er war Polier oder so was. Aber sie tut anscheinend immer so, als käme sie aus adligen Kreisen. Er hat mir oft von den Leuten erzählt, die ins Hotel gekommen sind, was sie angehabt und wie sie geredet haben. Er hat das so gut gemacht, daß ich manchmal das Gefühl hatte, sie wären hier bei mir im Zimmer.« Sie lächelte bei der Erinnerung, und Kincaid konnte Sebastian hören, wie er mit heller Stimme boshaft das prätentiöse Gerede seiner ahnungslosen Opfer nachahmte. »Aber es hat ihn nie jemand hier besucht. Wenn er nicht gearbeitet hat, saß er meistens in seinem Zimmer.«

»Hätten Sie etwas dagegen, wenn ich mir Sebastians Zimmer einmal ansehe, Mrs. Wade?«

Er wußte selbst nicht, was er erwartet hatte. Aber ganz gleich, was für Vorstellungen er vielleicht im Kopf gehabt hatte – Wände voller Poster zum Beispiel, Reste von Adoleszenz –, dem, was ihn empfing, hatten sie in keiner Weise entsprochen.

In dieses Zimmer, so schien es, hatte Sebastian das ganze Geld gesteckt, das ihm nach Bezahlung der Raten für sein Motorrad und nach den Ausgaben für Kleidung geblieben war. Der ganze Boden war mit einem blaßgrauen Berberteppich ausgelegt, der sehr teuer aussah. Planmäßig und überlegt verteilt standen üppige Grünpflanzen. Kommode und Stühle sahen aus wie Antiquitäten, schienen mindestens gute Reproduktionen zu sein. Das Bett, ebenfalls eine Antiquität oder eine gute Reproduktion, erinnerte an einen Schlitten. An den perlgrauen Wänden hingen gerahmte Drucke von Museumsqualität, vor allem moderne Maler, aber auch, wie Kincaid zu erkennen meinte, ein, zwei amerikanische Impressionisten.

Sebastians Bücher, eine bunte Mischung, standen in einem einfachen Fichtenholzregal, einziges sichtbares Relikt aus der Kinderzeit. Klassische Kinderbücher, Stapel von Motorradzeitschriften, Stephen King, Spionageromane, die neuesten Techno-Thriller. Sebastian hatte offenbar eine Vorliebe für das Verwickelte und Hinterhältige gehabt. Auf dem obersten Bord entdeckte Kincaid eine alte Ausgabe der gesammelten Werke von Sherlock Holmes und die Romane Jane Austens.

Sebastians Kleider hingen ordentlich nach Art und Farbe sortiert im Schrank. Der Anblick dieser Kleidungsstücke, die darauf warteten, daß ihr Besitzer unter ihnen wählte, sich für das eine entschied und das andere verwarf, erfüllte Kincaid mit einer tiefen Traurigkeit.

Er fand die Akten ganz hinten im Schrank, sorgfältig in einem Karton mit der Aufschrift »Versicherung« verstaut.

7

Kincaid drückte Mrs. Wade einen Moment die kleine Hand und dankte ihr so herzlich, wie es ihm möglich war. Sie war innerlich wieder davongegangen, während er oben gewesen war, und hatte sichtlich Schwierigkeiten, ihren Blick auf ihn einzustellen. Er nahm wahr, daß sie schwach nach Kaugummi und frisch geschnittenem Tabak roch, dem Aroma des Tabakladens.

»Was ist mir Ihrem Laden, Mrs. Wade? Haben Sie jemanden, der Sie vertreten kann?«

»Ich habe ihn fürs erste geschlossen. Ich konnte ihn nicht offenlassen. Ich wollte ihn immer Sebastian hinterlassen, wissen Sie. Er hätte ja gar nicht hinter der Theke zu stehen brauchen, ich meine, dazu war er viel zu begabt, aber er hätte jemanden einstellen können und trotzdem noch ein nettes kleines Einkommen gehabt. Ich hab' das ganze Versicherungsgeld von seinem Vater in den Laden gesteckt. Er hätte ihn einmal bekommen sollen.«

Kincaid tätschelte die schlaffe Hand und suchte nach einem Wort des Trostes. »Ich bin sicher, er hat das zu würdigen gewußt, Mrs. Wade. Es tut mir leid.«

Der Messingklopfer blitzte hell, als er die Tür hinter sich zuzog. Es war ein schöner, etwas windiger Morgen geworden. Ein Stück gelbes Papier flatterte unter dem Scheibenwischer des Midget wie ein kleiner Schmetterling. Er hatte sich einen Strafzettel für falsches Parken geholt – der zuständige Verkehrspolizist war offensichtlich ein wachsamer Typ.

Kincaid steckte den Strafzettel in seine Brieftasche. Er klappte das Verdeck des Midget herunter, schob sich hinter das Steuer und blieb eine Weile nachdenklich sitzen. Was sollte er jetzt mit diesen unerwarteten Informationen anfangen? Ignorieren konnte er sie auf keinen Fall. Warum, zum Teufel, hatten nicht Nashs Leute das Zimmer durchsucht? Es waren fast sechsunddreißig Stunden vergangen, seit Sebastian gefunden worden war, und Nash hatte lediglich eine Polizeibeamtin zu seiner Mutter geschickt, um dieser die Nachricht schonend beibringen zu lassen; er hatte die Mutter noch nicht einmal verhört. Ein Glück vielleicht für die Mutter; er jedenfalls konnte sich nicht vorstellen, daß Nash sich in irgendeiner Weise bemüht hätte, ihren Schmerz zu lindern.

Dennoch, Nash mußte informiert werden, daran war nichts zu ändern. Und darum brauchte er jetzt dringend Hilfe. Er ließ den Motor an und griff zum Autotelefon.

Kincaid schätzte sich glücklich, einen Vorgesetzten wie Chief Superintendent Denis Childs zu haben. Childs war ein intelligenter Mann, der Kincaid als Mensch sympathisch war und den er beruflich sehr schätzte – und Kincaid wußte, daß er genauso leicht einen Vorgesetzten wie Nash hätte erwischen können, auch wenn er es bevorzugte zu glauben, daß ein Polizeibeamter von Nashs Kaliber bei New Scotland Yard über den Rang eines Constables nie hinausgekommen wäre.

Denis Childs war ein wuchtiger Mann, neben dem Kincaid in seiner ganzen schlanken Größe beinahe zierlich wirkte. Mit seiner olivfarbenen Haut und dem freundlich unergründlichen Gesicht erinnerte er Kincaid manchmal an einen orientalischen Potentaten.

»Sir«, sagte Kincaid nach den üblichen Begrüßungsfloskeln, »ich habe ein kleines Problem.«

»Ach was, tatsächlich?« meinte Childs gleichmütig, so wenig wie immer bereit, sich aus der Ruhe bringen zu lassen. »Und wie klein ist es?«

»Hm.« Kincaid zögerte. »Die Situation ist etwas knifflig. Gestern morgen habe ich den stellvertretenden Geschäftsführer des Hotels tot im Swimmingpool gefunden. Er ist an einem Stromschlag gestorben. Der zuständige Beamte hier ist der Meinung, daß es Selbstmord war, aber ich denke, wenn die Laborbefunde kommen, wird er sehen, daß dem nicht so ist. Kurz und gut, mir gefällt die ganze Sache nicht besonders. Ich bin eben... äh... ganz zufällig auf Akten des Toten gestoßen, die ziemlich negative Dinge über einige der *timeshare*-Eigentümer enthalten.«

»Von wegen zufällig! Sie haben geschnüffelt, Kincaid, obwohl Sie gar kein Recht hatten, Ihre Nase da hineinzustecken.« In Childs' Stimme schwang ein beifälliger Ton. »Erpressung?«

»Nein, das glaube ich nicht. Jedenfalls keine direkte Erpressung. Ich wollte Sie fragen, ob Sie mir nicht den Weg ein bißchen ebnen können, damit ich ganz diskret, auf eigene Faust, ein paar Nachforschungen anstellen kann. Ich möchte niemandem auf die Zehen treten...« Kincaid schwieg. »Um ganz ehrlich zu sein, am liebsten würde ich dem Mistkerl vors Schienbein treten, aber im Interesse der guten Zusammenarbeit zwischen den einzelnen Abteilungen...«

»Ich könnte mir denken, daß Sie bereits auf einige Zehen getreten sind. Der Assistant Commissioner wird Ihre Zurückhaltung zu schätzen wissen«, fügte Childs sarkastisch hinzu. »Aber ich will sehen, was ich tun kann. Ich glaube, der Chief Constable dort oben ist ein alter Freund des A. C. Vielleicht ist der A. C. bereit, Ihretwegen ein Wörtchen mit ihm zu reden. Unsere Unterstützung anzubieten, falls die Sache schwierig werden sollte. Ich werde mich einmal mit ihm unterhalten. Treten Sie inzwischen in keine Fettnäpfchen und auf keine Zehen.«

»Ich werde schweben wie ein Engel«, versprach Kincaid. »Ist es in Ordnung, wenn ich Sergeant James anrufe?«

»Tun Sie, was Sie nicht lassen können«, antwortete Childs, und Kincaid legte befriedigt auf.

Gemma James schob zwei Kämme in ihre roten Locken, ein neuerlicher Versuch, sie zur Räson zu bringen. Stirnrunzelnd sah sie sich im Spiegel an, zog die Kämme wieder heraus und bürstete ihr Haar nach hinten, um es zum Pferdeschwanz zu binden. »Ich gebe auf«, sagte sie laut. Da Gott ihr nun einmal rotes Haar und Sommersprossen mitgegeben hatte, war es wohl das beste, beides zu akzeptieren, anstatt ständig eine kühle Blonde oder eine schwüle Brünette sein zu wollen.

Das Telefon läutete genau in dem Moment, als sie den widerspenstigen Toby einfing, um ihn zum Babysitter zu bringen. Der freie Vormittag hatte ihre Stimmung aufgehellt, und sie griff mit wiedergewonnener Energie nach dem Hörer. »Nein, nein, Schätzchen. Laß Mama das machen.« Sie hielt Tobys grapschende Fingerchen mit einer Hand fest, hob mit der anderen den Hörer ab und zog den Kleinen hoch, um ihn rittlings auf ihre Hüfte zu setzen. Einen Moment lang drückte sie ihre Wange an sein helles Haar. Es war dank einer Laune des Schicksals völlig glatt, ganz anders als ihr eigenes und das dunkle Wuschelhaar seines Vaters.

»Gemma?«

»Hallo, Sir. Wie ist der Urlaub?« Gemma lachte ins Telefon, überrascht und erfreut, Kincaids Stimme zu hören. Sie wußte nicht recht, sollte sie ihn beim Vornamen nennen oder mit seinem Titel ansprechen.

»Entschuldigen Sie, daß ich Sie störe, Gemma. Arbeiten Sie im Augenblick an irgendeiner besonderen Sache?«

Es war also ein geschäftlicher Anruf, sie hatte sich richtig entschieden. »Nein, eigentlich nicht. Warum?«

»Ich wollte Sie bitten, verschiedenes für mich zu überprüfen, und das möglichst inoffiziell. Ich habe es mit dem Chef geklärt, aber ich bin nicht wirklich zuständig.«

»Kaffeeklatsch mit den Lästermäulern?« Gemma kannte Kincaids indirekte Methoden.

»Genau. In einigen Fällen werden Sie allerdings direkt mit den Verwandten sprechen müssen. Das Problem ist nur, daß ich nicht genau weiß, was ich eigentlich suche. Ungereimtheiten im Leben dieser Leute, Dinge, die irgendwie nicht ganz zu stimmen scheinen, irgendwas in der Richtung. Aber ich sollte Sie wohl erst einmal grundsätzlich informieren.«

Gemma, die den widerspenstigen Toby längst zu Boden gesetzt hatte, spitzte die Ohren und begann zu schreiben. Mit halbem Ohr hörte sie, wie der Kleine Töpfe und Pfannen aus dem Küchenschrank räumte, doch ihre Aufmerksamkeit war auf Kincaid konzentriert, und als sie schließlich auflegte, umspielte ein kleines befriedigtes Lächeln ihren Mund.

Gerade als Kincaid den Midget abgesperrt hatte und über den gekiesten Vorplatz zum Haus gehen wollte, kam Inspector Peter Raskin aus der Tür und eilte leichtfüßig die Treppe hinunter, ihm entgegen.

»Sir, ich hatte Sie fast schon aufgegeben«, sagte er statt einer Begrüßung. »Ich dachte, es würde Sie vielleicht interessieren, was die Laboruntersuchungen ergeben haben.«

Kincaid blickte zu den blinden Fenstern über ihnen hinauf. »Ja, wir müssen uns wirklich einmal unterhalten. Kommen Sie, gehen wir ein Stück.«

Sie gingen den Weg hinunter zu der Bank am Ende des Gartens – zu eben der Stelle, an der er und Hannah zwei Abende zuvor gestanden hatten, den Blick zum Haus, das mit seinen erleuchteten Fenstern so freundlich und einladend ausgesehen hatte.

»Sie zuerst«, sagte Kincaid, als sie sich gesetzt hatten.

»Sie hatten recht, weder auf dem Heizlüfter noch auf dem Stecker ist auch nur die Spur eines Fingerabdrucks zu finden, der nicht von Cassie Whitlake stammt. Also hat entweder Cassie selbst das Kabel eingesteckt – wobei ich mir nicht vorstellen kann, daß sie so unbekümmert ihre Spuren hinterlassen hätte –, oder aber die Person, die es getan hat, hat Handschuhe getragen. Angenommen, diese Person war Sebastian – und ich habe noch nie von einem Selbstmörder gehört, der zur Ausführung seiner Tat Handschuhe angezogen hat –, was hat er mit ihnen getan? Seine Kleider, seine Brieftasche, sogar sein Taschentuch und sein Kamm – alles lag ordentlich neben der Bank. Hat er das Kabel eingesteckt, die Handschuhe versteckt oder weggeworfen, um dann ans Becken zurückzukehren, sich auszuziehen und hineinzuspringen? Das macht mir keiner weis.« Raskin schwieg einen Moment. »Erstens hätte der Heizlüfter leicht schon einen Kurzschluß haben können, bevor er überhaupt ins Wasser gesprungen war, zweitens hab' ich noch nie von einem methodischen Selbstmörder gehört, der keinen Abschiedsbrief hinterlassen hat.«

»Nein, daran glaube ich auch nicht«, sagte Kincaid. »Wie steht es mit der Todeszeit?«

»Zwischen zweiundzwanzig Uhr und Mitternacht, meint der Arzt, nach dem Mageninhalt zu urteilen. Enger kann er es nicht eingrenzen.«

»Eine große Hilfe ist das nicht, aber ich habe eigentlich nichts anderes erwartet. Keiner der Gäste hat ein wirkliches Alibi?«

»Nein, kann man nicht behaupten.« Raskin zählte die Leute an den Fingern ab. »Cassie sagt, sie sei gegen zehn in ihren Bungalow gegangen. Die Hunsingers sind schlafen gegangen, nachdem sie die Kinder zu Bett gebracht und noch einen Kräutertee getrunken hatten. Marta und Patrick Rennie haben ausgesagt, sie seien die ganze Zeit in ihrem Apartment gewesen, aber sie scheint sich mit dieser Aussage irgendwie nicht wohl zu fühlen. Die Damen MacKenzie haben sich gegen zehn zurückgezogen und um elf beide geschlafen. Janet Lyle hatte Kopfschmerzen, und ihr Mann brachte ihr eine Tasse Tee. Danach ist sie eingeschlafen, und er ebenfalls. Hm, mal sehen, wer jetzt noch bleibt.«

»Die Frazers«, sagte Kincaid.

»Richtig, die Frazers. Vater und Tochter kamen gegen halb elf aus York zurück, vom Abendessen, und sind danach beide zu Bett gegangen.«

»Und Hannah und ich«, fuhr Kincaid fort, »haben gegen elf noch hier im Garten einen Spaziergang gemacht...«

»... und danach haben Sie sich getrennt, und jeder ist in sein eigenes Apartment gegangen«, vollendete Raskin und dehnte seine Finger, bis die Knöchel knackten.

»Alles ziemlich unbrauchbar«, stellte Kincaid mißmutig fest. »Jeder von diesen Leuten kann lügen, und wir würden es nicht merken. Ich bin beispielsweise überzeugt davon, daß Angela Frazer keine Ahnung hat, ob ihr Vater im Apartment war oder nicht. Die beiden hatten auf der Heimfahrt einen Riesenkrach, und sie hat sich daraufhin im Badezimmer eingesperrt. Sie ist dort auf den Fliesen eingeschlafen.«

Raskin grinste. »Ihre Vernehmungstechnik muß ein ganzes Stück besser sein als die meines Chefs – er hat nicht mehr aus ihr herausbekommen als hin und wieder ein mürrisches Ja oder Nein.«

»Das kann ich mir vorstellen. Peter«, sagte Kincaid, sich vorsichtig seinen Weg ertastend, »ich habe heute Sebastians Mutter einen Besuch abgestattet.« Raskin zog nur eine Braue hoch. »Ich habe mir sein Zimmer angesehen. Er hatte einen ganzen Stapel Dossiers über die Eigentümer hier, einige davon mit durchaus brisantem Inhalt.«

Diesmal zog Raskin beide Augenbrauen hoch. »Das wird Nash Ihnen nie verzeihen, Sir. Sobald wir die Laborbefunde hatten, hat er ein Team zu Mrs. Wade geschickt – ihn wird wahrscheinlich der Schlag treffen, wenn er hört, daß Sie schon vor ihm dort waren.«

Kincaid lächelte ein wenig schuldbewußt. »Es war kein Vorsatz. Ich habe bereits Buße getan und die nötigen Schritte unternommen, um für eine Beruhigung Ihres Chefs zu sorgen. Aber es wird vielleicht ganz klug sein, wenn ich ihm aus den Augen bleibe, bis das Ganze von oben durchgesickert ist. Wenn Nash mich jetzt zur Minna macht und danach alles zurücknehmen muß, macht das den Umgang mit ihm höchstens noch schwieriger.«

Raskin maß ihn mit einem nachdenklichen Blick. »Das heißt wohl, daß New Scotland Yard uns bei unseren Ermittlungen ›behilflich‹ sein wird?«

»Möglich. Es geschieht selbstverständlich alles auf äußerst höfliche und diplomatische Art und Weise.«

»Selbstverständlich.« Sie tauschten ein verständnisinniges Lächeln. »Also dann«, sagte Raskin auffordernd, »wollen Sie mir nichts Näheres erzählen, Sir? Was für schmutzige Geheimnisse hat der neugierige Mr. Wade denn ausgegraben?«

Kincaid streckte die Beine aus und blickte sinnend zu seinen Schuhspitzen hinunter. »Es sind sehr viele Dossiers da, aber ich denke, wir sollten uns auf die Akten derjenigen Leute konzentrieren, die diese Woche hier sind. Zum Beispiel ist Sebastian einem Gerücht nachgegangen, das in Dedham zirkuliert und besagt, Emma und Penny MacKenzie hätten ihrem heißgeliebten Vater zu einem schnelleren Ende als von der Natur vorgesehen verholfen.« Raskin sah ihn verblüfft an, unterbrach jedoch nicht. »Er war Diabetiker, und sie haben ihm selbst das Insulin gegeben – sie könnten einfach die Dosis etwas erhöht haben.«

»Ja, möglich ist das wohl. Ich habe schon Unwahrscheinlicheres gehört. Und der nächste Kandidat?«

»Graham Frazer. Er hat anscheinend eine heiße Affäre mit Cassie Whitlake – was an sich nicht weiter schlimm wäre, wenn nicht Frazer zur Zeit einen erbitterten Kampf um das Sorgerecht für Angela führte, bei dem diese Geschichte vielleicht als Munition gegen ihn eingesetzt werden könnte. Das sind übrigens Sebastians Vermutungen. Er war sehr gründlich.

Er notierte außerdem zunehmende Unstimmigkeiten zwischen den Rennies. Das ist alles über die derzeitigen Gäste – abgesehen von einer alten Vorstrafe Maureen Hunsingers wegen Drogenbesitzes.«

Raskin verschluckte sich beinahe. »Unsere Große Mutter? Ich hätte nie geglaubt, daß ihr je etwas Giftiges über die Lippen käme.«

Kincaid grinste. »So unlogisch ist das gar nicht. Die Naturkostbewegung ist in gewisser Weise ein später Abkömmling der Hippiekultur der sechziger und siebziger Jahre, und diese Vorstrafe ist zwanzig Jahre alt. Wie Sebastian davon Wind bekommen hat, ist mir schleierhaft.«

»Was ist mit den anderen?« fragte Raskin.

»Hannah Alcock und die Lyles sind zum erstenmal hier. Vielleicht hatte er da nichts gefunden.«

»Das gleiche gilt für die MacKenzies«, erinnerte ihn Raskin.

Kincaid runzelte die Stirn. »Ja, das wäre zu bedenken. Es würde mich interessieren, wie er an diese kleine Geschichte gekommen ist.«

»Und nichts über Ihren Vetter?« Raskin grinste boshaft.

»Nein, Gott sei Dank nicht«, antwortete Kincaid mit Erleichterung. »Jack hat offensichtlich eine blütenweiße Weste. Sonst hätte das für mich peinlich werden können.«

»Und wer«, sagte Raskin mit Bedacht, »ist nun Ihrer Meinung nach das arme Opfer des Erpressers gewesen?«

Kincaid antwortete nicht gleich. Er hielt den Blick auf das stille Haus gerichtet, und als er sprach, war seine Stimme sehr leise. »Es mag merkwürdig erscheinen, aber ich glaube nicht, daß Sebastian jemanden erpreßt hat. Zumindest nicht um Geld. So wie es aussieht, hat er über fast jeden Eigentümer eine Akte angelegt. Der Inhalt ist größtenteils harmloser Natur – Charakterstudien, könnte man sagen. Vielleicht ging es ihm nur um ein bißchen Macht.« Kincaid rieb sich mit beiden Händen das Gesicht. »Ich weiß nicht... Ich verlasse mich da auf mein Gefühl. Ich kann ihn einfach nicht als Erpresser sehen.«

»Na wunderbar, ich höre schon, was mein Chef dazu sagen wird. Der hält nämlich nicht viel vom Gefühl.«

»Ja, das kann ich mir vorstellen.« Kincaid lachte. »Aus diesem Grund werde ich mich heute nachmittag lieber mal eine Weile rar machen. Jedenfalls so lange, bis mein Chef Gelegenheit hatte, ein paar Steinchen in den Teich zu werfen. Sonst buchtet Nash mich am Ende noch ein. Ich glaube, ich werde ein bißchen wandern. Ich mache ja schließlich Urlaub hier«, erklärte Kincaid nicht ohne eine gewisse Ironie.

Der Anblick Emma MacKenzies, die auf einer Bank oberhalb des Tennisplatzes saß, veranlaßte Kincaid, von seinem Weg abzuweichen. Durch ihren Feldstecher blickte sie angespannt zu den Baumwipfeln hinauf und ließ sich in ihrer Konzentration auch nicht stören, als Kincaid sich neben ihr hinsetzte. Er wartete schweigend, folgte mit den Augen ihrem Blick, und es dauerte nicht lange, da sah er es rot aufleuchten.

»Ach verdammt. Jetzt ist er weg«, sagte Emma und senkte den Feldstecher.

»Was war es denn?«

»Ein männlicher Dompfaff. Kommt zwar häufig vor, aber man sieht sie selten. Sie sind sehr scheu.«

»Ich habe noch nie Vögel beobachtet«, bemerkte Kincaid. »Das muß interessant sein.«

Emma warf ihm einen mitleidigen Blick zu. Unmöglich, jemandem, der eine so naive Bemerkung machen konnte, eine lebenslange Leidenschaft zu erklären. »Hm.« Sie wandte sich von ihm ab, um wieder zu den Bäumen hinaufzublicken. »Es ist eine Kunst. Sie sollten sich einmal darin versuchen.« Sie hielt ihm ihren Feldstecher hin. »Nehmen Sie ihn. Ich gehe jetzt sowieso hinein, der Nachmittag ist die ungünstigste Tageszeit.«

»Gern.« Kincaid nahm den Feldstecher und zog sich den Riemen über den Kopf. »Vielen Dank. Ich habe vor, zum Sutton Bank hinaufzuklettern.« Er zögerte, dann sagte er in möglichst neutralem Ton: »Miss MacKenzie, haben Sie sich viel mit Sebastian unterhalten?«

Emma hatte Anstalten gemacht aufzustehen. Jetzt hielt sie inne, ließ sich wieder zurücksinken, setzte sich bequemer. »Er schien mir ein intelligenter Junge zu sein, aber schwierig. Hinter dieser Schlagfertigkeit und dem spöttischen Mundwerk hat sich meiner Ansicht nach eine leicht verletzliche Empfindsamkeit versteckt.« Sie schwieg einen Moment nachdenklich. »Er konnte sehr liebevoll sein. Er war liebevoll zu Angela Frazer. Ich glaube, er hat sie als eine Art Schicksalsgenossin gesehen, jemand, der wie er nie dazugehörte; für ihren Vater immer nur eine Randfigur. Und ich hatte den Eindruck, daß er Graham Frazer verachtete. Ich weiß nicht, warum. Auch zu den kleineren Kindern war er sehr liebevoll, hat sich immer irgendwelche Spiele oder Unternehmungen für sie ausgedacht, um sie zu unterhalten. Er schien sich in ihrer Gesellschaft wohl zu fühlen.«

»Nett zu Kindern und zu Tieren«, murmelte Kincaid und spürte, wie Emma MacKenzie an seiner Seite erstarrte. Er sah förmlich, wie sie die Zugbrücke hochzog, und verfluchte sich für seine Taktlosigkeit. »Nein, nein, ich mache mich nicht über Sie lustig«, beteuerte er hastig. »Ich habe ihn auch gemocht, obwohl ich ihn nur so kurz kannte und eigentlich wider Willen. Und ich muß sagen«, fügte er mit einem unbefangenen Lächeln hinzu, »Sie sind eine sehr gute Beobachterin.«

Emma entspannte sich wieder, aber er spürte, daß der Strom versiegt war. Wenn er sie jetzt drängte, würde er nur ihr Gewissen auf den Plan rufen, und sie würde sich jede Neigung zu »billigem Tratsch« verbieten.

»Wonach soll ich eigentlich Ausschau halten?« fragte er und hob den Feldstecher an die Augen.

»Ich vermute, Sie könnten nicht einmal ein Rotkehlchen von einer Elster unterscheiden. Am besten nehmen Sie das hier mit«, sie reichte ihm ein kleines, abgegriffenes Buch, »da können Sie im Zweifelsfall nachschlagen. Versuchen Sie einfach, aufmerksam zu sein. Ich könnte mir denken, daß das Beobachten von Vögeln nicht so anders ist als das Beobachten von Menschen. O ja«, fügte sie hinzu, als sie seinen überraschten Blick sah, »Sie sind darin sehr geübt. Ich vermute, es ist eine Gabe, die Sie von Natur mitbekommen und dann ausgebildet haben. Sie flößen anderen Vertrauen ein mit dieser Miene aufrichtigen Interesses an jedem geäußerten Wort und einer kleinen Schmeichelei ab und zu. Und ich gehe jetzt lieber, ehe ich etwas sage, was ich besser nicht sagen sollte.«

Damit stand sie auf und stapfte entschlossen zum Haus.

8

Am Ende des Anwesens kreuzte der Fußpfad einen kleinen Bach und wandte sich dann scharf nach rechts, um dem Gewässer zum Sutton Bank zu folgen. Anfangs bereitete das Gehen keine Mühe, es war kühl unter den ausladenden Ästen, und der Boden war mit welkem Laub und knirschenden Eicheln gepolstert. Kastanienbeladene Zweige hingen tief herab, und zweimal sah Kincaid rote Fliegenpilze unter den gefallenen Blättern aufleuchten, so hell wie Tropfen frischen Bluts. Vögel sah er keine. Eine gespenstische Stille lag über dem Wald.

Nach einer Weile führte der Weg ins Sonnenlicht hinaus, und das Gelände begann anzusteigen. Bei jedem Schritt schlug ihm der Feldstecher an die Brust. Brombeersträucher, die in den Weg hineinwuchsen, zerkratzten ihm die Hände und hängten sich an seinen Kleidern fest. Ab und zu mußte er stehenbleiben, um sich zu befreien. Als er sich dem Gipfel näherte, fühlte er sich beinahe von der Erschöpfung überwältigt; die Sonne und die dunstige, von Pollen schwere Luft wirkten wie eine Droge auf seine Sinne. An einer Stelle am Wegrand war der braune Farn niedergetrampelt und flachgedrückt, als hätte dort jemand gelegen. Er streckte sich auf den welken Blättern aus und schlief augenblicklich ein.

Ein Schatten auf seinem Gesicht weckte ihn. Schlaftrunken wie er war, brauchte er einen Moment, um die Bilder zu sortieren, die sein Auge aufnahm – riesige rot- und gelbgestreifte Schwingen hingen über ihm, und ein menschliches Gesicht, das zwischen ihnen aufgehängt war, blickte zu ihm hinunter. Ein Drachenflieger. Reizende Überraschung. Jetzt erinnerte er sich auch, in einer

Broschüre gelesen zu haben, daß Sutton Bank bevorzugtes Gebiet der Drachenflieger war, aber das verdammte Ding hatte ihn fast zu Tode erschreckt.

Er setzte sich auf und sah zu, wie der Flieger langsam zu Followdale House hinunterschwebte. Dann hob er Emmas Feldstecher an die Augen und stellte die Gläser auf den Parkplatz ein. Hannahs silberner Citroën fuhr gerade durch das Tor und hielt auf dem Vorplatz, die kleine Gestalt, fern und unkenntlich bis auf eine typische Art der Körperhaltung, begab sich auf den Weg zur Tür. Er senkte den Feldstecher und streckte sich, dann stützte er die Ellbogen auf die hochgezogenen Knie. Die Kombination aus tiefem Schlaf und plötzlichem Erwachen hatte wie ein belebendes Tonikum auf ihn gewirkt, so daß er in diesem Augenblick alles mit bemerkenswerter Klarheit und Schärfe sah.

Diese ganze verdammte Geschichte ergab keinen Sinn, jedenfalls nicht nach dem, was er bisher wußte. Nicht einen Moment lang glaubte er daran, daß eine der Schwestern MacKenzie imstande sein könnte, einen vorsätzlichen Mord zu begehen. Möglich, daß sie ihrem alten Vater unter Skrupeln zu einem schnelleren Ende verholfen hatten, niemals jedoch würden sie töten, um ihre Tat zu vertuschen. Er konnte sich andererseits gut vorstellen, daß sie aus falsch verstandenem Pflichtgefühl oder fehlgeleiteter Dankbarkeit jemanden decken würden.

Hatte Sebastian gedroht, Cassies Affäre mit Graham publik zu machen? Das wäre auf jeden Fall eine Erklärung für das Gespräch, das er belauscht hatte. Aber selbst wenn es so gewesen sein sollte, welchen Grund sollte einer der beiden gehabt haben, Sebastian zu töten, um dies zu verhindern? Sicher war es der Geschäftsleitung des *timesha-*

ring-Projekts nicht recht, wenn Cassie zu den Eigentümern intime Beziehungen aufnahm, aber sie hatte doch gewiß keine so drastische Strafe zu fürchten, daß sie deswegen töten mußte.

Und Graham? Kincaid glaubte nicht, daß Familienrichter, die über das Sorgerecht zu entscheiden hatten, von geschiedenen Vätern erwarteten, daß sie wie Mönche lebten. Im übrigen wäre er zu wetten bereit gewesen, daß Angela genau wußte, was vorging, wenn auch vielleicht nicht bis ins letzte Detail. Sie war um einiges wacher, als ihr Vater glaubte. Wenn also Cassie und Graham in der Nacht vor Sebastians Tod zusammen gewesen waren, warum hatten sie sich dann nicht gegenseitig ein Alibi gegeben?

Kincaid seufzte. Nicht einmal für diese äußerst vagen Spekulationen besaß er genügend Fakten. Gemma würde vielleicht etwas herausfinden, aber verlassen konnte er sich darauf nicht. Es gab, soweit er sehen konnte, keine andere Möglichkeit für ihn, als sich, obwohl er bereits in unhaltbarer Lage war, noch ein wenig weiter vorzuwagen. An seinem Entschluß, einfach Urlaub zu machen und die ganze Geschichte zu ignorieren, konnte er nicht festhalten. Er hatte eine ungesunde Neigung, für seinen Beruf wahrscheinlich notwendig, an den Dingen herumzuspielen, wie man das etwa mit einem schmerzenden Zahn macht, den man immer wieder mit der Zunge befühlen muß – je mehr es schmerzt, desto schwieriger ist es aufzuhören.

Aber da war noch etwas anderes, ein Gefühl, daß das Drehbuch sich nach einer eigenen Dynamik entfaltete, ohne Rücksicht auf sein unbedeutendes Handeln.

Genug. Abrupt stand Kincaid auf. Wenn er so weitermachte, würde er gleich noch Camus lesen und das heulende Elend bekommen. Es war an der Zeit, daß er auf eigene Faust etwas unternahm.

Die Cocktailstunde lockte die Gäste in Followdale House an wie ein Unfallschauplatz die Neugierigen. Sie kamen, dachte Kincaid, trotz ihres Widerwillens, weil ihr Bedürfnis nach Klatsch stärker war als ihr Unbehagen an der Gesellschaft der anderen.

Unbehagen war nicht genau das Wort, das Kincaid verwendet hätte, um das Bild zu charakterisieren, das der Abgeordnete Patrick Rennie und Hannah Alcock boten. Sie standen lebhaft miteinander sprechend vor dem offenen Kamin, der Leute, die um sie herumschwirrten, offenbar gar nicht gewahr. Rennie zeigte sich von der sportlich eleganten Seite im petrolblauen Pullover, dessen Farbe sein glänzendes helles Haar zur Geltung brachte. Kaschmir, dachte Kincaid, das muß Kaschmir sein. Etwas anderes kam gar nicht in Frage. Hannah lachte, das Gesicht Rennie zugewandt, sein Ausdruck strahlend.

Kincaid blieb an der Tür stehen. Er fühlte sich auf kindische, lächerliche Art übergangen. Wie absurd. Sie hatten sich gut miteinander unterhalten, nicht mehr. Er hatte keinerlei Anspruch auf Hannahs Aufmerksamkeit oder Zuwendung.

Er nahm Kurs auf die Bar und ging mit einem nichtssagenden Lächeln an Maureen vorüber, fest entschlossen, sich von ihr auf keinen Fall festhalten zu lassen. Heute abend Bier, dachte er. Der Whisky in diesem Hause blieb am besten medizinischen Zwecken vorbehalten. Er schenkte sich ein Glas dunkles Ale ein und legte gewissenhaft sein Geld in die Schale.

Marta Rennie saß allein an einem der kleinen runden Tische, dessen glänzende Platte aus irgendeinem Holzimitat mit feuchten Gläserabdrücken und Zigarettenasche beschmutzt war. Sie zog grimmig entschlossen an einer Zigarette. Unter dem Tisch schlug sie mit dem Fuß gedämpft einen krampfhaften Takt. Auch von einer gewissen Eifersucht geplagt, dachte Kincaid. Es gibt keine bessere Kandidatin für verräterische Versprecher als die Eifersüchtige, und Kincaid beschloß, sich das nach Kräften zunutze zu machen.

»Gestatten Sie, daß ich mich zu Ihnen setze?« Er lächelte.

»Bitte.« Ihre nasale Antwort war so desinteressiert wie der Blick, mit dem sie ihn ansah.

Kincaid schob einen der Hocker zurück und setzte sich, ehe er den ersten Schluck von seinem Bier trank. Marta rauchte stumm, die Augen auf irgendeinen unsichtbaren Punkt in der Ferne gerichtet. Kincaid nahm sich die Zeit, sie zu mustern. Der Hautfarbe und dem Typ nach hätte sie die Schwester ihres Mannes sein können, und Kincaid witterte bei den Leuten, die sich Spiegelbilder ihrer eigenen Person zu Partnern nahmen, stets mehr als nur ein Quentchen Narzißmus. Martas geschliffene Eleganz jedoch verlor beträchtlich durch den Geruch nach kaltem Zigarettenrauch, der sie umgab.

»Ich war ganz überrascht, heute abend so viele Leute zu sehen. Ich habe gedacht, die Umstände würden die Stimmung etwas dämpfen.«

Auf diesen schwachen Versuch, ein Gespräch anzuknüpfen, erhielt Kincaid nicht einmal den Hauch einer Antwort. Ein großer persönlicher Erfolg für ihn schien dieser Abend ja nicht gerade zu werden. Marta drückte ihre Zigarette in dem billigen Blechaschenbecher aus und griff mit nicht allzu ruhiger Hand nach ihrem Glas. Sie schien reinen Gin oder Wodka zu trinken, und Kincaid erkannte plötzlich, daß Marta Rennie auf dem besten Weg war, sich sinnlos zu betrinken.

Als sie dann doch etwas sagte, war er überrascht. »Fünfzehn Jahre. Die muß mindestens fünfzehn Jahre älter sein als er.« Kincaid konnte jetzt das leichte Lallen hören.

»Wer?«

»Na, diese Wissenschaftlerin...« Sie verstummte wieder. Statt der schwarzen Samtschleife trug sie einen blaßgelben Seidenschal im Nacken. Die weich fallende Schleife war halb aufgegangen und hing ihr unordentlich den Rücken hinunter.

»Sie meinen Hannah?«

»Er ist vollkommen hingerissen. Von ihren verdammten ›Leistungen‹ «, sagte Marta höhnisch. »Aber er wollte partout keine berufstätige Frau. O nein, er wollte eine Frau, die bei den politischen Veranstaltungen neben ihm sitzt und hübsch aussieht. Eine Frau, die er nach seinen Wahlreden vorführen kann wie ein preisgekröntes Pony. Die absolute Sinnlosigkeit.« Sie hielt ihr Glas hoch und starrte mit zusammengekniffenen Augen hinein, als könnte sie in seinen Tiefen die Offenbarung finden.

»Ich bin überzeugt, Ihr Mann weiß das, was Sie für ihn tun, zu schätzen.«

»Daß ich nicht lache.« Marta zündete sich eine neue Zigarette an. »Ich vermute allerdings«, fuhr sie eine Rauchwolke ausstoßend fort, »daß er das Geld, das meine Eltern für seinen Wahlkampf spenden, zu würdigen weiß.«

Kincaid kam zu dem Schluß, daß feine Töne an Marta in diesem Zustand verschwendet wären. »Ich höre«, er neigte sich zu ihr hinüber und senkte verschwörerisch die

Stimme, »daß Inspector Nash nicht recht daran glaubt, daß Sebastian Selbstmord begangen hat. Es ist ein Glück, daß Sie und Patrick in der Nacht zusammen waren. Denn so etwas könnte seinem Image bei seinen konservativen Wählern wirklich schaden.«

Marta sah ihn verständnislos an. »Was?«

»Eine Morduntersuchung«, erläuterte Kincaid freundlich.

Marta warf ihm einen listigen Blick zu. »Ich habe geschlafen. Sehr günstig, nicht wahr. Er auch. Ich meine, er hat auch geschlafen. Aufstrebende Politiker«, sie hatte etwas Mühe mit den Worten, »sollten nachts, wenn die Ehefrau schläft, nicht durch die Gegend laufen. So etwas ist sehr dumm. Aber Patrick«, sie sprach den Namen sehr klar und deutlich aus, »ist nie dumm.« Sie leerte ihr Glas und stellte es mit klirrendem Aufprall nieder. »Spendieren Sie mir einen Drink?«

»Aber natürlich. Was trinken Sie?«

»Gin und Tonic. Kein Tonic.«

Kincaid füllte ihr Glas und trug es zum Tisch zurück. Marta Rennie mochte wütend sein, aber sie war auch schlau, wie das Betrunkene oft sind. Sie wußte genau, wo ihr politischer Vorteil lag.

Mit dem Bierglas in der Hand ging Kincaid auf der Suche nach nüchterneren Gesprächspartnern langsam in den Salon zurück. Gute Laune, so schien es, besaß eine starke Anziehungskraft. Die Gäste hatten sich um Hannah und Patrick geschart, als hofften sie, daß etwas von der spontanen Freude auf sie abfärben würde. Eddie und Janet Lyle, Maureen Hunsinger und Graham Frazer. Und Penny MacKenzie, die genüßlich ihren süßen Sherry schlürfte.

Ihr Gesicht war von der Erregung gerötet. Nur Emma MacKenzie, John Hunsinger und die Kinder fehlten.

Kincaid gesellte sich zu der Gruppe. Hannah lächelte ihn an, und er, wider Willen angesteckt von ihrem unverhüllten Entzücken, erwiderte ihr Lächeln.

»Was ist denn so amüsant?« fragte er Hannah. »Habe ich vielleicht etwas verpaßt?«

»Patrick hat uns gerade eine äußerst witzige Geschichte über eine seiner Wählerinnen erzählt...«

»Ach«, wehrte Rennie bescheiden ab, »so toll ist es nun auch wieder nicht. Sie ist meine treueste Anhängerin, aber sie kann sich einfach nicht meinen Namen merken. Sie ist eine wirklich nette alte Dame, sitzt in sämtlichen Ausschüssen des Bezirks und macht beträchtliche Spenden locker. Es würde mir nicht einfallen vorzuschlagen, daß jemand anderer mich vorstellen soll. Aber ich habe in Kürze eine sehr wichtige Wahl vor mir, und ich sehe jetzt schon, wie sie aufsteht, um mich bei der letzten Versammlung vorzustellen, wie sie ihren Mund aufmacht und dann kein Wort herausbringt, weil sie keine Ahnung hat, wie ich heiße.«

Rennie erzählte seine Anekdote mit Charme und routinierter Lockerheit, und Kincaid konnte sich vorstellen, wie die Damen »im gewissen Alter« ihn umschwärmten und um seine Aufmerksamkeit kämpften.

»Ich vergesse auch manchmal etwas«, sagte Penny in der folgenden Pause. »Erst neulich abends konnte ich meine Handtasche nicht finden. Ich habe sie überall gesucht, und bin dann hier herunter gegangen, und da hatte ich sie doch hier mitten auf dem Tisch liegengelassen.«

»Ja, mir passiert auch andauernd so etwas«, warf Maureen gutmütig ein. »Manchmal habe ich den Verdacht, ich würde sogar meine Kinder vergessen, wenn sie mich nicht daran erinnern würden, daß sie auch noch da sind.«

»Eddies Mutter war auch schrecklich vergeßlich.« Janet Lyle sprach leise, mit einem zaghaften Blick zu ihrem Mann. »Wir haben uns große Sorgen um sie gemacht. Wir fanden es zu gefährlich für sie, weiterhin allein zu leben, aber sie wollte nicht in ein Heim.«

»Sie war sehr stolz. Sehr selbständig bis zuletzt«, fügte Eddie hinzu.

Maureen war ganz Teilnahme. »Ach Gott. Und was ist dann passiert?«

»Sie hatte einen Unfall. Mit dem Wagen.« Eddie schüttelte den Kopf. »Wir hatten ihr immer wieder geraten, nicht mehr zu fahren. Aber sie wollte nicht auf uns hören. Chloe, unsere Tochter, war untröstlich.«

Kincaid glaubte einen Anflug von Genugtuung in Lyles Stimme zu hören, ein »Ich hab's euch ja gesagt«, das sich nicht ganz unterdrücken ließ.

In das teilnehmende Zungenschnalzen hinein sagte Patrick Rennie: »Es ist sehr schwierig, für alte Eltern zu sorgen. Ich höre das ständig von meinen Wählern.«

Werden wir jetzt, dachte Kincaid, mit der konservativen Standardlösung des Problems konfrontiert, oder ist er tatsächlich betroffen? In der Erwartung, höflich interessierte Mienen zu sehen, sah er sich um.

Die Reaktion schien reichlich unangemessen. Penny MacKenzies Augen schwammen in Tränen. »Entschuldigen Sie mich.« Ihr Flüstern war beinahe nicht zu hören. Sie drückte Maureen ihr Sherryglas in die Hand und floh.

»Was zum Teufel?« Patricks Stimme klang laut in der Stille, die dem Zuschlagen der Tür gefolgt war. »Da bin ich wohl in ein Fettnäpfchen getreten?«

»Ich weiß es nicht«, antwortete Maureen. »Ich glaube, Penny und Emma haben lange Zeit ihren kranken Vater gepflegt. Vielleicht war die Erinnerung zuviel für sie.«

»Wie schwierig für sie«, sagte Janet Lyle, und alle nickten mitleidig. Alle außer Hannah, die, wie Kincaid sah, sehr blaß geworden und zum erstenmal, seit er sie kennengelernt hatte, so alt aussah wie sie war.

»Ich glaube, ich gehe jetzt besser auch.« Hannah lächelte mühsam und ging aus dem Zimmer, ohne Patrick auch nur anzusehen.

»Du meine Güte, das scheint ansteckend zu sein.« Das war das erstemal, daß Cassie etwas sagte. »Armer Patrick. Hoffentlich haben Sie nicht die gleiche Wirkung auf die Wähler.« Bis zu diesem Augenblick hatte sie ganz am Rand der Gruppe gestanden und die Gäste ausnahmsweise einmal sich selbst überlassen. Ihr Ton jetzt war ätzend.

Ehe Rennie etwas erwidern konnte, erschien seine Frau an der Tür zur Bar. Sie bewegte sich, als ginge sie auf Eiern, mit der übertriebenen Vorsicht der stark Betrunkenen. Der gelbe Schal flatterte ihr um die Schultern wie ein Banner.

»Was ist denn los«, sagte sie langsam und schleppend, »fühlt sich jemand gekränkt?«

Der Krocketschläger traf die Kugel mit einem satten Knall. Brian Hunsinger jubelte, als seine Kugel an die seiner Schwester prallte und sie vom Tor wegschlug. »Jetzt hab' ich dich. Jetzt hab' ich dich«, schrie er begeistert, während er seinen Schläger durch die Luft schwang.

»Ach du bist ja ein Baby!« schrie Bethany zurück. »Mit dir spiel' ich überhaupt nicht mehr. Du schwindelst ja. Eigentlich war ich jetzt dran.«

»Gar nicht wahr.«

»Bald wird es zu dunkel, um weiterzuspielen.« Angela mischte sich in den Streit ein. »Komm, Beth. Jetzt bist du an der Reihe. Ich wette, du kannst Brians Kugel bis zum Vorplatz schlagen.«

Angela als Friedensstifterin. Das ist, dachte Kincaid, etwas ganz anderes als das trotzige Kind, das irgendwo in einer Ecke sitzt und mit niemandem spricht. Er blieb auf der Treppe stehen und beobachtete die drei Kinder. Am anderen Ende des Gartens saßen Emma MacKenzie und John Hunsinger in freundschaftlichem Gespräch nebeneinander auf der steinernen Bank. Sie schienen eindeutig besser miteinander klarzukommen als die Gruppe, die sich drinnen gerade aufgelöst hatte.

Patrick Rennie hatte hochrot im Gesicht vor peinlicher Verlegenheit seine Frau aus dem Zimmer geführt. »So ein Pech. Der arme Patrick«, hatte Marta Rennie den anderen über die Schulter hinweg zugerufen, während ihr Mann sie durch die Tür bugsiert hatte. Das letzte, was sie hörten, war der Widerhall ihres boshaften Gelächters aus dem Vestibül.

Cassie hatte sich auf dem Absatz umgedreht und war ohne ein Wort aus dem Salon gegangen. Graham, der den ganzen Abend so schweigsam wie Cassie gewesen war, hatte plötzlich gesagt: »Ach Mist, die macht es vielleicht genau richtig«, und war in Richtung Bar verschwunden.

Maureen hatte sich umgeblickt, »ach Gott, die Kleinen haben ja noch gar nicht zu Abend gegessen«, gerufen und war davongeeilt.

»Es war nett. Ich meine, bis...« Janets Blick war in Richtung zu ihrem Mann gewandert.

»Unerhört. Absolut unerhört. Woher der Mann die

Dreistigkeit nimmt, sich mit einer solchen Frau um ein öffentliches Amt zu bewerben, ist mir völlig schleierhaft.« Eddie war entrüstet aus dem Salon stolziert, und Janet war ihm mit einem letzten entschuldigenden Blick zu Kincaid gefolgt.

Cassie zog sich verärgert den Pulli über den Kopf. Die Wolle hatte so stark auf ihrer Haut gekratzt, daß sie das Gefühl hatte, mit einer Stahlbürste gescheuert worden zu sein. Aber die Farbe, ein stumpfes Oliv, schmeichelte ihr, und sie hatte sich für diesen Abend mit besonderer Sorgfalt angekleidet. Gebracht hatte es allerdings gar nichts. Ebensogut hätte sie in Sack und Asche erscheinen können.

Von dem Moment an, als sie zum Cocktail in den Salon gekommen war, war alles schiefgegangen.

Ach was, seit dem Riesenkrach mit Sebastian am Sonntag nachmittag war alles schiefgegangen. Cassie ließ ihren Pulli einfach fallen, schleuderte die Leinenhose in Richtung Schlafzimmer und schlüpfte in einen alten Satinmorgenrock, der noch vom Abend zuvor über dem Sessel lag. Sie hatte kaum Anstrengungen gemacht, der unpersönlichen Atmosphäre des in Chintz und Eiche eingerichteten Bungalows ihren eigenen Stempel aufzudrücken. Sie zog es vor, sich im großen Haus mit ihren Liebhabern zu treffen.

Bei dem Gedanken hellte ihr Gesicht sich flüchtig auf, verdüsterte sich jedoch gleich wieder, als sie sich an das letzte Rendezvous dort erinnerte. Sie hatte genau gewußt, was sie zu sagen und was sie zu tun hatte, aber irgendwie war alles ihrer Kontrolle entglitten, all ihre Vorsätze waren nichts wert gewesen.

Leises Klopfen an der Eingangstür riß Cassie aus ihren

Gedanken. Zorn schoß in ihr hoch. Sie riß die Tür auf. »Ich hab' dir doch gesagt, du sollst niemals...«

Duncan Kincaid mit seinem aufreizend selbstgefälligen Lächeln stand vor ihr. »Haben Sie jemand anders erwartet? Dann geh' ich gleich wieder.«

Nach einem kurzen Zögern zog Cassie die Tür auf und trat zurück. Erst als sie die Tür hinter ihm geschlossen hatte, sagte sie: »Was tun Sie hier?« und zog ihren Morgenrock fest um ihren Körper.

Die Hände in den Hosentaschen sah Kincaid sich im Zimmer um, und Cassie fielen plötzlich ihre herumliegenden Sachen ein. Sie bückte sich und hob sie auf, warf sie ins Schlafzimmer und schloß die Tür.

»Hübsch.« Kincaid umfaßte mit einer kurzen Geste den ganzen Bungalow. »Haben Sie hier häufig Gäste?«

Cassie beherrschte sich eisern, sie wollte sich nicht reizen lassen. Was zum Teufel wußte er schon. »Sie sind der einzige.« Sie lächelte ihn mit einer Spur ihrer früheren selbstsicheren Gelassenheit an. »Möchten Sie etwas trinken?«

Kincaid schüttelte den Kopf. »Nein, danke. Wir haben doch eben eine sehr anschauliche Lektion über den Fluch des Alkohols erhalten, meinen Sie nicht?«

Sein Lächeln war eine Aufforderung, seine Erheiterung über das Debakel der Cocktailparty zu teilen, aber Cassie ließ sich nicht aus der Reserve locken.

»Cassie.« Er hockte sich auf die Armlehne eines der Chintzsessel und sah sie mit einem Ausdruck freundlicher Offenheit an, den sie noch beunruhigender fand als das Lächeln. »Wenn Sie und Graham Frazer in der Nacht von Sebastians Tod zusammen waren, warum haben Sie das nicht gesagt? Es wäre doch für Sie beide viel einfacher.«

Sie wandte sich von ihm ab und ging um die Frühstückstheke herum in die Küche. »Dann vielleicht einen Kaffee?« Sie füllte den Wasserkessel, nutzte das Ritual, um Zeit zu gewinnen. Was wußte er? Was konnte sie gewinnen, wenn sie leugnete?

»Hören Sie, Duncan, reden Sie nicht in diesem Samaritерton mit mir, als stünde mein Wohlbefinden auf Ihrer Prioritätenliste an erster Stelle. Ich bin nicht dumm. Wie kommen Sie überhaupt auf den Gedanken, daß ich an dem Abend mit Graham zusammen war?« Sie sprach ruhig, in eher scherzhaftem Ton.

»Sie haben doch schon seit einiger Zeit ein Verhältnis mit ihm. Da hielt ich es einfach für wahrscheinlich.«

Kincaid stand von dem Sessel auf und zog sich einen Hocker an die Frühstückstheke ihr gegenüber. Sie fühlte sich plötzlich in der winzigen Küche gefangen. Der Wasserkessel pfiff, und sie goß das kochende Wasser in den Filter. Tassen hingen an Haken über dem Kessel. Sie stellte zwei auf die Theke und starrte, auf ihrer Unterlippe kauend, zu ihnen hinunter.

»Wie kommen Sie darauf, daß ich mit Graham ein Verhältnis habe?« Sie verschüttete etwas Kaffee beim Eingießen.

Kincaid nahm die Tasse. Cassie zog rasch ihre Hand zurück und hoffte, er habe das leichte Zittern nicht bemerkt.

»Ich verstehe nicht«, sagte er, ohne auf ihre Frage einzugehen, »warum es Ihnen so wichtig ist, das geheimzuhalten. Sie sind beide erwachsen, und Sie sind beide ledig. Und ich glaube kaum, daß Angela schockiert wäre.«

Cassie umfaßte mit ihren langgliedrigen Fingern die Tasse, bis die Hitze unerträglich wurde, als glaubte sie, der Schmerz würde ihren Geist schärfen. Offenheit und ernste Bitte um Verständnis, sagte sie sich, würden am besten wirken. »Es ist wegen Graham. Wegen dieser Sorgerechtsgeschichte. Im Augenblick hat er nur das Besuchsrecht. Er möchte aber das alleinige Sorgerecht haben, und die Verhandlung steht kurz bevor. Er hat Angst, man könnte ihn nicht als verantwortungsbewußten Vater betrachten. Meiner Ansicht nach ist das Ganze in Wirklichkeit Unsinn. Er tut das nur, um Marjorie eins auszuwischen.« Sie trank einen Schluck von dem heißen Kaffee und zog ein Gesicht, als sie sich die Zunge verbrannte. »Ihrem Chief Inspector Nash muß ich natürlich die Wahrheit sagen. Ich hatte ja keine Ahnung, daß es so wichtig werden würde.«

Kincaid hörte sich ihre Worte schweigend an und betrachtete sie über den Rand seiner Tasse, während er trank. Cassie hörte ihre eigene Stimme und fand, sie klänge so idiotisch, wie sie selbst sich fühlte.

»Natürlich«, fuhr sie fort, sich immer tiefer verstrikkend, »wäre es mir lieber, wenn das über Graham und mich nicht allgemein bekannt werden würde. Um ganz ehrlich zu sein, es ist praktisch schon aus zwischen uns, und beruflich wäre es für mich bestimmt nicht gut, wenn es sich herumsprechen sollte. Deshalb dachte ich...«

»Deshalb dachten Sie«, vollendete Kincaid für sie, als sie schwieg, »es wäre am klügsten, gar nichts zu sagen. Ich kann Sie verstehen. Ich kann mir vorstellen, in Ihren Augen war das alles nur eine Menge Lärm um nichts. Was spielt es schließlich für eine Rolle, wo die Leute waren, als Sebastian beschloß, sich im Swimmingpool umzubringen? Die Sache hat nur einen kleinen Haken. Ich fürchte, Chief Inspector Nash wird binnen kurzem zu dem Schluß kommen, daß Sebastian keineswegs von eigener Hand gestorben ist. Und dann spielt es sehr wohl eine Rolle, was die verschiedenen Leute in der Nacht von Sonntag auf Montag getan haben.«

Kincaid sah sie mit einem flüchtigen Lächeln an, als hätte er nichts Ungewöhnliches gesagt. Ein Schauder der Furcht durchrann Cassies Körper, und sie mußte einen Moment verstreichen lassen, ehe sie zu sprechen wagte.

»Ich dachte... Ich war nicht hier. Wir waren nicht hier. Graham und ich.«

Kincaid machte große Augen. »Aber Sie waren doch sicher nicht mit Angela...«

»Nein. Wir waren in dem leeren Apartment. Wir haben uns immer in den leeren Apartments getroffen, wenn das möglich war. Wir waren die ganze Zeit zusammen. Es war nach Mitternacht, als ich in den Bungalow zurückkam.«

»Und Sie haben sich keine Gedanken darüber gemacht, daß Sebastians Motorrad immer noch draußen stand?«

»Nein.« Das Wort hing schwer zwischen ihnen, und Cassie hatte das Gefühl, gewogen und zu leicht befunden worden zu sein.

»Und Sie haben nichts gesehen oder gehört, nichts, was anders war, als es hätte sein sollen?«

»Nein.« Sie konnte ihm nichts von dem Zettel sagen. Ein hastig gekritzeltes Briefchen, das im Türspalt gesteckt hatte und bewies, daß am späten Sonntagabend noch jemand anders unterwegs gewesen war. Es hatte alle Gedanken an Sebastian oder sonst jemanden vertrieben.

»Danke, Cassie. Für den Kaffee.« Kincaid stand auf, und Cassie kam um die Theke herum und folgte ihm zur Tür.

Als er sie aufmachte, berührte sie seinen Arm, und er

blieb stehen. »Was... glauben Sie, es muß herauskommen? Ich meine, das mit Graham und mir?«

»Ich weiß es nicht. Vielleicht nicht. Aber auf Nashs Diskretion würde ich mich nicht verlassen.«

Sie nickte. »Was hat Sie eigentlich veranlaßt, Ihre Meinung zu ändern? In bezug auf Sebastians Selbstmord?«

»Ich habe meine Meinung nicht geändert. Ich habe nie geglaubt, daß er Selbstmord begangen hat.« Sachte zog er die Tür hinter sich zu.

Hannah stand an der offenen Balkontür ihres Apartments, während es langsam dunkel wurde. Sie hatte kein Licht gemacht. Sie hörte deutlich die Stimmen der Kinder, aber die Kinder selbst konnte sie nicht sehen, ohne auf den Balkon hinauszutreten, und sie wollte nicht gesehen werden. Sie war innerlich so aufgewühlt, daß sie das Gefühl hatte, man müßte es ihr selbst aus der Ferne ansehen.

Die Realität dessen, was sie getan hatte, was sie noch zu tun vorhatte, packte sie mit eisiger Hand. Sie hatte in einem Märchenland gelebt, in dem alle Geschichten ein glückliches Ende nahmen, und sie selbst war die gute Fee, die im rechten Augenblick erschien, um alles Unrecht eines Lebens wiedergutzumachen. Lieber Gott, wie konnte sich ein Mensch so lächerlich machen!

Das Szenario, das sie so oft durchgespielt hatte, hatte niemals sexuelle Anziehung beinhaltet; als daher der Wirbel von Gefühlen sie so plötzlich mitgerissen hatte, war ihr im ersten Moment gar nicht klar gewesen, was eigentlich geschah. Langsam und heimtückisch hatte sich das Wissen eingeschlichen, und etwas in ihr, etwas Wildes, Ungezähmtes, liebäugelte mit dem Gedanken, sich diesen Gefühlen einfach zu überlassen, sich von ihnen treiben zu lassen, wohin sie wollten. Sie konnte ihm die Wahrheit ja einfach verschweigen; auf anderem Wege würde er sie nie erfahren.

Dieses Bild ihrer selbst, das durch das Gespräch auf der Cocktailparty heraufbeschworen worden war, hatte sie mit einem Schlag zur Vernunft gebracht und sie veranlaßt, sich voll Entsetzen zu fragen, wie sie solchen Wahnsinn überhaupt hatte ins Auge fassen können. Niemals, wenn sie sich im Geiste bis ins Detail vorgestellt hatte, wie ihre Beziehung sein würde, hatte sie sich als – alte Frau gesehen. Nie hatte sie daran gedacht, daß sie älter werden würde, nie sich vorgestellt, daß man sie eines Tages vielleicht bemitleidete, daß sie abhängig sein würde. Ob sie ihm nun die Wahrheit sagte oder nicht, dieser Tatsache würde sie letztendlich ins Gesicht sehen müssen. Es sei denn, sie machte sich klammheimlich davon und kehrte in ihr altes steriles Leben zurück, als sei nie etwas geschehen. Und wie stand es mit Duncan? Was mußte er von ihr denken, wenn er sie wie einen überalterten Schmetterling von Mann zu Mann flattern sah? Sie fand, sie schuldete ihm eine Erklärung, aber alles konnte sie ihm nicht sagen, jedenfalls nicht, solange sie nicht selbst zu einem Entschluß gekommen war. Ein Gefühl der Dringlichkeit erfaßte sie. Es mußte bald geschehen.

Penny wußte, wie sich der Hase fühlt, wenn er sich von den Hunden gehetzt auf seine Schlauheit verlassen muß. Wenn sie zur Haustür hinausging, würde sie ihrer Schwester in die Arme laufen, und Emma war die letzte, die sie jetzt sehen wollte. Sie wollte überhaupt keinen Menschen sehen – jeder Versuch, ihr Verhalten zu erklären, wäre eine zusätzliche Erniedrigung.

Schließlich war sie nach oben gegangen, den langen Korridor entlang zur hinteren Treppe und zum Pool. Von dort war es ein leichtes gewesen, den Fußweg zum Tennisplatz zu nehmen, der von Bäumen und dichten Büschen gesäumt war. Sie setzte sich auf ihre Lieblingsbank oberhalb des Platzes, und ihre kleine Gestalt war im schwindenden Licht kaum auszumachen.

Emma und die Kinder mußten noch draußen im Garten sein; sie konnte die helle Stimme des kleinen Jungen hören, die vom Wind getragen bald lauter, bald leiser klang. Witzig eigentlich, wie gut Emma mit den beiden, Brian und Bethany, zurechtkam. Sie hatten nie Kinder gekannt – keine Nichten oder Neffen, um die sie sich hätten kümmern können, keine Nachbarskinder, die alle naselang ankamen und ein Bonbon wollten –, und Penny wußte nie recht, wie sie sich ihnen gegenüber verhalten sollte. Emma hingegen kommandierte die beiden Kleinen einfach auf ihre übliche barsche Weise herum. Die Kinder schienen das ganz gelassen hinzunehmen, und die drei kamen prächtig miteinander aus.

Würde Emma, fragte sich Penny, auch sie so behandeln, mit dieser barschen Freundlichkeit, jedoch in ihrem Fall von Mitleid gefärbt? Würde man über sie genauso sprechen, wie man heute abend über die arme Mrs. Lyle gesprochen hatte, und Emma hinter ihrem Rücken bemitleiden? Würde es eines Tages so weit kommen, daß Emma es nicht mehr wagen konnte, sie allein zu lassen; daß sie sich und anderen zur Gefahr werden würde? Der Gedanke war unerträglich. Wieder schossen ihr die Tränen in die Augen, und sie versuchte nicht, sie zu unterdrücken, als sie ihr über das Gesicht strömten und salzig in den Mund rannen. Emma hätte ihr gesagt, sie solle aufhören, sich in

Selbstmitleid zu suhlen, und sich zusammenreißen, aber Penny hatte nie ein Talent dafür besessen, Haltung zu bewahren, wie Emma es zu nennen pflegte.

Sie schniefte und suchte in ihrer Tasche nach einem Taschentuch. Sie mußte versuchen, sich zusammenzunehmen, um ihrer selbst wie um Emmas willen. Außerdem hatte sie eine moralische Pflicht, die sie erfüllen mußte. Sie hatte ihren Entschluß auf der Cocktailparty gefaßt. Es ging nicht an, jemanden in falschen Verdacht zu bringen. Das, was sie gesehen hatte, mußte eine andere, logische Erklärung haben, und um sie herauszufinden, gab es nur eins: fragen.

9

Kincaid schlug neben dem Schinkenspeck zwei Eier in die Pfanne und gratulierte sich zu seinem meisterlichen Umgang mit einem fremden Herd. Nach anfänglichen Einstellungsschwierigkeiten und einer kleinen Verbrennung am Daumen hatte er die Temperatur genau richtig hinbekommen und den Schinkenspeck à point gebraten. Als im Toaströster der Toast in die Höhe sprang, wendete er die Eier, und als er Schinken und Toast auf seinem Teller drapiert hatte, waren auch die Eier fertig.

Gerade als er sich den Kaffee einschenkte, klopfte es.

Hannah Alcock lehnte an der Wand neben seiner Apartmenttür. Sie trug ihre lange Strickjacke und hielt ihren Oberkörper mit beiden Armen umschlungen. Sie war nicht geschminkt, ihre Lippen wirkten blaß im Gegensatz zu den dunklen Ringen unter ihren Augen.

»Hannah! Kommen Sie herein.« Kincaid ging ihr voraus in das Apartment und zog ihr am kleinen Eßtisch einen Stuhl heraus. »Wie geht es Ihnen? Sie sehen ziemlich müde aus heute morgen.«

»Ich habe kaum geschlafen.« Sie ließ sich auf den Stuhl fallen, als hätte es sie ihre ganze Kraft gekostet, auf den Beinen zu bleiben.

»Darf ich Ihnen etwas anbieten? Toast? Kaffee?«

»Ach ja, eine Tasse Kaffee wäre schön, danke.«

Kincaid goß noch eine Tasse ein und setzte sich Hannah gegenüber. Er schob ihr Milch und Zucker über den Tisch. Sie rührte einen Moment lang ihren Kaffee um, ehe sie ihn ansah. Sie versuchte ein schwaches Lächeln. »Ich komme mir wie eine Idiotin vor, daß ich einfach so bei Ihnen hereinplatze. Ich wollte eigentlich sagen: ›Wir müssen miteinander sprechen‹; aber dann habe ich gemerkt, daß das gar nicht stimmt. Ich bin diejenige, die sprechen muß.« Hannah schwieg einen Moment. Mit einem kleinen, wegwerfenden Achselzucken sagte sie dann: »Ich finde, ich schulde Ihnen eine Erklärung für mein Verhalten. Es ist nicht...«

»Wieso?« fragte Kincaid verwundert. »Ich habe wahrhaftig keinen Anlaß, über Sie zu urteilen.«

»Ach Gott, Duncan, protestieren Sie nicht. Das macht alles nur noch demütigender für mich. Dann fange ich noch an zu glauben, ich hätte mir nur eingebildet, daß zwischen uns gleich etwas da war – ich weiß auch nicht –, ein Gefühl, eine Beziehung... Das ist mir schon früher ein- oder zweimal passiert. Man begegnet einem anderen Menschen, verbringt einen Abend zusammen, stellt fest, daß man miteinander redet, als kenne man sich seit Jahren, und Dinge sagt, die man zu Leuten, die man tatsächlich schon seit Jahren kennt, niemals sagen würde.« Ihr Lächeln war wehmütig. »Ein solcher Abend ist ein seltenes Geschenk, und ich hatte so etwas überhaupt nicht erwartet.«

Wenigstens, dachte Kincaid, ist sie ehrlicher als ich. Es hatte wirklich etwas zwischen ihnen gezündet, ein Funke der Affinität, der Funke einer Möglichkeit, und es hatte ihn verletzt zu sehen, daß sie die gleiche plötzliche Vertrautheit mit Patrick Rennie geteilt hatte. Es war nicht bloße Eifersucht gewesen, sondern mehr als das, ein Gefühl verratenen Vertrauens.

»Gut, Hannah. Da stimme ich Ihnen zu.« Er sah sie aufmerksam an, bemerkte den unverändert porzellanzarten Teint und den feinen Schnitt ihrer Züge, bemerkte auch die Angespanntheit um die umschatteten Augen. »Aber es geht noch um etwas anderes, nicht wahr? Es geht nicht allein um meine empfindlichen Gefühle.«

Hannah schüttelte den Kopf schon, ehe er den Satz fertiggesprochen hatte. »Nein. Ich meine, doch. Ich weiß auch nicht.« Ihre Hand zuckte beim Sprechen, und ihr Kaffee schwappte über und bildete eine milchige Pfütze auf dem Tisch. »Es geht um Patrick. Aber es ist nicht das, was Sie glauben.« Die Art, wie Kincaid die Augenbrauen hochzog, hätte Peter Raskin alle Ehre gemacht. »Ich weiß, wie es aussieht.« Sie sah Kincaid in die Augen. »Daß ich vor lauter Torschlußpanik gleich den Kopf verliere, wenn mich ein Mann nur zweimal anschaut. Aber so ist es wirklich nicht. Lieber Gott, ich wünschte, es wäre so einfach.« Sie stützte den Kopf in ihre Hände und drückte die Finger auf die Augen.

»Hannah ...« Kincaid streckte den Arm aus, um sie zu berühren, und zog seine Hand wieder zurück.

Durch ihre Finger hindurch sagte sie: »Sie müssen das

verstehen. Ich glaubte, ich hätte mir das vollkommene Leben eingerichtet. Ich war intelligent und tüchtig, allgemein geachtet. Und ich hatte das Glück gehabt, die Arbeit zu finden, die mir wirklich Freude machte.« Hannah hob den Kopf. »Die Leute denken immer, ich hätte keine Chance gehabt zu heiraten. Das alte Stereotyp von der frustrierten alten Jungfer. Lieber Gott!« sagte sie bitter. »Man sollte meinen, über diese Zeiten wären wir hinaus, aber wir sind es nicht. Frauen werden immer noch zuerst als Ware beurteilt, als Anhängsel eines Mannes. Wenn man keinen Mann hat, ist man nicht gesellschaftsfähig. So einfach ist das. Was den Sex angeht...«, sie lachte rauh, »das ist die einfachste Sache der Welt. Vor der Ehe hatte ich Angst. Vor dem Verlust der Kontrolle über mein Leben.« Hannah schob ihre Tasse ein Stück von sich weg und sah zur Balkontür hinaus. »Meine Eltern haben mein ganzes Leben bis ins kleinste Detail bestimmt. Sie bestimmten, was ich aß, wie ich mich kleidete, wie ich mein Haar zu schneiden hatte, mit wem ich verkehrte, ja, sogar, was ich dachte. Den einzigen Schritt, den ich selbständig hätte tun können, den haben sie mir... Sie haben ihn mir abgenommen. Da habe ich mir geschworen, ich würde mir das nie wieder von einem anderen Menschen antun lassen. Können Sie das verstehen?«

»Ja«, sagte Kincaid leise, »ich denke schon.«

»Ja, und so habe ich dann jahrelang gelebt, mein Leben selbst in die Hand genommen und so weiter, und im letzten Jahr überfiel mich dann plötzlich dieses Gefühl der Sinnlosigkeit und Leere. Sicher, ich hatte Freunde, ich hatte Liebhaber, aber ich hatte keinen Menschen, der wirklich in mein Leben gehörte. Vielleicht«, sagte sie seufzend, und Kincaid spürte, wie ein Teil ihrer Spannung sich löste, »leide ich an einer Art klimakterischem Schwachsinn, einem hormonellen Ungleichgewicht. Aber es fühlt sich nicht so an.«

Sie sprach jetzt mehr mit sich selbst als mit Kincaid. Ihr Blick war verschwommen. »Meinem Leben fehlt etwas, es ist so unbezogen. Es fühlt sich an...« Der Redefluß versiegte. Hannah schwieg einen Moment, dann sah sie Kincaid mit klarem Blick an. »Jetzt hab' ich's schon wieder getan, nicht wahr? Genau wie am ersten Abend, und dabei fanden Sie meine Lebensgeschichte damals schon langweilig genug. Tut mir leid.«

»Hannah, was hat das alles mit Patrick Rennie zu tun?«

Sie kaute auf ihrer Unterlippe, holte dann tief Atem, bevor sie sprach. »Das kann ich Ihnen jetzt noch nicht sagen. Aber später werde ich...« Sie unterbrach, als er protestieren wollte. »Nein, ich möchte, daß Sie es erfahren. Aber erst muß ich verschiedenes mit Patrick klären. Danach können Sie mir sagen, ob ich einen Analytiker oder einen Rechtsanwalt brauche.« Sie lächelte ihn mit einem Anflug der humorvollen Direktheit an, die ihn von Anfang an fasziniert hatte. »Ich verspreche, daß ich es Ihnen sage. Hinterher.«

»In Ordnung.« Kincaid lehnte sich auf seinem Stuhl zurück und schob den Teller mit dem kalten Ei weg.

Hannahs Blick fiel auf seinen Teller. »Ach, jetzt hab' ich Ihnen das ganze Frühstück verdorben. Sie haben ja überhaupt nichts angerührt.« Sie stieß mit den Oberschenkeln gegen den Tisch, als sie aufstand, und die Kaffeepfütze auf dem Tisch vergrößerte sich noch ein wenig. »Ich gehe jetzt lieber. Mir tut das alles wirklich leid, Duncan.«

»Du lieber Himmel, nun hören Sie schon auf, sich zu entschuldigen. Sie haben keinen Anlaß dazu, und außerdem paßt es nicht zu Ihnen.« Er folgte ihr zur Tür. »Den kalten Toast werde ich schon verschmerzen.«

»Mein ganzes derzeitiges Leben paßt nicht zu mir.« Sie lachte, zum erstenmal an diesem Morgen ganz spontan. »Vielen Dank. Bitte haben Sie Geduld mit mir. Ich weiß, ich habe kein Recht, das von Ihnen zu verlangen.«

»Aber ja.« Kincaid stand an der offenen Tür und sprach zu ihrem Rücken. Sie war schon auf dem Weg durch den Flur. »Darin habe ich Übung.«

»Sir.« Gemmas Stimme vibrierte praktisch vor morgendlicher Energie. »Ich habe mit den Nachforschungen angefangen, um die Sie mich gebeten haben, und ich habe auch schon einige Informationen für Sie.«

Kincaid schluckte einen Bissen Schinkenbrot hinunter. Die Eier waren durch seine kurze Abwesenheit nicht besser geworden, so wenig wie der Toast und der Schinken, die er zum Sandwich verarbeitet hatte, ehe er seinen Teller in die Spüle gestellt hatte.

»Gemma! Mann, ich hasse Leute, die morgens gleich so quietschvergnügt sind.«

»Sir?«

»Entschuldigen Sie. Vergessen Sie's. Irgendwelche Schwierigkeiten mit der Genehmigung?«

»Nein, Sir. Der Chef hat das Getriebe ganz gut geölt, scheint mir.«

Kincaid lächelte. Er hatte keine Schwierigkeiten, sich vorzustellen, wie sein Chef diskret das rechte Wort ins rechte Ohr geflüstert hatte. Alle vorherigen Aufträge Gemmas waren vermutlich in den Papierbergen des Schreibzimmers verschüttgegangen.

»Dann schießen Sie mal los. Nein, Augenblick noch.«

Er holte Stift und Heft, die er auf dem Sofa liegengelassen hatte, zog das Telefon zum kleinen Tisch hinüber und nahm einen Schluck von seinem kalten Kaffee. »So, jetzt.«

»Also, ich war in Dedham Vale. Tödlich langweilig, meiner Meinung nach.« Gemma, die Nordlondonerin, konnte an dörflicher Idylle nichts Verlockendes finden.

»Das wundert mich nicht. Und weiter?«

»Ich bin ein bißchen rumgelaufen und habe mich dann mit dem ortsansässigen Arzt unterhalten. Er hat Pastor MacKenzie anscheinend während seiner letzten Krankheit betreut. Kennt natürlich jeden, obwohl die Gesundheitsbehörde jetzt viele seiner alten Patienten in die neue Klinik nach Ipswich schickt.«

Kincaid konnte der Versuchung, sie ein wenig zu nekken, nicht widerstehen. »Ah, Sie scheinen sich ja gut mit ihm verstanden zu haben.« Er sah förmlich, wie Gemmas sommersprossiges Gesicht sich mit der Röte der Entrüstung überzog. Wenn sie sich nicht aus dienstlichen Gründen Zurückhaltung auferlegt hätte, hätte sie ihn wahrscheinlich der Gönnerhaftigkeit beschuldigt, aber das traf wirklich nicht zu. Es war einfach so, daß Gemma ihren eigenen Vorzügen gegenüber blind war – die freimütige Offenheit ihres Gesichts wirkte auf andere Menschen in einer Art vertrauenerweckend, wie das bei einer geschliffenen Schönheit niemals möglich gewesen wäre.

Gemma blieb einen Moment still, ihre gewohnte Reaktion. Wenn sie nicht wußte, ob er scherzte, dachte Kincaid, dann ignorierte sie ihn einfach.

»Sir, um noch einmal auf den Arzt zurückzukommen...«

»Entschuldigen Sie, Gemma. Bitte.«

»Also, wie gesagt, er war jahrelang der Hausarzt von

Mr. MacKenzie. Und seinen Töchtern. Der alte Mann war Diabetiker, sehr krank. Er war erblindet, und seine Nieren arbeiteten nicht mehr richtig. Der Arzt erzählte mir, er sei eines Nachts ganz ruhig im Schlaf gestorben, und es gäbe keinen Anlaß zu glauben, daß da irgend etwas nicht ganz koscher gewesen wäre. Aber...«, Gemma bemühte sich nicht, den Hauch von Genugtuung zu unterdrücken, der sich in ihre Stimme schlich, »beim Reisebüro im Dorf habe ich erfahren, wo das Gerücht möglicherweise seinen Ursprung hat. Es gibt noch jemanden im Dorf, der sich in Followdale House eingekauft hat – ein pensionierter Major, der angeblich das größte Klatschmaul im ganzen Dorf ist. Jedenfalls hat mir das das Mädchen im Reisebüro erzählt.«

Kincaid ließ sich das einen Moment durch den Kopf gehen. »Hm, das wäre eine Erklärung. Sonst noch etwas?«

»Cassie Whitlake. Ihre Eltern leben in Clapham. Der Vater arbeitet auf dem Bau. Er ist Polier. Sie sind beide sehr stolz auf ihre Tochter. Tolle Stellung, Kleider wie aus der *Vogue,* hat ihre Mutter mir erzählt, todschick.«

»Das kann ich mir vorstellen«, sagte Kincaid trocken.

»Aber ich hatte den Eindruck, daß sie sie nicht oft besucht. Sie sagt, wenn alle anderen in Urlaub fahren, hätte sie am meisten zu tun. Aber sie ruft häufig an, und ihre Mutter hat mir erzählt, daß sie in letzter Zeit richtig euphorisch war. Sie hat ihr erzählt, sie habe etwas Tolles in Aussicht. Daß die Leute sie dann bestimmt nicht mehr übersehen würden. ›Eine Stellung?‹ habe ich gefragt, weil ich nicht ganz verstanden hatte, was sie meinte. ›Nein, es ist ein Mann‹, sagte ihre Mutter, ›ein bedeutender Mann.‹«

»Na, das klingt mir nicht gerade nach Graham Frazer. Würde mich interessieren, was für ein Spiel sie treibt.«

»Zu Hause ist noch eine Schwester, Evie. Sie geht auf die Handelsschule. Sie hat mir erklärt, sie sei heilfroh, daß Cassie nicht mehr nach Hause kommt – sie würde immer nur die feine Dame spielen.«

Kincaid hörte ein Lachen in Gemmas Stimme, die mit dem Erzählen der Geschichte etwas von ihrer dienstlichen Förmlichkeit verlor.

»Wie haben Sie's denn geschafft, mit ihr allein zu sprechen? Ein Täßchen Tee?« Kincaid kannte Gemmas Geschick mit der vergessenen Handtasche, der Hilfe in der Küche – und ihre Fähigkeit, anderen die intimsten Details ihres Lebens zu entlocken.

»Hm. Evie hat mir erzählt, Cassie hätte gesagt, wenn sie, ich meine Evie, es richtig anstelle, dann würde sie es vielleicht auch noch zu etwas bringen. Evie hat sie immer nur das Biest genannt. Die beiden Schwestern scheinen nicht viel füreinander übrig zu haben.«

»Na ja«, sagte Kincaid, »ich kann mir schon vorstellen, daß Cassie diese Bezeichnung in mancher Beziehung verdient. Ist das alles?«

»So ziemlich, ja, Sir. Ich hab's alles aufgeschrieben.«

»Okay, bleiben Sie dran, Gemma. Man kann ja nie wissen. Wer ist als nächstes an der Reihe?«

»Die Sterrett-Klinik, in der Hannah Alcock arbeitet.«

»Gut. Melden Sie sich, wenn Sie können. Ich muß Schluß machen. Mir schlägt gleich jemand die Tür ein.«

Kincaid riß die Tür auf. Im ersten Moment, als er noch nicht wußte, wer draußen stand, war er ärgerlich; danach machte er sich resigniert auf einige unangenehme Minuten gefaßt. Chief Inspector Nash war der Besucher, ein Bote, den nicht die Götter gesandt hatten.

»Guten Morgen, junger Freund. Zu den Frühaufstehern scheinen wir ja nicht gerade zu gehören, hm?«

»Chief Inspector Nash! Bitte, kommen Sie doch herein. Was für eine nette Überraschung.«

»Ja, das glaub' ich.« Nash quittierte Sarkasmus mit Sarkasmus und setzte sich demonstrativ unaufgefordert auf einen der Eßzimmerstühle. Kincaid schnitt eine Grimasse, abgestoßen vom Anblick der wenigen fettigen Haarsträhnen, die quer über Nashs glänzende Glatze gelegt waren.

»Was kann ich für Sie tun, Inspector?« fragte er, da er nicht bereit war, die Gesprächseröffnung Nash zu überlassen.

»Sie wohnen ja sehr elegant hier. Vom Gehalt eines Superintendenten läßt sich offenbar gut leben.«

»Chief Inspector«, sagte Kincaid mit Betonung. »Lassen wir das doch.« Er lehnte sich leicht an das Sofa. »Was gibt es? Sie sind doch nicht hergekommen, um mir über mein Feriendomizil Komplimente zu machen.«

Nash sah ihn unverwandt an. In den kleinen schwarzen Augen glitzerte etwas, das man bei einem anderen als Humor hätte auslegen können. »Die Laborbefunde sind da. Keinerlei Fingerabdrücke auf dem Stecker, dem Kabel oder dem Heizlüfter. Sie haben anscheinend recht gehabt. Der Coroner ist nicht bereit, auf Selbstmord zu erkennen.«

Nash setzte sich bequemer auf seinem Stuhl und wechselte, wie es schien, das Thema. »Der Chief Constable hat sich bei mir gemeldet. Welch ein Glück für uns, daß Superintendent Kincaid ganz zufällig am Tatort war und sich erboten hat, uns bei unseren Nachforschungen behilflich zu sein. Sie gelten, wie er mir sagte, in den oberen Etagen als echter Wunderknabe. Aber jetzt hören Sie mir mal gut zu, junger Freund.« Nash richtete sich auf, die Bosheit jetzt unverhüllt. »Ich hab' was dagegen, wenn Wunderknaben mir ins Handwerk pfuschen. Ich hab' was dagegen, daß Sie angebliche Kondolenzbesuche machen, um Ihre Nase in Dinge zu stecken, die Sie überhaupt nichts angehen. Ihr Rang und Ihre hochgestochenen Ansichten«, er stach mit einem Finger nach Kincaid, »interessieren mich nicht im geringsten, ist das klar? Und wenn Sie sich nicht aus meinen Sachen raushalten, werd' ich dafür sorgen, daß es Ihnen leid tut.

Für mich steht fest, wenn dieser Kerl sich nicht selbst umgebracht hat, dann hat er jemanden erpreßt und nur das bekommen, was er verdient hat. Und um herauszufinden wen, brauche ich Ihre Hilfe bestimmt nicht.«

Nash stützte seine Hände auf die Knie und beugte sich vor, als wollte er, dachte Kincaid, ihm im nächsten Moment an die Kehle springen. Aber da klopfte es plötzlich laut und heftig an die Apartmenttür. Kincaid eilte hin, um zu öffnen. Aller guten Dinge sind drei, dachte er hoffnungsvoll.

Inspector Raskin stand außer Atem auf der Schwelle. Seine Krawatte saß schief, das dunkle Haar fiel ihm fast über die Augen. »Chief Inspector Nash?« fragte er nach Luft schnappend, und als Kincaid nickte, folgte er ihm in das Apartment. Er blickte von Nash zu Kincaid und sprach schließlich in den leeren Raum zwischen den beiden.

»Es handelt sich um Penny MacKenzie. Unten auf dem Tennisplatz. Sie ist tot.«

10

Kincaid hielt an seiner Ungläubigkeit fest, bis sie den Tennisplatz erreichten. Hannah saß an den Maschendraht gelehnt, die Knie hochgezogen, die Hände gegen die Brust gedrückt, das Gesicht im Schock erstarrt. Penny, klein und zierlich, lag vor dem Netz, und von ihrem Körper ging eine Stille aus, die etwas unbestreitbar Endgültiges hatte. Kincaid stieß die Luft aus, als hätte ihm jemand in den Magen geschlagen.

»Gerade als ich aus dem Wagen stieg, kam Miss Alcock durch den Garten zum Vorplatz gelaufen.« Inspector Raskin wies mit dem Kopf auf Hannah, während er Kincaid mit gesenkter Stimme berichtete. »Sie sagte, sie glaube, Miss MacKenzie sei tot, und da bin ich natürlich sofort mit ihr hierhergekommen.«

Kincaid zögerte einen Moment, dann ging er zu Hannah und ließ sich neben ihr in die Hocke sinken. »Hannah! Alles in Ordnung?«

»Ich weiß nicht. Ich hatte das Gefühl, ich bekäme keine Luft mehr.« Sie sah sich mit einem Ausdruck der Verwirrung um. »Ich habe Inspector Raskin gesagt, ich würde bleiben, während er Sie holt. Ich kann mich gar nicht erinnern, daß ich mich gesetzt habe.«

»Können Sie mir erzählen, was geschehen ist?«

»Das ist schnell gesagt. Nachdem ich heute morgen von Ihnen weggegangen war, habe ich einen Spaziergang gemacht. Ich wollte nachdenken und habe kaum auf meine Umgebung geachtet. Als ich dann den Weg herunterkam, habe ich sie gesehen.«

»Und dann?«

»Ich bin zu ihr gegangen. Im ersten Moment glaubte

ich, es sei ihr vielleicht übel geworden, sie sei ohnmächtig geworden oder so etwas. Aber dann hab' ich ihren Kopf gesehen.« Hannah hielt inne und schluckte. »Trotzdem dachte ich, sie wäre vielleicht noch am Leben. Erst hab' ich ihr Herz gesucht, dann hab' ich an ihrem Hals nach einem Puls gesucht. Ihre Haut war kühl.« Hannah begann zu frösteln. »Ich wußte nicht, was ich sonst tun sollte.«

Kincaid neigte sich zu ihr und zog ihre dicke Wolljacke fester zusammen. »Ich bin ganz sicher, Sie haben alles für sie getan, was Sie tun konnten. Jetzt müssen wir uns erst einmal um Sie kümmern. Sie haben einen Schock erlitten.« Er sah sich um. Raskin kniete neben der Toten, ohne sie zu berühren, und Nash, der erst noch hatte telefonieren wollen, war noch nicht erschienen. »Ich fürchte allerdings, Sie werden mindestens so lange bleiben müssen, bis Chief Inspector Nash kommt. Der wird Ihre Aussage hören wollen. Soll ich Sie da hinaufbringen?« Er wies mit dem Kopf auf die Bank am Weg oberhalb des Tennisplatzes und half Hannah auf.

»Duncan«, Hannah drehte sich nach ihm um, als er ihr das Tor öffnete, »es kann kein Unfall gewesen sein, nicht wahr? Sie kann nicht gestürzt sein und sich dabei den Kopf aufgeschlagen haben?«

»Das weiß ich noch nicht, aber ich bezweifle es sehr.«

»Aber warum?« Hannahs Finger krampften sich um seinen Arm. »Warum sollte jemand Penny etwas antun wollen?«

Ja, warum, dachte Kincaid, während er zum Tennisplatz zurückging. Weil Penny etwas gesehen oder gehört hatte, was für einen anderen eine Gefahr darstellte, und wenn er nicht so vernagelt gewesen wäre, so hätte er herausgefunden, was es war.

Widerstrebend kauerte Kincaid neben Raskin nieder.

Penny lag auf ihrer rechten Seite, eine zur Faust geballte Hand unter der Wange, die blauen Augen geschlossen. Nur die unnatürliche Stellung ihrer Beine verriet, daß etwas nicht stimmte – bis man den Hinterkopf sah. Die Verletzung, wenn auch klein, hatte stark geblutet, und auf dem Boden unter dem Kopf hatte sich eine kleine Blutlache gebildet. Dicht bei Pennys ausgestrecktem linken Arm lag ein Tennisschläger, als hätte sie ihn mitten im Volley am Netz fallen lassen. Ein Blutspritzer leuchtete rostfarben auf dem Rahmen des Schlägers. Pennys Feldstecher lag halb unter ihr, und Kincaid mußte gegen den Impuls ankämpfen, ihn wegzuziehen, als wäre es wichtig, ob sie bequem lag oder nicht.

»Ach Gott«, sagte er mit brennenden Augen und brüchiger Stimme.

»Hm.« Raskin sah nicht auf, sondern musterte konzentriert die Verletzung an Pennys Hinterkopf. »Nicht schön. Nein, gar nicht schön. Ich würde sagen, sie stand am Netz – möglicherweise beobachtete sie gerade irgend etwas durch ihren Feldstecher –, als der Kerl sich von hinten anschlich.«

»Und ich würde sagen«, fügte Kincaid hinzu, als er seiner Stimme wieder traute, »daß der Kerl bisher eine verdammte Glückssträhne gehabt hat. Handelt völlig ungeplant, grapscht sich das erstbeste, was zur Hand ist, und, siehe da, es klappt. Es hätte aber auch nicht klappen können. Als er den kleinen Heizlüfter ins Wasser warf, hätten ja zum Beispiel auch sämtliche Sicherungen im Haus durchbrennen und das Ding einen Kurzschluß kriegen können, ohne daß Sebastian etwas passierte. Und Penny...«, er blickte weg, »...der Schlag war nicht zu wuchtig. Ich habe schon Leute mit schlimmeren Kopfverletzungen zu Fuß ins Krankenhaus gehen sehen.«

»Das gleiche hab' ich mir auch schon gedacht«, sagte Peter nachdenklich. »Aber er hatte in beiden Fällen nicht viel zu verlieren. Sebastian wird ihn nicht gesehen haben. Und Penny hätte er noch einen zweiten Schlag verpassen können, wenn sie nicht sofort umgefallen wäre. Glauben Sie, er hat gewartet?« Peter sah Kincaid mit hochgezogenen Brauen an. »Ich glaube nicht, daß sie sofort tot war. Sie hat noch ziemlich stark geblutet.«

»Dieses Schwein.« Der Damm, hinter dem Kincaid seinen Zorn aufgestaut hatte, drohte zu brechen. Er holte einmal tief Atem und drängte die Aufwallung zurück. »Ich bezweifle es. Zu riskant, selbst für unseren Glücksjungen. Ist Ihnen klar, daß wir beide die ganze Zeit von einem Mann sprechen? Dabei gibt es keinen Hinweis darauf, daß es ein Mann gewesen sein muß.«

»Nur der Einfachheit halber«, versetzte Peter Raskin. »Nein, in beiden Fällen ist nicht auszuschließen, daß eine Frau die Täterin war. Immer vorausgesetzt, es war ein und dieselbe Person.«

»Oh, ich denke schon. Ich bin sogar überzeugt davon. Dieselbe Person, und beide Male aus demselben Grund. Penny hat irgend etwas gesehen, das mit Sebastians Tod zu tun hatte, da bin ich sicher. Sie wollte es mir sagen, aber wir wurden unterbrochen, und ich bin der Sache dann nicht nachgegangen. Aber Sebastian... was hat Sebastian gesehen? Oder was hat er herausgefunden? Das ist die Frage. Was steckt hinter diesen Morden? Und...«, Kincaid stand auf und streckte seine steifen Knie, während er zum Tor hinüberblickte, »wo zum Teufel bleibt Ihr Chef? Der gute Mann läßt sich ja wirklich Zeit.«

»Na, Sie kennen doch Chief Inspector Nash, Sir«, sagte Raskin sarkastisch, »er delegiert mit Vorliebe.«

»Dann soll er jemanden delegieren, Miss Alcocks Aussage später zu Protokoll zu nehmen. Ich bringe sie jetzt nach oben. Da kann er toben, soviel er will.«

Aber einen Moment blieb Kincaid noch stehen, den Blick auf den Tennisschläger gerichtet. Der Lack auf dem Holzrahmen war größtenteils abgeblättert, mehrere Saiten waren gerissen, der Griff war fleckig, die Umwickelung ausgefranst. Nicht gerade neu, dachte Kincaid.

»Wo hatte der Mörder den Schläger her? Er wird ihn doch kaum für den unwahrscheinlichen Fall, daß ihm jemand über den Weg laufen sollte, dem er gern eins über den Schädel geben würde, mit sich herumgeschleppt haben.«

»Da«, Raskin zeigte mit ausgestrecktem Arm, »hinter dem Tor.« Der Holzkasten verschmolz mit dem Gebüsch jenseits des Gitters; seine verblichene grüne Farbe wirkte beinahe wie Tarnung. Er hatte ungefähr die Größe eines Kindersargs und ein einfaches Schnappschloß. »Für die Gäste, vermute ich.«

»Okay«, sagte Kincaid laut denkend, »nehmen wir an, er sieht Penny allein weggehen und folgt ihr... Sie steht sehr günstig mit dem Rücken zu ihm, ganz auf einen Vogel konzentriert... Er weiß, wo die Tennisschläger aufbewahrt werden... Aber er hat ihn bestimmt nicht mit bloßen Händen angefaßt, nicht unser schlauer Freund. Was hat er also benützt? Einen Handschuh? Eine Plastiktüte? Wahrscheinlich hat er es verschwinden lassen, was auch immer es war. Ich würde den Leuten von der Spurensicherung sagen, sie sollen mal danach Ausschau halten.«

»Ich werde die Empfehlung weitergeben.« Peter Raskin grinste. »Selbstverständlich als meine eigene.«

Hannah saß mit geschlossenen Augen, die Wange auf den hochgezogenen Knien. Als Kincaid sich über sie neigte, öffnete sie die Augen und lächelte ihn dann schläfrig an. »Ich glaube, ich bin tatsächlich eingeschlafen. Ist das nicht sonderbar? Ich fühle mich schrecklich schwach.«

»Das ist der Schock.« Kincaid bot ihr die Hand. »Der stellt oft mit dem Körper die seltsamsten Dinge an. Sie brauchen jetzt erst einmal eine Tasse unseres guten alten Hausmittels – heißen, süßen Tee. Ich bringe Sie nach oben ins Haus. Nash kann ja später einen Beamten zu Ihnen schicken, wenn er Ihre Aussage hören will.«

»In Ordnung. Duncan...«, Hannah blickte zum Tennisplatz hinunter, wo Peter Raskin stand und wartete, »jemand muß es Emma sagen. Was ist, wenn...«

»Nein, nein, daran dürfen Sie nicht einmal denken. Wenn wir jemandem begegnen, sagen Sie einfach, Sie fühlen sich nicht wohl. Ich glaube«, fügte Kincaid hinzu, und seine Stimme war voll grimmiger Entschlossenheit, »ich selbst werde es Emma sagen.«

Kincaids Klopfen an der Apartmenttür der Schwestern MacKenzie erzeugte einen dumpfen Widerhall. Er hatte Hannah durch die Hintertür ins Haus gebracht. Das Schreien der Kinder, die sich im Pool tummelten, erreichte sie laut und klar durch die Glastür. Der Rest des Hauses schien wie ausgestorben, und er hatte sich schon von Emmas Tür abgewandt, als er hörte, wie sie öffnete.

»Tut mir leid«, sagte Emma, »ich war tropfnaß. Ich war mit den Kindern, diesen kleinen Ungeheuern, beim Schwimmen.«

Sie rubbelte sich das Haar mit einem Frottiertuch, so daß es struppig von ihrem Kopf abstand. Sie sah seltsam jung aus mit diesem Strubbelkopf und erinnerte ihn einen Moment lang an Angela. Der Badeanzug jedoch war bester Nachkriegsjahrgang, schwarz, mit einem Röckchen, das diskret den Ansatz der Oberschenkel verbarg.

Emma sah ihn mit einem bei ihr so seltenen Lächeln an. »Wenn Sie zu Penny wollen, haben Sie Pech gehabt. Sie ist schon ziemlich früh losgezogen, um die Vögel zu beobachten. Ich weiß gar nicht, was plötzlich in sie gefahren ist. Sonst ist sie ein ziemlicher Faulpelz.«

»Nein, Emma, ich wollte zu Ihnen. Können wir uns einen Moment setzen?«

»Natürlich.« Emma machte ein verwundertes Gesicht, führte ihn jedoch ohne Protest zum Sofa. Sie selbst setzte sich in den Sessel, nachdem sie sorgfältig ein Handtuch auf dem Sitz ausgebreitet hatte.

Kincaid neigte sich zu ihr. »Emma, es tut mir leid, ich habe eine sehr schlechte Nachricht.« Sie sagte nichts, aber er sah, wie Furcht sich auf ihrem Gesicht breitmachte. »Es handelt sich um Penny.«

Emma griff sich an die Brust. »Ist sie tot?« fragte sie flüsternd.

»Ja, es tut mir sehr leid.«

Emma schloß die Augen und drückte den Kopf an die Sessellehne. Nur das sachte Auf und Ab ihrer Brust gab Kincaid die beruhigende Gewißheit, daß sie atmete. Nach einer kleinen Weile begann er sich zu fragen, ob sie ohnmächtig geworden war, aber da begann sie zu sprechen, ohne die Augen zu öffnen.

»Wie ist es passiert?«

»Das wissen wir noch nicht genau. Hannah hat sie auf dem Tennisplatz gefunden. Sie hatte eine Verletzung am Kopf.«

»Kann sie – kann sie gefallen sein? Ist es möglich, daß sie sich den Kopf angeschlagen hat?«

»Möglich ist es, ja.«

Emma hörte das Zögern in seiner Stimme. Sie öffnete die Augen und starrte Kincaid unverwandt an. »Aber Sie glauben es nicht.«

Kincaid antwortete nicht. Es war eine Feststellung gewesen, keine Frage. Emma richtete sich in ihrem Sessel auf, und als sie wieder sprach, hatte ihre Stimme etwas von der gewohnten Kraft zurückgewonnen. »Ich möchte sie sehen.«

»Natürlich... Ich werde sehen, was ich tun kann. Aber Sie müssen warten, bis der Arzt und die Polizei mit ihrer Arbeit fertig sind. Wenn Sie sich anziehen und ein bißchen sammeln möchten, warte ich draußen vor der Haustür auf Sie. Emma...« Kincaid zögerte. Es war immer schwer, jemandem sein Beileid auszusprechen, selbst nach jahrelanger Übung an Fremden. »Es tut mir von Herzen leid.«

»Ich weiß«, antwortete Emma, und Kincaid meinte, er habe nie ein trostloseres Gesicht gesehen.

Peter Raskin kam den Weg vom Tennisplatz herauf und hob winkend die Hand, als er Kincaid auf dem Vorplatz stehen sah. Sie trafen sich auf dem Rasen, Raskin ein wenig außer Atem vom raschen Anstieg.

»Ich muß wieder anfangen zu joggen. Ganz schön warm ist es.« Er fuhr sich mit einem Finger unter den Kragen und zuckte mit den Schultern, als wollte er sein Jackett abwerfen. »Mission ausgeführt?«

»Ja. Und ich habe inzwischen auch mit Miss MacKenzie gesprochen.«

Raskins gewohnte Miene spöttischer Erheiterung wich Ernsthaftigkeit. »Danke, daß Sie mir das erspart haben. Wie hat sie es aufgenommen?«

»Sehr ruhig. Aber einen hysterischen Anfall haben Sie ja auch nicht erwartet, oder?« Kincaid schwieg einen Moment. »Aber ich glaube, es hat sie sehr schwer getroffen. Sie möchte ihre Schwester sehen. Ich habe ihr gesagt, ich würde mich darum kümmern, daß man es ihr erlaubt.«

Raskin überlegte einen Moment. »Dr. Percy ist hier, wie Sie gewiß mit Vergnügen hören werden.« Er grinste Kincaid verschmitzt an. »Und die Spurensicherung ist auch schon da.«

»Das habe ich mir schon gedacht.« Kincaid wies mit dem Kopf zu den fremden Fahrzeugen, die ziemlich willkürlich geparkt auf dem Kies standen.

»Der Pathologe ist unterwegs, ebenso der Wagen vom Bestattungsinstitut. Wenn Miss MacKenzie sie sehen würde, bevor sie weggebracht wird, bliebe es ihr erspart, im Bestattungsinstitut eine förmliche Identifizierung vorzunehmen. Ich wüßte nicht, warum das nicht möglich sein sollte. Ich fange mit den Vernehmungen an, sobald die da unten fertig sind. Wollen Sie mitkommen? Oder sind Sie noch immer weder Fisch noch Fleisch?«

»Fleisch inzwischen, denke ich. Aber ich habe Miss MacKenzie versprochen, daß ich auf sie warte.«

Kincaid trennte sich von ihm und ging den Weg hinunter, bis er sehen konnte, was auf dem Tennisplatz vor sich ging. Ein uniformierter Beamter stand am Tor Wache, und das Gebiet rund um die Tote war mit weißem Band abgesperrt. Anne Percy kniete an Penny MacKenzies Seite, Nash stand schweigend in der Nähe, den Blick wie ein finster drohender Gott auf die Szene gerichtet.

Anne Percy schloß ihr Köfferchen, stand auf und ging zu Nash, um mit ihm zu sprechen. Sie blickte kurz auf, sah Kincaid auf dem Fußweg und begrüßte ihn mit einem flüchtigen Lächeln. Kincaid fand, sie sähe heute amtlicher aus und in dem erikafarbenen Pullover mit dazu passender langer Hose noch attraktiver als bei ihrer ersten Begegnung.

Das schwarze Köfferchen schwingend, kam sie ihm auf dem Weg entgegen. »Ich werde mich vielleicht noch daran gewöhnen, für den Polizeiarzt einzuspringen«, sagte sie statt einer Begrüßung. »Ich habe den Tod festgestellt, das ist so ziemlich alles, was ich hier tun kann.«

»Warten Sie noch auf den Pathologen?« fragte Kincaid.

»Ja. Wie ich höre, hat Miss MacKenzie eine Schwester. Meinen Sie, ich sollte einmal nach ihr sehen?«

»Würden Sie das tun? Ich bin mir allerdings nicht sicher, wie sie es aufnehmen wird.«

Anne Percy lächelte. »Das macht nichts. Ich bin solche Situationen gewöhnt.«

Der Wagen des Bestattungsunternehmens wartete mit weit geöffneten Türen, und Kincaid wartete ebenfalls. Es mutete ihn seltsam an, daß nicht er die hektische Betriebsamkeit rund um ihn herum befehligte, daß er nicht einmal eine ihm zugeteilte Aufgabe auszuführen hatte.

Hinter ihm öffnete sich leise die Haustür, und als er sich umdrehte, sah er Emma MacKenzie zögernd unter dem Torbogen des Portals stehen. Sie schien geschrumpft zu sein, ihre zupackende Resolutheit schien sich verflüchtigt zu haben. Die Linien von der Nase zum Mund wirkten plötzlich sehr scharf.

»Geht es?« fragte Kincaid.

»Ihre Frau Dr. Percy war bei mir. Sehr freundlich, aber unnötig.«

Es erleichterte Kincaid zu hören, daß ihre Stimme so kratzbürstig und barsch klang wie immer, auch wenn sie auf ihre schroffe Art seine Besorgtheit um sie durchaus würdigte. Sie sah an ihm vorbei zu dem wartenden Wagen, setzte zum Sprechen an, hob dann ihre Hand in einer flehenden Geste.

»Es dauert nicht mehr lange«, sagte er sanft und behutsam. »Ich glaube, sie sind beinahe fertig.«

Emma richtete ihren Blick fest auf Kincaids Gesicht. »Sie wirkte so entschlossen heute morgen. So zielbewußt. Sie wissen doch, wie verhuscht Penny immer ist – war. Und sie war ausnahmsweise auch einmal ganz verschwiegen. Als ich sie gefragt habe, was sie vorhabe, hat sie nur gelächelt. Dumme Gans, hab' ich gedacht, Geheimniskrämerin...« Sie stockte.

»Nicht, Miss MacKenzie. Wir müssen uns beide vorwerfen, sie nicht ernst genommen zu haben.«

Aus dem Garten kamen schlurfende Geräusche. Die Leute vom Bestattungsinstitut kamen den Weg vom Tennisplatz herauf, trugen die Bahre über den Hügelkamm und traten den Marsch über den Rasen an. Peter Raskin folgte ihnen. Penny lag in schwarzen Kunststoff eingehüllt, so ordentlich verpackt wie ein Weihnachtspäckchen.

Kincaid nahm Emmas Arm. »Wollen Sie das wirklich auf sich nehmen?«

Emma nickte nur einmal kurz, aber sie schüttelte Kincaids Hand nicht ab, als sie die Treppe hinunterstiegen. Ein Ende der Kunststoffhülle hatte man offengelassen, und Raskin schlug das Material vorsichtig zurück, um Pennys

Gesicht zu enthüllen. Lange sah Emma stumm auf ihre Schwester hinunter, dann nickte sie wieder. Raskin zog den Kunststoff wieder hoch und verschloß die Öffnung mit Klebeband. Mit den flinken, routinierten Bewegungen langjähriger Erfahrung schoben die beiden Männer vom Bestattungsinstitut die Bahre in den Wagen und schlossen die Tür, und als der Fahrer sich hinter das Steuer setzte, hörte Kincaid ihn sagen: »Komm, Kumpel. Wir verpassen das Abendessen, wenn wir uns nicht beeilen.« Die Bremslichter des Wagens flammten auf, als er auf die Straße hinausfuhr, und Kincaid bemerkte, daß der Himmel sich bewölkt hatte.

»Sie hat heute morgen doch etwas gesagt«, bemerkte Emma mitten in seine Gedanken hinein. »Als sie ihre Sachen zusammensuchte. Es war beinahe – Sie werden mich wahrscheinlich für albern halten.«

»Nein, bestimmt nicht. Erzählen Sie weiter.«

»Es hörte sich fast wie eine Litanei an, die sie sich ständig vorsagte. ›Dies oder jenes, dies oder jenes ...‹ Das hat unser Vater immer gesagt, als wir noch klein waren. Immer wenn wir eine schwierige Entscheidung zu treffen hatten. Dies oder jenes.«

11

Gemma streckte den Kopf zum Fenster ihres Escorts hinaus und rief dem Tankwart zu: »Können Sie mir sagen, wie ich zum Grove House komme?«

»Die nächste links, Miss, gleich um die Ecke. Es ist das alte Herrenhaus. Sie können's gar nicht verfehlen.«

Er war jung und gutaussehend, und seine freundliche

Erklärung heiterte sie auf, obwohl sie das verdammte Haus anscheinend verfehlt hatte. Dreimal war sie jetzt schon im Dorf herumkutschiert, und sie konnte selbst jetzt noch nicht sagen, wo sie gewesen war und wo nicht.

Dörfer waren ihr sowieso ein Greuel, und dies hier war keine Ausnahme. Mitten im tiefsten Wiltshire gelegen, auf allen Seiten von alten Kiesgruben umgeben, war es beinahe eine Insel. Hier gab es keine Bilderbuchstraße mit adretten kleinen Läden – hier war die Hauptstraße ein buntscheckiges Durcheinander neuer Häuser, zwischen denen hier und dort noch ein altes Gebäude eingezwängt war.

Aber keines war das, das sie suchte. Nummer zwei, Grove House. Kein Straßenname, keine Hausnummer. Wie sollte man sich da zurechtfinden?

Am Pub bog Gemma nach links ab, und ehe sie sich's versah, fand sie sich in einer Sackgasse moderner Einfamilienhäuser wieder. Sich jetzt auch noch aufzuregen, würde überhaupt nichts bringen, sagte sie sich. Also holte sie tief Luft, legte den Rückwärtsgang ein und kroch am Bürgersteig entlang wieder Richtung Hauptstraße.

Vielleicht drei Meter vor dem Pub an der Ecke entdeckte sie in der Hecke eine Lücke. An dem offenstehenden schmiedeeisernen Tor war ein kleines Schild angebracht. »Grove House«, las Gemma. Die Reifen ihres Wagens knirschten auf dem Kies, als sie in die Auffahrt einbog und anhielt. Der Straßenlärm drang nur gedämpft durch die hohen Hecken, und der Geruch nach frisch umgegrabener Erde wehte durch das offene Fenster des Wagens herein. Ein Schubkarren und ein Spaten standen bei einem Komposthaufen auf dem Rasen. Jedenfalls glaubte sie, daß es sich um einen Komposthaufen handelte – ihre gärtnerische Erfahrung bestand darin, das Fleckchen Rasen zu mähen, das in der Annonce für ihr Haus als »großzügiger Garten« angepriesen worden war.

Das Haus selbst vermittelte einen flüchtigen Eindruck von grauem Verputz und Schiefer und grün bewachsenen Mauern. In der Mitte sprang im rechten Winkel eine verwilderte Hecke hervor – die Trennwand zwischen Nummer eins und Nummer zwei. Sie fragte sich, wie das Haus ausgesehen hatte, als es neu gewesen war, und einen Moment lang stellte sie sich vor, das Haus habe sich, ohne sich zu verändern, hinter Mauern verschanzt, während das Dorf rund um es herumgewachsen war. »Ein bißchen sehr verstiegen für dich, mein Schatz«, sagte sie laut, schüttelte den Kopf und stieg aus dem Wagen.

Nummer zwei war das Haus auf der linken Seite, halb versteckt hinter der Mittelhecke. Gemma strich sich über das Haar und rückte ihre Umhängetasche zurecht, ehe sie läutete. Schnelle Schritte auf gefliestem Boden waren zu hören, und eine Frau öffnete die Tür. Sie war schlank und blond, hübsch auf eine etwas verblaßte Weise, und sah Gemma mit einem fragenden Lächeln an.

»Mrs. Rennie?« fragte Gemma. »Mein Name ist Gemma James.« Sie reichte der Frau ihren Dienstausweis. »Bei der Kriminalpolizei London. Ich hätte Sie gern einen Moment gesprochen, wenn das möglich ist.«

»Aber ja, selbstverständlich.« Mrs. Rennie machte ein verwundertes Gesicht. »Was kann ich für Sie tun?« Ein Hauch von Furcht schlich sich in ihre Züge. »Es geht doch nicht um diese schreckliche Geschichte oben in Yorkshire? Patrick hat angerufen und uns erzählt...« Gemma sah den plötzlichen Schrecken in den Augen der Frau. »Ist etwas mit Patrick? Ist Patrick etwas passiert?«

»Nein, nein«, beschwichtigte Gemma hastig. »Ihrem Sohn geht es gut, Mrs. Rennie. Wir führen lediglich eine Routineuntersuchung sämtlicher Gäste im Followdale House durch.« Sie lächelte ihr ermutigendstes Lächeln.

»Gott, wie albern von mir. Einen Moment lang dachte ich...« Mrs. Rennie faßte sich, erinnerte sich ihrer guten Manieren und bat Gemma in den Vorsaal. »Bitte, kommen Sie doch herein.«

Flüchtig sah Gemma auf ihrem Weg ins Wohnzimmer einen schmalen Tisch, auf dem ein riesiges Blumenarrangement stand, von weichem Licht angestrahlte Ölporträts an den Wänden des Flurs und der Treppe, die nach oben führte.

»Bitte, nehmen Sie Platz. Möchten Sie vielleicht eine Tasse Tee?«

»Das wäre sehr nett, vielen Dank. Die Fahrt hierher war ziemlich mühsam«, antwortete Gemma und dachte, daß sie sich in diesem Haus nicht anbieten würde, in der Küche zu helfen.

Allein, sah sie sich im Zimmer um. Wie der Rest des Hauses vermittelte es einen Eindruck abgenutzter Eleganz – teure Dinge, die viel und gern benutzt wurden; der Perserteppich hatte fadenscheinige Stellen, die mit Chintz bezogenen Sessel und das Sofa hatten dort, wo meistens jemand saß, kleine Mulden. Es gab Bücher und Landkarten und Objekte, von denen sie vermutete, daß sie aus dem Orient stammten. Dieser Raum mit seiner schäbigen Vornehmheit, die nach gediegener Kleidung und vernünftigen Schuhen roch, weckte in Gemma ein Gefühl tiefen Unbehagens.

Sie atmete den Geruch von Blumen und Möbelpolitur und staubigen Bucheinbänden ein und dachte an ihr eigenes kleines Reihenhäuschen, wo die Küchendünste von nebenan durch die Wände zu sickern schienen und sich niemals ganz verzogen, ganz gleich, wie weit sie die Fenster aufriß und wie lange sie lüftete. Sie dachte an ihr Wohnzimmer und die beigefarbene Couchgarnitur mit dem groben, billigen Bezug und strich dabei über den seidig glatten Chintz. Nun, mehr ging eben im Augenblick nicht bei ihrem Gehalt und den Ausgaben für Tobys Tagesheim und den Unterhaltszahlungen von Rob, die ziemlich unregelmäßig kamen.

Geschirrgeklapper aus der Küche riß sie aus ihren Gedanken. Seufzend richtete sie sich auf. Mrs. Rennie stieß mit einer Schulter die Schwingtür auf und kam mit dem Teetablett ins Zimmer. Als Gemma aufstand, um ihr zu helfen, schüttelte sie ablehnend den Kopf. »Nein, bleiben Sie sitzen. Ich schaffe das schon.«

Gemma nahm die Tasse, die sie ihr anbot, und hielt sie sorgsam ausbalanciert auf ihrem Knie.

»Mrs. Rennie«, sagte sie, während sie ihren Tee umrührte, »sind Ihr Sohn und seine Frau schon lange Eigentümer im Followdale House?«

»Seit zwei oder drei Jahren, würde ich sagen. Marta war anfangs ganz begeistert davon, und sie freuten sich jedesmal sehr auf den Urlaub.«

»Aber jetzt nicht mehr?« Gemma trank einen Schluck Tee. Es war Earl Grey, den sie nicht mochte, aber das starke, blumige Aroma schien ihr zu diesem Zimmer zu passen.

»Nun ja, der Reiz des Neuen ist wohl inzwischen ein bißchen verblichen, wie das bei den meisten Dingen der Fall ist. Und Patrick hat ja zur Zeit mit seinen politischen Verpflichtungen sehr viel zu tun. Aber eigentlich«, Mrs.

Rennie zog nachdenklich die Brauen zusammen, »war Marta diejenige, die vorgeschlagen hat, sie sollten den Termin ändern oder diesmal woanders hinfahren.«

»Aber das haben sie dann doch nicht getan?«

»Nein. Nein, Patrick hielt nichts davon.«

»Sie sind sicher sehr stolz auf Ihren Sohn, Mrs. Rennie. Soweit ich höre, hat er eine große Karriere gemacht.«

»Ja, das ist richtig. Es ist noch besser gegangen, als selbst wir erwartet haben. In der Partei bezeichnet man seinen Aufstieg als ›meteorhaft‹.« Sie lächelte liebevoll, aber Gemma glaubte in ihrer Stimme einen Vorbehalt zu hören, eine Andeutung, daß Patrick Rennies Leben vielleicht doch nicht ganz so glanzvoll war, wie es dargestellt wurde.

»Haben Ihr Sohn oder Ihre Schwiegertochter jemals eine Bemerkung darüber gemacht, daß ihnen im Followdale House etwas als sonderbar aufgefallen ist? Manchmal«, fuhr Gemma in vertraulichem Ton fort, »macht man so eine Bemerkung und vergißt sie dann völlig.«

Mrs. Rennie überlegte einen Moment. »Ich kann mich nicht erinnern. Patrick ist kein Mensch, der schlecht über andere spricht oder Klatsch weitergibt.« Obwohl der Ton durchaus milde war, fühlte sich Gemma freundlich, aber bestimmt in die Schranken gewiesen.

Sie trank ihren Tee aus und stellte Tasse und Untertasse behutsam auf das polierte Holztablett. »Ich danke Ihnen, Mrs. Rennie. Es war sehr freundlich von Ihnen, mich zu empfangen, und ich möchte Sie nicht länger aufhalten.« Sie standen beide auf, aber auf dem Weg zur Tür zögerte Gemma noch einmal. »Äh… darf ich mir vielleicht rasch die Hände waschen und mich ein wenig frisch machen, ehe ich wieder fahre?«

»Aber selbstverständlich.« Mrs. Rennie führte sie hinaus. »Die Treppe hinauf links.«

»Danke.« Gemma blieb vor dem ersten Porträt stehen. Der Junge sah fragend zu ihr hinunter. Sein blondes Haar wirkte, obwohl frisch gebürstet, widerspenstig, und die blauen Augen in dem schmalen Gesicht schienen freundlich und interessiert. Etwa zwölf oder dreizehn, vermutete Gemma. Oben, am Hals des blauen Pullis, sah man ein Stück Krawatte mit den Schulfarben. Sie fragte sich, ob Toby je so gut aussehen würde. »Das ist wirklich ein schönes Porträt. Ist das Ihr Sohn, Mrs. Rennie?«

»Ja, das ist Patrick. Es ist ein sehr gutes Bild von ihm.«

»Die Ähnlichkeit zwischen Ihnen beiden ist auffallend.«

Mrs. Rennie lachte. »O ja. Das ist unser bester Familienscherz.« Gemmas Gesicht zeigte wohl ihr Unverständnis, denn Mrs. Rennie fügte eilig hinzu: »Ach, entschuldigen Sie, ich sehe, Sie wissen nicht Bescheid.«

»Worüber, Mrs. Rennie?«

»Daß Patrick adoptiert ist.« Ihr Gesicht wurde weich. »Er war drei Tage alt, als wir ihn bekamen. Es wurde alles sehr ruhig und diskret abgewickelt, ohne das ganze Theater, das man hat, wenn man über eine Vermittlungsstelle geht. Der Anwalt meines Mannes hat alles arrangiert. Selbstverständlich haben wir Patrick die Wahrheit gesagt, sobald er alt genug war, um sie zu verstehen.«

»Nein, das wußte ich nicht.« Gemma studierte wieder das Porträt. »Die Ähnlichkeit ist wirklich bemerkenswert.«

»Vielleicht eine kleine göttliche Intervention«, meinte Mrs. Rennie, und Gemma sah in ihrem Lächeln einen Zug von Scherzhaftigkeit.

Vom Toilettenfenster aus sah Gemma in die Einfahrt

hinunter. Sie hatte das Geräusch eines Autos gehört, als sie sich die Hände abgetrocknet hatte, und während sie hinunterblickte, verschwand ein hellbrauner Kombi in einer Garage seitlich vom Haus. Sie wagte es nicht, sich im oberen Stock umzusehen – die alten Holzdielen knarrten, und sie war überzeugt, jeder Schritt würde unten zu hören sein.

Die Stimmen erreichten sie klar und deutlich, als sie die Treppe hinunterstieg. »Louise, Sie haben überhaupt kein Recht dazu. Es ist völlig –«

Sie drehten beide die Köpfe, als Gemma erschien. Der Mann war groß und dünn mit einem schmalen borstigen Oberlippenbärtchen, das beinahe ein Zeichen des pensionierten Soldaten war.

»Mein Mann, Major Rennie.« Louise Rennie legte ihm leicht die Hand auf den Arm, als wollte sie ihn zurückhalten.

»Ich weiß nicht, wie wir Ihnen behilflich sein können.« Sein Gesicht war rot angelaufen – kein Wunder, dachte Gemma, daß seine Frau versuchte, ihn zu beschwichtigen. »Ich bin ganz sicher, daß diese schmutzige Geschichte mit uns oder unserem Sohn überhaupt nichts zu tun hat. Wenn Sie weitere Fragen haben, können Sie sich an unseren Anwalt wenden!«

»John, das ist doch nicht nötig …«

»Wie ich Ihrer Frau schon sagte, Mr. Rennie, besteht kein Anlaß zur Beunruhigung. Fragen dieser Art gehören bei einem Mordfall zur Routine.«

Das Wort »Mord«, obwohl ruhig und gelassen ausgesprochen, brachte sie beide zum Schweigen, und in ihren Gesichtern las Gemma einen Anflug von Furcht.

»Ich habe mir Cassie Whitlakes Büro requiriert.« Peter Raskin grinste. »Ich kann nicht behaupten, daß sie es mir freundlich zur Verfügung gestellt hat. Suchen Sie sich einen unauffälligen Platz, und machen Sie sich's gemütlich.« Von der Tür aus sah er sich im Zimmer um. »Nur ein Stuhl auf dieser Seite des Schreibtischs.« Er trat in die Bar zurück und packte mit einer Hand einen Barhocker. »Geht der?«

»Ausgezeichnet«, antwortete Kincaid und ließ sich in einer Ecke des kleinen Büros nieder. »Paßt genau zu meiner brenzligen Lage.« Er beobachtete Raskin, der Cassies Drehsessel ausprobierte und ihm einen beifälligen Klaps gab. Mit geschickten Händen schob und klopfte Raskin die wacklige Pyramide von Cassies Papieren zu einem sauberen Stapel zurecht. »Sie wird nicht begeistert sein.« Kincaid wies mit dem Kopf zur jetzt leeren und ordentlich aufgeräumten Schreibtischplatte.

»Da ist sie sicher nicht die einzige. Alle Gäste sind jetzt hier im Haus, und ich habe dem Constable Anweisung gegeben, sie im Salon zu versammeln. Sie werden müde und ungeduldig sein und ihren Tee wollen, darum ist es am besten, wir bringen das hier so schnell wie möglich hinter uns.

Knöpfen wir uns als erstes die Hunsingers vor, dann haben wir die aus dem Weg. Wie ich von Emma MacKenzie hörte, waren sie den ganzen Morgen mit den Kindern im Pool.«

Raskin ging um Cassies Schreibtisch herum und verschwand in der Bar. Einen Augenblick später kehrte er mit einer sehr gedämpften Maureen Hunsinger zurück.

Maureen sah Kincaid mit einem zitternden Lächeln an, als Raskin sie aufforderte, Platz zu nehmen. Mit steifem

Rücken blieb sie auf der Stuhlkante sitzen, und ihr weißes Knitterkleid bauschte sich wie ein Ballon um sie herum. Kincaid dachte, daß sie eigentlich hätte lächerlich wirken müssen – ihr Haar noch krauser als sonst vom stundenlangen Aufenthalt im Wasser, das Gesicht rot und verschwollen vom Weinen, aber er entdeckte eine gewisse Würde in ihrer Haltung und in ihrem offenkundigen Schmerz. Eine üppige und recht exzentrische Madonna, dachte er und unterdrückte ein Lächeln.

»John ist bei den Kindern. Brauchen Sie ihn auch?«

»Wahrscheinlich nur, damit er das Protokoll unterschreibt«, antwortete Raskin diplomatisch.

»Das ist alles ganz schrecklich für die Kinder. Zuerst Sebastian und jetzt das hier. Wie sollen wir ihnen das alles erklären? Heute morgen dachten wir, wenn sie sich im Pool amüsieren, würden sie vergessen, was dort passiert ist, aber jetzt...« Maureen schien den Tränen nahe zu sein. »Ich wollte, wir wären nie hergekommen.«

»Ich kann verstehen, wie Ihnen zumute ist, aber wir müssen Sie leider bitten, noch eine Weile zu bleiben, wenigstens so lange, bis wir die Formalitäten abgeschlossen haben.« Raskins Stimme war freundlich und teilnahmsvoll, und Kincaid sah, daß Maureen sich ein wenig entspannte. »Also, vielleicht können Sie mir jetzt in aller Kürze schildern, was Sie heute morgen getan haben?«

»Die Kinder haben uns geweckt. Wir haben gefrühstückt, und danach sind wir alle zum Pool hinuntergegangen. Emma kam auch...«

»Wie lange ist sie geblieben?«

»Oh, ungefähr eine Stunde, denke ich. Sie sagte, sie habe genug, und nicht lange danach wurden die Kinder wieder hungrig, und wir sind auch hinaufgegangen. Wir haben uns gerade umgezogen, als Janet Lyle kam und sagte, es sei irgend etwas im Gange – sie wüßte nicht, was.« Mit flehender Gebärde beugte Maureen sich vor. »Bitte sagen Sie mir genau, was geschehen ist. Ich weiß, daß Penny... tot ist, der Constable hat es uns gesagt. Aber was ist ihr zugestoßen? Ist es wie... wie bei Sebastian?«

Raskin sprach in förmlichem Ton, bester Schutz des Polizeibeamten vor Gefühl und Emotion, dachte Kincaid mit etwas bitterer Ironie. »Miss MacKenzie erhielt einen Schlag auf den Hinterkopf. Mehr können wir Ihnen im Augenblick leider nicht sagen.«

Maureen sank wieder in ihren Sessel zurück, und Kincaid hatte den Eindruck, daß mit der Bestätigung ihrer schlimmsten Befürchtungen alle innere Spannung sich bei ihr löste. Still, ohne etwas zu sagen, stand sie auf und ging, doch als sie die Tür erreichte, drehte sie sich noch einmal herum und sagte: »Ich werde jetzt einmal nach Emma sehen. Irgend jemand muß das tun. Man sollte sie nicht allein lassen.« Der entschlossene Zug um ihren Mund verbot jede Widerrede.

Sie kamen und gingen in rascher Folge, mehr oder weniger hilfsbereit und kooperativ.

Cassie ließ sich in den Besuchersessel sinken, streifte ihre Pumps ab und zog ihre Beine unter sich an. Eine bewußte Demonstration von Besitzerrecht, dachte Kincaid. Wütend starrte sie den sauberen Papierstapel auf ihrem Schreibtisch an.

»Ist Ihnen klar, wie lang ich brauchen werde, um das wieder zu ordnen?«

Peter Raskin gestattete sich den Hauch eines Lächelns. »Und ich dachte, ich hätte Ihnen einen Gefallen getan.«

»Wo ist Chief Inspector Nash?« Cassies Blick flog zu Kincaid.

»Bei der Autopsie«, antwortete Raskin. »Wenn Sie nichts dagegen haben, würde ich jetzt gern...«

»Ich war den ganzen Morgen hier. Ich hab' gearbeitet.«

»Waren Sie...«

»Oh, ich war ein- oder zweimal unten in der Toilette, falls Sie das interessieren sollte. Ich habe im Salon und in der Bar Ordnung gemacht. Patrick Rennie hat im Salon am Schreibtisch gearbeitet. Und Eddie Lyle kam mal kurz vorbei, um sich irgend etwas zu holen. Sonst habe ich niemanden gesehen.«

»Bewundernswert knapp und präzise, Miss Whitlake«, sagte Raskin, ganz unerschüttert von ihrer Art und Weise, das Gespräch an sich zu reißen.

»Nennen Sie mich Cassie. Bitte.« Cassie ließ ihren ganzen koketten Charme spielen, und Kincaid wartete mit Interesse darauf, wie Raskin reagieren würde. Sie stand plötzlich auf und beugte sich über ihren Schreibtisch, so daß Raskin zurückweichen mußte, als sie die mittlere Schublade aufzog. »Entschuldigen Sie.« Sie kramte kurz darin herum, zog dann eine zerknitterte Packung Zigaretten und ein Heftchen Streichhölzer heraus. »Mein geheimes Laster. Macht auf die Gäste keinen guten Eindruck.« Ihre Hand zitterte, als sie das Streichholz anriß. Ihre Nerven verrieten sie.

»Der Superintendent hier«, wieder dieser schnelle Blick zu Kincaid, »ist der Meinung, ich sollte reinen Tisch machen. Und ich würde viel lieber vor Ihnen mein Geständnis ablegen, Inspector, als vor Chief Inspector Nash.« Cassie bedachte Raskin mit einem Tausend-Watt-Lächeln.

»Bitte, tun Sie sich keinen Zwang an.«

»Ich habe ausgesagt, ich hätte den Sonntagabend allein in meinem Bungalow verbracht. Also, das stimmt nicht. Ich war nicht allein, und ich war auch nicht in meinem Bungalow. Ich habe mich mit Graham Frazer in der leeren Suite getroffen... Oh, so gegen zehn, denke ich, und wir waren fast bis Mitternacht dort.«

Kincaid bewunderte ihre Fähigkeit, aus einer peinlichen Enthüllung eine beinahe kokette Herausforderung zu machen.

»Haben Sie das oft getan?« fragte Raskin, wurde dann leicht rot, als ihm bewußt wurde, wie das klang. »Ich meine, Sie beide.«

Auch nicht viel besser, dachte Kincaid, erheitert, den unerschütterlichen Raskin etwas aus der Fassung gebracht zu sehen.

»Na ja, wir sind seit ungefähr einem Jahr oder so zusammen.« Cassie zog an ihrer Zigarette und beugte sich ein wenig vor, um in vertraulichem Ton zu sagen: »Graham wollte nicht, daß es jemand erfährt. Wegen der Sorgerechtsgeschichte. Ich hätte es natürlich sofort gesagt, wenn ich gewußt hätte, daß es wichtig ist. Ich hoffe nur«, ihre Stimme wurde beinahe drängend, »das bleibt unter uns.«

Raskin stand auf und ging zur Tür. »Ich kann leider nichts versprechen, das werden Sie verstehen. Vielen Dank jedenfalls für Ihre Hilfsbereitschaft, Miss Whitlake.« Er betonte die formale Anrede. Nun hatte er doch das letzte Wort gehabt.

»Wie haben Sie ihr denn diesen Wurm aus der Nase gezogen?« fragte er Kincaid, als er die Tür hinter Cassie Whitlake geschlossen hatte.

»Mein unwiderstehlicher Charme.« Kincaid grinste. »Und ein Schuß ins Blaue, der mitten ins Schwarze getroffen hat. Ich habe ihr gesagt, ich wüßte, daß sie etwas miteinander haben, und könnte nicht verstehen, warum sie es nicht zugeben wollen. Ich hatte ja nichts zu verlieren.«

»Offensichtlich nicht. Holen wir uns als nächstes Mr. Frazer. Mal sehen, was der uns dazu sagen kann.«

Mit grimmigem Bulldoggenblick auf Kincaid sagte Graham Frazer: »Aha, jetzt haben Sie wohl Ihren Beobachterposten aufgegeben. Ich kann mir vorstellen, daß einem da mit der Zeit der Hintern weh tut.«

Angela, die ihrem Vater folgte, sah man an, daß sie am liebsten im Boden versunken wäre.

»Daddy...«

Frazer achtete gar nicht auf sie, setzte sich und ließ sie einfach stehen, ein linkisches, unschlüssiges Kind.

Kincaid stand auf und bot ihr mit großer Geste seinen Barhocker an. Sie dankte ihm mit einem kleinen Lächeln.

»Ich habe den ganzen Morgen im Apartment gearbeitet. Ich hatte einen Haufen Papierkram aufzuarbeiten«, sagte Frazer in Antwort auf Raskins Frage. »Angie hat geschlafen. Das tun Teenager doch dauernd, stimmt's?«

Angela entrüstete sich wie erwartet. »Daddy, das ist nicht...«

»...fair«, vollendete Raskin für sie und lächelte. »In welcher Branche sind Sie tätig, Mr. Frazer?«

»Versicherungen. Verdammt langweilig, aber so ist es nun mal. Irgendwie muß man seine Rechnungen ja bezahlen.«

»Aha.« Raskin richtete sorgfältig seine Notizen gerade.

»Und vor zehn Uhr heute morgen haben Sie Ihr Apartment nicht verlassen?«

»Nein.« Nicht einmal mehr ein Hauch seines aggressiven Humors lag in seiner Stimme, und er beschränkte sich auf dieses eine kurze Wort. »Wenn Sie jetzt...«

»Angie«, unterbrach Kincaid, »wann bist du heute morgen aufgewacht?«

Sie sah ihren Vater an, ehe sie sich Kincaid zuwandte. »Ungefähr um zehn, glaube ich.«

»Angie«, sagte Raskin, »du kannst jetzt gehen, wenn du der Erklärung deines Vaters nichts hinzuzufügen hast.« Frazer wollte aufstehen. »Sie noch nicht, Mr. Frazer, ich habe noch einige Fragen an Sie, wenn Sie nichts dagegen haben.«

»Doch, ich hab' was dagegen. Aber ich hab' ja wohl keine Wahl?«

Raskin wartete, bis Angela hinausgegangen war und die Tür hinter sich geschlossen hatte. »Sie können selbstverständlich Ihren Anwalt zuziehen, wenn Sie das wünschen, aber es handelt sich hier keineswegs um ein förmliches Verhör, Mr. Frazer. Wir werfen Ihnen nichts vor.«

Frazer überlegte, dann nickte er einmal. Er ist zu dem Schluß gekommen, daß es besser ist, fürs erste kein Theater zu machen, dachte Kincaid.

»Mr. Frazer, Miss Whitlake hat uns gesagt, daß Sie beide am Sonntagabend von etwa zweiundzwanzig Uhr bis Mitternacht zusammen waren. Sie hatten beide vorher das Gegenteil zu Protokoll gegeben. Miss Whitlake sagte uns, Sie hätten sie gedrängt, von Ihrem Zusammensein nichts zu sagen, da Sie befürchteten, es könnte sich auf Ihren Sorgerechtsprozeß ungünstig auswirken.«

Graham Frazers flaches, volles Gesicht verriet so leicht

keine Emotionen, doch Kincaid glaubte eben in seiner völligen Reglosigkeit das Ausmaß von Frazers Verblüffung zu erkennen. Eine ganze Weile sagte Frazer gar nichts, bis er schließlich hervorstieß: »Das hat sie Ihnen erzählt? Cassie? Sie war doch diejenige, die auf keinen Fall wollte...« Er brach ab und sagte nach einer kleinen Pause leise: »Dieses Luder! Ich hab' doch gleich gewußt, daß da was dahintersteckt.«

»Soll das heißen, Sie waren gar nicht derjenige, der die Wahrheit unbedingt verschweigen wollte?« Raskin schaffte es nicht, seine Förmlichkeit aufrechtzuerhalten.

»Ja. Ich meine, nein, meine Idee war das bestimmt nicht. Was sollte meine Beziehung zu Cassie Whitlake für einen Einfluß auf den verdammten Sorgerechtsprozeß haben? Und wenn, ich weiß nicht, ob mich das überhaupt kümmern würde – ich bin allmählich soweit, daß ich sie Marjorie mit Handkuß überlassen würde. Nein, Cassie war diejenige, die um ihren Ruf besorgt war. Sie bat mich, sie nicht in Verlegenheit zu bringen.« Frazer lachte ohne Erheiterung. »Und jetzt hat sie mich ganz schön in Verlegenheit gebracht.«

Edward Lyle nahm sich den Vortritt vor seiner Frau und dachte erst daran, ihr den Sessel anzubieten, als Raskin sie begrüßte. Kincaid holte einen zweiten Hocker und nahm wieder seinen Platz am Rande ein. Lyle wirkte gedämpft, nicht ganz so quengelig und moralisch entrüstet, wie Kincaid ihn zuletzt erlebt hatte.

»Ich weiß nicht, was ich Ihnen erzählen kann, Inspector.« Lyle fuhr sich mit einer Hand durch das schüttere Haar. »Wirklich ein Pech, ein großes Pech für die arme Miss MacKenzie.«

Pech? Kincaid fand die Wortwahl mehr als sonderbar.

Raskin ließ nach diesem Kommentar einen Moment Schweigen eintreten, ehe er sprach. »Vielleicht berichten Sie mir nur kurz, was Sie und Ihre Frau heute morgen getan haben. Das genügt eigentlich schon, Mr. Lyle.«

»Nun ja, wir haben wie üblich gefrühstückt – ich lege Wert auf ein anständiges Frühstück, wissen Sie. Dann bin ich zum Dorf hinuntergegangen, um die Zeitung zu holen, und Janet ist im Apartment geblieben, um einige Briefe zu schreiben. Nach meiner Rückkehr hab' ich ein bißchen Zeitung gelesen, und wir hatten gerade die Landkarten rausgeholt, um den heutigen Ausflug zu planen, als draußen der Tumult begann. Das ist alles, Inspector. Ich muß sagen…«, begann er, schon wieder in den gewohnten Quengelton verfallend, als Raskin ihn unterbrach.

»War es so, Mrs. Lyle?«

Lyle holte Atem, um zu protestieren, aber seine Frau ließ ihn nicht zu Wort kommen.

»Ja… Natürlich. Ich habe an Chloe geschrieben, unsere Tochter. Sie ist im Internat. Es ist wirklich schade, daß wir keine Zeit bekommen konnten, die mit Chloes Ferien zusammenfiel. Sie hätte…« Sie gewahrte das mißbilligende Gesicht ihres Mannes. »Oh, entschuldige, wie dumm von mir. Ich bin natürlich froh, daß sie jetzt nicht hier ist.« Sie krauste die Stirn, holte Luft, als nähme sie allen Mut zusammen, um weiterzusprechen. »Inspector, was hier geschehen ist, ist schrecklich, aber ich verstehe nicht, was es mit uns zu tun haben soll.«

Sie wandte sich Kincaid zu, während sie sprach, um ihn in ihren Appell einzubeziehen. Ihr dichtes dunkles Haar bekam durch das feine Grau einen hellen Schimmer, ihr Teint war klar, die dunklen Augen sehr ausdrucksvoll.

Kincaid dachte plötzlich, wie attraktiv sie war – oder wäre, wenn sie nicht ständig diese Miene ängstlicher Zaghaftigkeit trüge. Er erinnerte sich ihrer Lebhaftigkeit, als er sie mit Maureen Hunsinger zusammen in der Teestube beobachtet hatte, und fragte sich, wie sie wäre, wenn sie nicht gerade Edward Lyle geheiratet hätte. Warum hatte sie ihn geheiratet? Das war die Frage, auf die es ankam. Hatte sie vor fünfzehn, zwanzig Jahren in diesem weichlichen, egozentrischen Wichtigtuer vielleicht eine Verheißung gesehen, von der nichts geblieben war?

»Mrs. Lyle«, sagte Raskin mitten in Kincaids Spekulationen hinein, »wir müssen allen hier dieselben Fragen stellen. Es könnte ja sein, daß jemand etwas gesehen oder gehört hat, was uns bei unseren Ermittlungen weiterhilft. Ich bin überzeugt, Sie haben dafür Verständnis.«

»Wir haben nichts Ungewöhnliches gesehen, Inspector«, versicherte Lyle. »Überhaupt nichts.«

Patrick Rennie, stets der perfekte Gentleman, half seiner Frau fürsorglich in den Sessel. Marta sah aus, als könnte sie alle Hilfe gebrauchen – sie gehörte offensichtlich nicht zu den wenigen Glücklichen, die vom Kater verschont blieben. Das flachshelle Haar war strähnig, mit einem schlichten Gummiband zurückgenommen.

»Meine Frau hat den ganzen Morgen im Bett gelegen«, erklärte Patrick. »Sie hat sich nicht wohl gefühlt.« Sein Gesicht war ernst und freundlich, er sah seine Frau beim Sprechen nicht an. Er selbst sei in den Salon hinuntergegangen, um an einer Rede zu arbeiten, berichtete er. Er habe seine Frau nicht stören wollen.

»Und waren Sie den ganzen Morgen im Salon, Mr. Rennie?« fragte Raskin.

»Nein, ich bin immer wieder einmal hinausgegangen. Sie wissen ja, wie das ist. Ich habe Cassie guten Morgen gesagt. Dann bin ich hinaufgelaufen, um ein Buch zu holen – Zitate machen sich in einer Rede immer gut. Irgendwann kam Lyle herein und quasselte ein bißchen. Er hat meine ganze Konzentration zerstört, gerade als ich zur entscheidenden Stelle gekommen war. Sonst habe ich niemanden gesehen. Ach, und Inspector«, in seinem Ton schwang eine Spur Scherzhaftigkeit, »Sie und Ihren Chef habe ich kommen sehen. Vom Salonfenster aus habe ich den Wagen vorfahren sehen.«

Frecher Kerl, dachte Kincaid.

»Mrs. Rennie?« sagte Raskin.

Sie war nicht imstande gewesen, ihre Hände auch nur eine Sekunde ruhig zu halten. Jetzt leckte sie sich die Lippen. »Ich habe den ganzen Morgen geschlafen, wie Patrick Ihnen schon sagte. Ich habe mich ziemlich mies gefühlt. Es muß die Grippe oder so etwas sein. Ich war gerade aufgestanden und wollte Kaffee machen, als Patrick hereinkam und sagte, es müßte irgend etwas passiert sein, draußen sei alles in Aufruhr.« Sie kramte in ihrer Handtasche nach einer Zigarette. »Es tut mir leid um Miss MacKenzie. Sie schien eine nette Frau zu sein.«

Ein dürftiger Nachruf, dachte Kincaid, doch wenigstens hatte Marta Rennie einen Gedanken für die Tote übrig.

»Miss MacKenzie war ziemlich außer sich, als sie gestern abend ging. Es kann nicht sein, daß sie …«

»Nein, Mr. Rennie«, sagte Raskin, die unausgesprochene Frage beantwortend. »Es ist ausgeschlossen, daß sie sich die Verletzungen selbst beigebracht hat.«

12

»So, das wär's dann.« Peter Raskin gähnte und streckte sich.

»Ja, und der ganze Zirkus war genauso sinnlos wie beim letztenmal«, stellte Kincaid ärgerlich fest. »Fünf Minuten, mehr Zeit hat der Mörder nicht gebraucht. Jeder von ihnen kann zum Tennisplatz hinuntergelaufen und wieder heraufgekommen sein. Außer den Hunsingers natürlich«, fügte er hinzu, »und die hab' ich sowieso nie ernstlich in Betracht gezogen.«

Raskin setzte sich in seinem Drehsessel auf und sah Kincaid einen Augenblick forschend an. »Wie steht's mit Miss Emma MacKenzie? Und Hannah Alcock?«

»Oh, ich denke, auch das liegt im Bereich des Möglichen. Emma könnte ihrer Schwester zum Tennisplatz gefolgt sein...«

»Der typische Familienkrach«, unterbrach Raskin. »Sie wissen ja, daß es manchmal gerade nach so langen Jahren des Zusammenlebens plötzlich zu einer Explosion kommt.«

»Weswegen? Wegen der Ziegen vielleicht? Und Sie wissen so gut wie ich, daß diese häuslichen Gewaltszenen fast immer durch Alkohol ausgelöst werden und sich praktisch aus heiterem Himmel entwickeln.« Kincaids Worte klangen schärfer als beabsichtigt. »Wie dem auch sei, das glaube ich nicht. Emma hat an Penny gehangen. Sie wird sich jetzt ohne ihre Schwester erst einmal wie verloren vorkommen.« Er hob abwehrend die Hand, als Raskin etwas sagen wollte. »Und kommen Sie mir jetzt bloß nicht mit Sterbehilfe aus Mitleid. Doch nicht mit einem Tennisschläger.«

»Na gut«, meinte Raskin nachgiebig. »Ich gebe zu, daß es ziemlich unwahrscheinlich ist. Aber was ist mit Miss Alcock?«

Kincaid bewegte sich voll Unbehagen auf seinem Barhocker. »Mir gefällt das nicht, Peter. Ich bezweifle, daß wir unter den gegebenen Umständen vom Pathologen eine genauere Todeszeit bekommen werden. Wenn man Emma glauben kann, ist Penny um halb neun aus dem Apartment weggegangen. Miss Alcock kam etwa um die gleiche Zeit zu mir und ist ungefähr...« Er machte eine Pause, um zu überlegen. »Sie ist ungefähr eine halbe Stunde geblieben. Kurz nachdem sie gegangen war, kam ein Anruf von meinem Sergeant, und da habe ich auf die Uhr gesehen. Es war fünf nach neun. Sie sind Miss Alcock auf dem Parkplatz begegnet, als Sie uns holen wollten. Das war um...«

»Halb zehn. Im Radio waren gerade die Meldungen zur halben Stunde zu Ende.«

»Also...«

»Sie hätte die Zeit gehabt«, sagte Raskin ruhig. »Es wäre knapp gewesen, aber es hätte gereicht. Und ich habe sie von dem Weg, der zum Tennisplatz führt, über den Rasen kommen sehen. Es wäre für sie das Klügste gewesen, mir zu sagen, sie hätte gerade die tote Penny gefunden.«

»Aber ich glaube es einfach nicht.« Kincaid stand auf und begann rastlos in dem engen Büro hin- und herzugehen. »Das ist mir zu glatt. Und was für ein Motiv sollte sie haben?«

»Was für ein Motiv sollten die anderen haben? Die ganze Sache ergibt doch hinten und vorn keinen Sinn«, erklärte Raskin gereizt. »Und Chief Inspector Nash wird die

Frage nicht einfach auf sich beruhen lassen, das wissen Sie wohl«, fügte er hinzu.

»Ja, natürlich.« Trotz seiner Meinung über Nash hatte Kincaid Schwierigkeiten, seine Gewißheiten vor sich selbst zu rechtfertigen. Er konnte sich mit der Vorstellung einfach nicht anfreunden, daß Hannah zuerst zu ihm gekommen war, um ihm ihr Herz auszuschütten, und dann hinuntergegangen war, um kaltblütig Penny MacKenzie zu ermorden. Ging es hier um seinen Stolz, um seine Menschenkenntnis oder einfach um seinen Glauben an ihre grundlegende menschliche Anständigkeit? Hätte man sich bei ihm darauf verlassen können, daß er mit aller Gründlichkeit arbeitete, wenn er in diesem Fall die Ermittlungen geleitet hätte? Er freute sich nicht darauf, Chief Inspector Nash seine Vorbehalte zu erklären.

»Wo ist eigentlich Ihr Superintendent, Peter? Normalerweise wird doch eine Morduntersuchung nicht von einem Chief Inspector geleitet.«

»Er liegt im Krankenhaus und erholt sich von einer Virus-Lungenentzündung.« Raskin schnitt ein Gesicht.

»Sie Ärmster. Darauf müssen wir zum Trost einen trinken.«

Kincaid ging in die Bar und kehrte mit zwei Gläsern und zwei Flaschen Bier zurück.

»Danke. Ich denke, wir haben hier für heute so ziemlich alles getan, was wir tun konnten.« Raskin sah auf seine Uhr. »Ich geh' jetzt am besten nach Hause.« Aber er blieb sitzen und sah zu, wie der Schaum auf seinem Bier immer mehr in sich zusammenfiel.

»Mir ist eben klargeworden, daß ich eigentlich überhaupt nichts über Sie weiß, Peter. Sind Sie verheiratet? Haben Sie Kinder?«

»Ja. Zwei. Einen Jungen und ein Mädchen. Und jetzt verpasse ich gerade das Fußballtraining meines Sohns.« Er sah wieder auf seine Uhr. »Das ist er allerdings schon gewöhnt.« Raskin seufzte. »Wahrscheinlich ist das ganz gut für ihn – Enttäuschungen stärken den Charakter, stimmt's?« Spöttische Erheiterung flog wieder über sein Gesicht. »Und ich weiß alles über Sie. Der Chief Inspector hat sich gründlich informiert. Er hat wohl gehofft, er würde ein paar Leichen im Keller finden. Was er dann tatsächlich fand, hat ihm die größten Magenbeschwerden gemacht. Ein *shooting star* vom New Scotland Yard, Liebling des *Assistant Commissioner.*«

Sie lachten beide, tranken dann in einverständlichem Schweigen ihr Bier. Kincaid wurde sich plötzlich bewußt, daß ihm davor graute, den Abend allein zu verbringen; jeder Kontakt jedoch mit den Hausgästen war mit Zweifeln belastet, die er nicht beseitigen konnte.

»Peter, Sie haben nicht zufällig Dr. Percys Adresse?«

Raskin hätte sich beinahe an seinem Bier verschluckt. »Sie ist verheiratet, nur damit Sie Bescheid wissen.«

»Das dachte ich mir schon«, sagte Kincaid, aber er war doch ein wenig enttäuscht, und hastig versicherte er sich, daß sein Interesse an der Frau rein dienstlicher Natur sei. »Ich wollte sie noch ein paar Dinge fragen, da ich ja bei der Obduktion nicht dabeisein durfte...« Er machte ein neutrales Gesicht, gab kein Quentchen seiner Würde preis.

»Okay, wer's glaubt, wird selig«, sagte Raskin, und Kincaid mußte wider Willen lachen.

»Mr. Kincaid!« Leise wehte ihm die Stimme aus dem dunklen Garten entgegen. »Oder wäre es richtiger, Superintendent zu sagen?«

Kincaid erkannte den Sprecher jetzt. Edward Lyle trat aus dem Schatten einer dekorativen Urne und wies zu Kincaids Wagen.

»Verzeihen Sie, wenn ich Sie aufhalte, aber ich hätte gern ein paar Worte mit Ihnen gesprochen.«

Lyles Verhalten war noch schleimiger als sonst, und Kincaid seufzte. Er hatte etwas Derartiges aus irgendeiner Ecke erwartet. »Bitte, bitte. Was kann ich für Sie tun?«

»Natürlich ist diese ganze Geschichte sehr betrüblich, Superintendent, aber meiner Meinung nach geht Chief Inspector Nash zu weit. Dieser Urlaub sollte ein besonderes Geschenk an meine Frau werden, damit ihre Nerven endlich einmal zur Ruhe kommen. Die unglückseligen Ereignisse haben sie auch ohne die grobe Art des Chief Inspectors schon genug aufgeregt. Und die Ruhe, die ich mir erhofft hatte, ist mir völlig genommen worden. Ich bin doch nicht hierhergekommen, um...«

»Mr. Lyle«, sagte Kincaid geduldig, »ich habe, wie ich bereits früher erklärt habe, keinerlei Befugnis, Chief Inspector Nash irgendwelche Verhaltensmaßregeln zu geben. Ich bin hier selbst bloß geduldet. Aber ich bin sicher, daß er nur seine Pflicht tut.« Kincaid hörte sich ein Klischee nach dem anderen äußern und schnitt ein Gesicht – Lyle schien sie herauszufordern.

»Meine Arbeit ist sehr anstrengend, Superintendent, und keiner hier scheint in Betracht zu ziehen...«

»Welcher Art ist denn Ihre Arbeit?« Kincaid versuchte den einsetzenden Schwall von Beschwerden zu stoppen. »Ich glaube, das haben Sie uns noch gar nicht gesagt.«

»Ich habe ein Bauunternehmen. Die Firma läuft recht gut.« Lyle plusterte sich ein wenig auf. »Eine gute Gelegenheit zur Kapitalanlage im Augenblick, wenn Sie...«

»Danke«, fiel Kincaid ihm ins Wort, »aber Polizeibeamte verfügen im allgemeinen nicht über übriges Geld. Und jetzt muß ich gehen, wenn Sie nichts dagegen haben. Ich kann Ihnen mit Chief Inspector Nash leider nicht helfen – ein Wort von mir würde ihn sicher nicht Ihnen gegenüber geneigter machen.«

Aufgeblasener, egoistischer kleiner Schleimer, dachte er, als er in seinen Wagen stieg und Lyle noch einmal zuwinkte. Er und Nash verdienten einander.

Die einspurige Straße zog sich in Windungen bis dicht unter die Hügel. Kincaid hatte den Midget offengelassen und drehte die Heizung voll auf, weil er hoffte, die frische Abendluft würde sein Gehirn von Spinnweben befreien. Der Himmel hing schwach leuchtend hinter den dunklen Formen der Bäume.

Nach einer Weile sah er die Lichter des Bungalows durch die Bäume zu seiner Linken und zog den Wagen in die von welkem Laub bedeckte Einfahrt. Es war ein niedriges Haus aus rosenfarbenem Backstein; das Licht kam durch große Panoramafenster zu beiden Seiten einer gewölbten Haustür.

Er klingelte, und die Tür öffnete sich. Zwei kleine Mädchen mit dunklem Haar, das herzförmige Gesichter umrahmte, standen vor ihm. Mit ernsten Gesichtern sahen sie ihn an und brachen dann, noch ehe er etwas sagen konnte, in übermütiges Gekicher aus. Sie machten kehrt und rannten »Mama, Mama« rufend ins Haus hinein.

Das Zimmer nahm die ganze Breite des Hauses ein, Eßecke auf der linken Seite, Wohnraum rechts von ihm. Auf dem Stück abgewetzten Teppich, das er sehen konnte, lagen Horden von Patienten einer Puppenklinik herum. Bücher stapelten sich auf Tischen, ein Feuer brannte mit ruhiger Flamme im offenen Kamin des Wohnzimmers, und die Versuchung, sich zu setzen und ein Nickerchen zu machen, wurde beinahe unerträglich.

Anne Percy erschien, wischte sich die Hände an ihrer weißen Baumwollschürze und rettete ihn aus seiner Verlegenheit. Sie lächelte erfreut, als sie sah, wer es war, musterte ihn dann etwas kritischer.

»Sie sehen ja völlig erschöpft aus. Was kann ich Ihnen Gutes tun?«

Die beiden Mädchen linsten hinter ihr hervor wie chinesische Akrobaten, ihre Heiterkeit durch die Anwesenheit der Mutter kaum gedämpft.

»Molly, Caroline, das ist Mr. Kincaid.«

»Hallo«, sagte er ernst.

Sie begannen wieder zu kichern und versteckten sich in schöner Einmütigkeit hinter ihrer Mutter.

»Kommen Sie doch mit in die Küche. Ich hoffe, es macht Ihnen nichts aus, wenn ich koche, während wir uns unterhalten.«

Sie führte ihn durch eine Schwingtür in eine große, freundliche Küche, in der es appetitanregend nach Brathühnchen und Knoblauch duftete.

Nachdem sie den Kindern gesagt hatte, daß das Essen frühestens in einer halben Stunde fertig sein würde, scheuchte sie sie hinaus, zog Kincaid einen hohen Hocker heran und stellte sich wieder an den Herd, um irgend etwas umzurühren; dies alles mit einer anmutigen Sparsamkeit der Bewegungen.

»Möchten Sie etwas trinken? Ich habe mir einen Wermut eingeschenkt, den brauch' ich sowieso für das Hühnchen, aber Sie sehen aus, als könnten Sie ganz gut einen

Whisky vertragen. Sie sind ja wohl nicht im Dienst, nicht wahr? Stimmt es eigentlich, daß Polizeibeamte im Dienst nicht trinken, oder ist es nur ein Mythos, der vom Fernsehen verbreitet wird?«

»Danke.« Kincaid nahm dankbar das Glas, das sie ihm reichte, und nach dem ersten Schluck begann sich von seinem Magen aus Wärme in seinem ganzen Körper auszubreiten. »Nein, das stimmt nicht. Ich kenne eine ganze Menge Kollegen, die im Dienst trinken. Alkoholismus trifft man bei der Polizei genauso häufig wie anderswo. Vielleicht sogar noch häufiger, wenn man bedenkt, wie hoch der Streß in diesem Beruf ist. Aber ich trinke eigentlich nie im Dienst. Ich habe immer gern einen klaren Kopf.«

»Ich weiß zwar Ihren Rang, aber nicht Ihren Vornamen. Ich kann Sie doch nicht weiterhin Mister oder Superintendent nennen. In einer Küche paßt das nicht, finde ich.«

»Ich heiße Duncan.« Er lachte über ihre Überraschung. »Ich habe schottische Vorfahren. Und meine Eltern hatten eine heftige Vorliebe für Macbeth. Es hätte schlimmer sein können. Sie hätten mir ja auch Prospero oder Oberon aufbrummen können.«

»Sie können von Glück reden. Meine älteren Geschwister nennen mich immer noch Annie Rose. Ich komme mir jedesmal vor, als wäre ich drei Jahre alt und nicht eine erwachsene Frau mit eigenen Kindern und einem halbwegs ordentlichen Beruf. Meine Patienten nennen mich Dr. Anne. Da fühlen sie sich besser aufgehoben.«

»Ich werde einfach Anne sagen.«

Er setzte sich und trank seinen Whisky, während sie zwischen Küchenschrank und Herd hin- und herging, und ließ sich von der Wärme des Raums umspülen wie von einem warmen Bad. Er hatte das Gefühl, als säße er schon seit Jahren auf diesem Hocker in dieser Küche und könnte noch jahrelang so sitzen bleiben. Konzentration stand Anne Percy gut zu Gesicht, dachte er, während er ihr beim Kochen zusah. Sie hatte das gleiche herzförmige Gesicht wie ihre Töchter, aber das weiche, feine Haar war heller, hatte die Farbe von braunem Zucker.

Sie sah nach einem Auflauf im Rohr, wischte sich dann die Hände und drehte sich, an die Arbeitsplatte gelehnt, zu ihm um.

»So. Jetzt müßte eigentlich ein paar Minuten lang alles von selber gehen.«

Kincaid war einen Moment unsicher, abgelenkt von einem kleinen Mehlfleck auf ihrer Augenbraue. Was er von ihr wollte, war so formlos, so nebulös, daß er nicht wußte, wo er anfangen sollte. »Ich befinde mich in einer ziemlich unmöglichen Situation. Ich habe keine amtliche Weisung, in diesen beiden Todesfällen zu ermitteln – jedenfalls noch nicht. Aber ich kann mich auch nicht heraushalten, denn ich habe sowohl Sebastian Wade als auch Penny MacKenzie gekannt.«

Anne Percy musterte ihn mit dem gleichen ernsthaften Blick, den sie ihrem Auflauf gewidmet hatte, und Kincaid fühlte sich plötzlich unbehaglich, als könnte sein Gesicht Geheimnisse offenbaren, die er für sich behalten wollte.

»Es ist mir auch schon passiert, daß ich meine professionelle Distanz verloren habe.« Sie hatte mit diesem scheinbaren *non sequitur*, dachte Kincaid, genau den Kern der Sache getroffen. »Ich war heute morgen noch bei Emma, weil ich sehen wollte, ob sie ein Beruhigungsmittel haben wollte oder...«

»Wollte sie aber natürlich nicht«, unterbrach Kincaid mit einem Lächeln.

»Wie recht Sie haben! Sie war empört. Aber sie hat mit mir gesprochen. Das ist manchmal so; wenn die Leute unter Schock stehen, dann reden sie. Dann sagen sie einem Dinge, die sie normalerweise niemals preisgeben würden. Pennys Verhalten hatte Emma schon seit Monaten beunruhigt, und es schien immer schlimmer zu werden. Sie war sehr vergeßlich und manchmal richtiggehend verwirrt. Mir klingt es, als hätten sich da die Anfänge der Alzheimerschen Krankheit gezeigt oder eine Form vorzeitigen Altersschwachsinns. Ich weiß nicht, ob es Ihnen ein Trost ist, aber die Qualität ihres Lebens hätte sich wahrscheinlich rapide verschlechtert.«

»Nein, nein, das ist mir verdammt noch mal kein Trost. Ganz gleich, wie sich ihr Leben weiterentwickelt hätte, kein Mensch hatte das Recht, es ihr einfach zu nehmen. Und ich mache mir schwere Vorwürfe. Ihr Tod hätte verhindert werden können. Sie wollte mit mir reden, aber ich habe mir nicht die Zeit genommen, ihr zuzuhören, weil es nicht mein Fall war, weil ich keine Verantwortung übernehmen wollte, weil ich sie als töricht und verhuscht einschätzte. Ich hätte es besser wissen müssen – so etwas gehört schließlich zu meiner Arbeit, Herrgott noch mal. Jetzt werden wir niemals mit Sicherheit wissen, was sie gesehen hat. An dem Abend, an dem Sebastian gestorben ist, hat Penny gewartet, bis Emma eingeschlafen war, und ist dann hinuntergegangen. Sie hatte ihre Handtasche vergessen und wollte nicht, daß Emma es merkte. Lächerlich im Grunde, aber wenn sie gewußt hat, daß Emma sich wegen ihrer Vergeßlichkeit um sie sorgte...«

»Sie glauben, Penny wurde getötet, weil sie etwas gesehen hat, das Sebastians Mörder verraten hätte? Sie glauben, daß beide Morde von ein und derselben Person begangen worden sind?«

»Emma hat mir von einer Bemerkung Pennys erzählt, die sie zufällig hörte. Deshalb glaube ich, daß Penny an jenem Abend zwei Personen gesehen hat – an einem Ort, wo sie eigentlich nicht hätten sein sollen. Hat sie sich vielleicht erinnert, wo sie ihre Handtasche gelassen hatte, und ist dann im Dunkeln in den Salon gehuscht? Hat sie vielleicht jemanden aus Cassies Büro kommen sehen?«

»Und haben diese Personen sie gesehen?« fragte Anne, auf seine Rekonstruktion eingehend.

»Ja, eben das wissen wir nicht, nicht wahr?« meinte Kincaid leise. »Aber ich glaube nicht. Sonst wäre nämlich entweder der Plan geändert worden, oder Penny wäre auf der Stelle gestorben. Diese – Person – ist ein Opportunist erster Güte. Meiner Ansicht nach war keiner der beiden Morde geplant, jedenfalls nicht im üblichen Sinn, doch beide wurden mit absoluter Skrupellosigkeit und einer Bereitschaft, beinah irrsinnige Risiken einzugehen, durchgeführt. Der Mörder hatte ungeheures Glück, daß ihm beide Male die Durchführung gelang, ohne beobachtet zu werden...«

»Außer vielleicht von Penny«, unterbrach Anne.

»Ja. Aber aus diesem Sachverhalt ergibt sich das Bild einer ziemlich merkwürdigen Persönlichkeit. Menschen, die ohne Vorsatz töten, tun das im allgemeinen im Affekt, häufig im Zorn, und bedauern ihre Tat hinterher. Die anderen, die einen Mord beabsichtigen, planen im allgemeinen sehr genau und führen ihren Plan am liebsten aus sicherer Entfernung aus, mit möglichst geringem Risiko der Entdeckung. Giftmischer sind das perfekte Beispiel.«

»Vielleicht hat diese Person größenwahnsinnige Vorstellungen von ihrer eigenen Unbesiegbarkeit.«

»Möglich, aber ich glaube nicht, daß dies willkürliche Morde eines Psychopathen sind, Gewalt um der Gewalt willen. Hinter diesen Morden steht ein Ziel, das zielbewußte Streben, einen ganz bestimmten Zweck zu erreichen.« Kincaid lachte unvermittelt, zuckte dann die Achseln. »Klingt ein bißchen verstiegen, nicht wahr?«

»Vielleicht. Aber gehen wir doch noch einmal einen Schritt zurück, Duncan.« Anne runzelte die Stirn. »Wenn der Mörder Penny gar nicht gesehen hat, woher wußte er dann, daß sie ihn gesehen hatte?«

»Ich glaube«, sagte Kincaid mit Bedacht, »sie hat es ihm gesagt.« Als er Annes ungläubiges Gesicht sah, schüttelte er den Kopf, ehe sie ihn unterbrechen konnte. »Ich weiß, es klingt verrückt, aber Penny...« Er suchte nach Worten, um Anne Penny so sehen zu lassen, wie er sie gesehen hatte. »Penny war ein Mensch, der bis ins letzte ehrlich war – außer vielleicht, wenn es darum ging, Emma zu schützen. Niemals hätte sie einen anderen fälschlich beschuldigen wollen.«

»Sie glauben also, sie ist einfach zu diesem Mörder hingegangen und hat gesagt: ›Ich habe Sie gesehen. Was wollen Sie jetzt tun?‹, aber das ist doch...« Annes Stimme schwoll an vor Entrüstung, und Kincaid konnte sich vorstellen, wie es Patienten erging, die einer vernünftigen Anweisung der guten Frau Doktor zuwiderhandelten.

»Töricht, ja. Und wenn Penny zwei Leute gesehen hat, dann hat sie genau mit der falschen Person zuerst gesprochen.« Kincaid streckte sich, warf einen Blick auf seine Uhr, trank noch einen Schluck von seinem Whisky. »Ich sollte fahren, nur für den Fall, daß sich etwas Neues ergibt. Peter Raskin hat Mitleid mit mir gezeigt – wenn er heute abend noch die Obduktionsbefunde bekommt, wird er sie mir vielleicht weitergeben. Danke, daß Sie mir so geduldig zugehört haben.«

Trotz seiner Worte blieb er auf seinem Hocker sitzen und drehte die Reste seines Whiskys im Glas.

»Bleiben Sie doch zum Essen. Es ist genug da. Kim macht einen Besuch, da warten wir sowieso nicht auf ihn. Wir wissen nie, wie lange er braucht.«

»Was arbeitet Ihr Mann?«

»Er ist Geburtshelfer.« Sie lachte, als sie sein Gesicht sah. »Sie dürfen den Mund wieder zumachen. Die meisten Leute reagieren so. Aber wer kann für die Arbeitszeiten eines Arztes mehr Verständnis aufbringen als jemand, der ebenfalls Arzt ist oder Tierarzt? Oder Polizeibeamter«, fügte sie nachdenklich hinzu.

»Jetzt weiß ich endlich, was ich falsch gemacht habe. Ich hätte eine Ärztin heiraten sollen. Meine geschiedene Frau hatte für meine Arbeitszeiten überhaupt kein Verständnis.« Er leerte sein Glas und stand auf, wobei er registrierte, wie schwer ihm das fiel. »Ich würde sehr gern bleiben, aber es ist besser, wenn ich fahre. Ein andermal vielleicht.«

Einen Moment lang standen sie in gespanntem Schweigen beieinander, dann hob Kincaid die Hand und wischte ihr den Mehlfleck mit dem Daumen von der Augenbraue. Anne umfaßte sein Handgelenk und hielt es einen Augenblick fest, dann wandte sie sich ab.

»Gut, dann bringe ich Sie hinaus.«

Die Kinder stritten sich gerade mit großem Eifer, wer jetzt die Puppe bandagieren dürfe. Ihre Gesichter glänzten rosig im Feuerschein.

»Auf Wiedersehen, Molly und Caroline.«

»Kommen Sie mal wieder zu Besuch?« fragte Molly neugierig.

»Ich hoffe es.«

»Kommen Sie jederzeit.« Anne berührte leicht seinen Arm.

Als die Tür sich hinter ihm schloß, sah Kincaid, daß alles Licht aus dem Himmel hinter den Bergen geschwunden war.

13

»Ich bin die Königin«, sagte Bethany herrisch und rückte das weiße Tüchlein auf ihrem Kopf zurecht. »Und das hier ist meine Krone. Und du sollst das Königsbaby sein.«

»Aber ich will nicht das Königsbaby sein.« Brian zog einen Flunsch.

»Du mußt das Königsbaby sein. Sonst spiel' ich nicht mehr mit.«

Brian stampfte wütend mit dem Fuß, geschlagen, aber nicht bereit, ein guter Verlierer zu sein. »Warum? Warum muß ich immer das Baby sein?«

»Darum.« Bethany sprach mit dem Machtbewußtsein der älteren Schwester, die weiß, daß der kleine Bruder nichts gegen sie ausrichten kann.

Kincaid stand im Flur vor seiner Tür und beobachtete amüsiert, wie Bethany ihrem unwilligen Bruder eine kleine Decke um die Schultern legte. Die Kinder spielten auf dem breiten Vorplatz der Treppe im ersten Stock im Licht der frühen Morgensonne, das durch die drei Fenster hereinfiel.

»Es war einmal eine Königin«, begann Bethany, »die wohnte in einem Schloß mit ihrem süßen kleinen Baby, dem jungen Prinzen.«

»Igitt!« sagte Brian vehement.

Bethany ignorierte ihn. »Eines Tages kam ein böser Zauberer ins Schloß und stahl den kleinen Prinzen und nahm ihn mit sich in seine Höhle. Die Königin wußte nicht, was sie tun sollte.«

Kincaid fragte sich, wie die Königin sich so bequem ihres Königs entledigt hatte, und wunderte sich darüber, daß die überaus moderne Maureen ihren Kinder solch altmodische Märchen erzählte. Aber vielleicht war es ja ein modernes Märchen mit einer emanzipierten Königin.

»Hallo«, sagte er und ging durch den Flur zu ihnen. »Ihr beiden seid aber früh auf.«

Er selbst hatte eine so schlechte Nacht verbracht, daß er froh gewesen war, als sich der erste schwache Lichtschimmer gezeigt hatte. »Ist das hier das Schloß?« Er umfaßte den Treppenvorplatz mit einer Handbewegung.

Bethany nickte ernsthaft. »Sie stehen gerade im Burggraben.«

»Oh! Bitte vielmals um Entschuldigung.« Kincaid trat einen Schritt zurück und kauerte sich nieder. »Besser so?« Diesmal begleitete ein kleines Lächeln das Nicken. »Wenn ich der Prinz wäre«, sagte er, »würde ich mir irgend etwas ganz Tolles ausdenken, um dem Zauberer zu entkommen. Man könnte zum Beispiel seinen Drachen einschläfern oder dem Zauberer einfach seine Zaubersprüche stehlen. Dann würde dich die Königin nicht retten müssen.«

Die Kindergesichter veränderten sich, Brians wurde plötzlich fröhlicher, Bethanys bekam einen angriffslustigen Zug. Brian würde nicht lange die Oberhand behalten.

Kincaid wandte sich an Bethany, um das Gleichgewicht wiederherzustellen. »Deine Krone gefällt mir gut, Beth.«

Die Kinder tauschten Blicke und rückten näher zusammen, in plötzlichem Unbehagen den Streit vergessend.

Kincaid wurde aufmerksam. Er sah sich das weiße Tüchlein genauer an. Ein Taschentuch, an den Rändern ein wenig ausgefranst, höchstwahrscheinlich das eines Mannes, da es weder ein Monogramm trug noch sonst eine Verzierung. An einer Ecke war ein kleiner rostfarbener Fleck. Kincaid stockte der Atem.

»Woher hast du denn die Krone, Beth?« fragte er betont ruhig.

Die Kinder drängten sich nur schweigend, mit großen Augen aneinander.

Kincaid versuchte es noch einmal. »Ist das von deinem Papa?« Kopfschütteln – immerhin besser als gar keine Antwort. »Habt ihr es irgendwo gefunden?«

Brian sah Bethany mit flehenden Blicken an, und nachdem Kincaid noch einen Moment geduldig gewartet hatte, begann die Kleine zu sprechen. »Wir haben vorn im Vorsaal gespielt. Mama und Papa haben gesagt, daß wir überall im Haus spielen dürfen, außer im Pool, und raus dürfen wir nicht.«

»Ja, da haben sie recht«, meinte Kincaid, als die Kleine innehielt. »Was habt ihr denn gespielt?«

Bethany warf einen raschen Blick auf ihren Bruder und sah, daß er nicht bereit war, für sich selbst zu sprechen. »Brian hat mit seinen Matchbox-Autos gespielt. Er hat eins auf dem Rand vom Schirmständer herumfahren lassen, und dann ist es reingefallen.«

»Und als ihr es herausholen wolltet, habt ihr das Taschentuch gefunden?«

Vielleicht von Kincaids freundlichem Ton ermutigt, fand auch Brian endlich die Sprache wieder. »Ja, ganz unten. Ganz zusammengeknüllt. So.« Er machte eine Faust. »Ein richtiger Klumpen.«

»Darf ich es mal ein Weilchen haben? Ich glaube, daß Chief Inspector Nash es gerne sehen würde.«

Die Kinder nickten mit Nachdruck. Kincaid konnte sich vorstellen, daß die kurzen Begegnungen mit dem Chief Inspector in ihnen nicht gerade den Wunsch geweckt hatten, ihn schnell wiederzusehen. Er überlegte einen Moment, dann sagte er sich, daß zwei Plastikbeutel aus der Küche es auch tun würden. »Laßt es jetzt einfach mal liegen, wo es ist, ja? Ich bin gleich wieder da.«

Wenn er das nächstemal in Urlaub fuhr, würde er seinen Mordermittlungsutensilienkoffer mitnehmen.

Stimmen schallten klar und deutlich durch die offene Tür der unbewohnten Suite im Erdgeschoß. Kincaid blieb im Flur stehen, seinen Fund vorsichtig mit zwei Fingern haltend, und lauschte.

»Wenn Gott Ihnen auch nur einen Funken Verstand mitgegeben hat, Jungchen, dann tun Sie, was ich Ihnen gesagt habe, und stehen hier nicht rum und glotzen wie ein Schwachsinniger.« Chief Inspector Nashs maliziöser Ton war unverwechselbar. Die unverständliche Antwort kam wohl von Raskin, für den der Morgen offensichtlich nicht gut anfing.

»Verdammt.« Kincaid fluchte unterdrückt. Er hatte Raskins verbeulten Austin vom Fenster im ersten Stock aus gesehen und gehofft, ihn allein zu erwischen, um ihn die Lorbeeren für seinen Fund einheimsen zu lassen. Wenn er selbst mit einem solchen Geschenk daherkam, würde das seine Beziehung zu Nash keineswegs verbessern; aber er konnte jetzt nicht auf einen günstigeren Moment warten, das Tuch mußte dringend ins Labor. Er schob also den Kopf um die Ecke und blickte ins Zimmer.

Nash saß vor Papierbergen an dem kleinen Eßtisch. Das Telefonkabel spannte sich gefährlich stramm vom Sofa zum Tisch, weil Nash den Apparat offenbar direkt neben sich haben wollte. Wahrscheinlich, dachte Kincaid, hatte es deswegen mit Raskin Streit gegeben.

»Ist das hier der provisorische Dienstraum?« erkundigte er sich freundlich.

»Was geht das Sie an, junger Mann?« erwiderte Nash und musterte Kincaid mit verächtlichem Blick von oben bis unten.

»Es scheint mir die beste Lösung zu sein, Sir.« Peter Raskin sprach in das Schweigen hinein. »Wir konnten ja nicht Miss Whitlakes Büro auf unbeschränkte Zeit beschlagnahmen. Und es ist außerdem ja wirklich ein bißchen eng.« Raskin schien sich seines eigenen Gebabbels bewußt zu werden, öffnete den Mund und schloß ihn wieder.

Kincaid trat ins Zimmer und legte den Plastikbeutel vor Nash auf den Tisch. »Die Kinder haben das heute morgen im Schirmständer gefunden.«

Nash nahm den Beutel und hielt ihn ans Licht. »Ein Taschentuch? Wirklich, das haut mich um.« Er lächelte spöttisch. »Was wird unserem Wunderknaben wohl als nächstes einfallen?«

»Hören Sie, Inspector«, sagte Kincaid so ruhig und geduldig, wie es ihm möglich war, während er sich fragte, wie weit seine eigene instinktive Abneigung Nashs Feindseligkeit schürte. »Auf dem Taschentuch ist an einer Ecke, wie es aussieht, ein Blutfleck. Vielleicht wurde es benutzt, um Fingerabdrücke auf dem Rahmen des Tennisschlägers zu vermeiden. Es würde sich auf jeden Fall lohnen, es ins Labor zu schicken.«

»Wenn es hier irgend etwas Lohnendes zu finden gegeben hätte, dann hätte mein Spurensicherungsteam es gefunden.« Selbst die sarkastische Scheinhöflichkeit war jetzt aus Nashs Stimme geschwunden, ebenso wie der starke lokale Akzent. »Sie haben hier keinerlei Zu...«

Kincaid verlor die Beherrschung. »Wenn Ihre Leute anständig gearbeitet hätten, dann hätten sie das hier nicht übersehen. Ich habe Ihre gezielte Opposition gründlich satt, Chief Inspector. Der einzige Grund, weshalb man Ihnen die Leitung dieser Ermittlungen übertragen hat, ist, daß Ihr Spurenintendent im Krankenhaus liegt. Wenn Sie nicht zur Zusammenarbeit bereit sind, wenn Sie unfähig sind, Ihre Abneigung gegen mich so weit im Zaum zu halten, daß sie Ihr Urteil in diesem Fall nicht trübt, werde ich dafür sorgen, daß Ihnen nie wieder eine solche Verantwortung übertragen wird.« Nashs Gesicht nahm einen so ungesunden violetten Ton an, daß Kincaid plötzlich Angst hatte, er sei zu weit gegangen – den Mann würde womöglich auf der Stelle der Schlag treffen.

»Nichts dergleichen werden Sie...« Das Telefon ging, und sein durchdringendes Läuten ließ sie alle zusammenfahren. Nash griff zum Hörer. Die wütende Tirade erstarb ihm auf den Lippen. »Sir! Ja, Sir, er ist gerade hier.« Sein Blick flog zu Kincaid. »Ja, Sir. Ich denke, das ist klar. Mit allem Entgegenkommen.« Nash legte mit äußerster Bedächtigkeit den Hörer auf, sah zuerst Raskin an, dann Kincaid, ehe er es endlich über sich brachte, etwas zu sagen. »Es scheint, daß der Chief Constable mit dem Assistant

Commissioner gesprochen hat. Der Chief Constable ist der Meinung, Sie könnten uns bei unseren Ermittlungen in dieser Sache behilflich sein, und der Assistant Commissioner hat seine Zustimmung gegeben. Könnte es sein«, die von Sarkasmus triefende Stimme richtete sich an Kincaid, »daß der Assistant Commissioner mit dem Chief Constable gesprochen hat, und nicht umgekehrt?«

»Das könnte sein, ja«, antwortete Kincaid in neutralem Ton. »Chief Inspector, es liegt mir fern, Ihnen zu sagen, wie Sie Ihre Arbeit zu tun haben. Ich möchte lediglich an den Ermittlungen teilnehmen.«

»Sie meinen, Sie möchten sich gern einmischen, wann und wo es Ihnen gerade paßt.«

»So ungefähr.« Kincaid lächelte.

»Ich mag keine andere Wahl haben, als Ihnen zu erlauben, Ihre Nase in meine Angelegenheiten zu stecken, aber das heißt noch lange nicht, daß ich damit einverstanden sein muß«, versetzte Nash mit unversöhnlicher Miene. »Hey, Sie.« Er wandte sich Peter Raskin zu, der sich die größte Mühe gab, den Unbeteiligten zu spielen, obwohl auch das, argwöhnte Kincaid, ihn nicht davor retten würde, von Nash als Prügelknabe mißbraucht zu werden.

»Chief Inspector«, unterbrach Kincaid, ehe Nash seine Wut an Raskin auslassen konnte, der das gewiß nicht verdient hatte. »Kann ich vielleicht den Autopsiebefund von gestern abend sehen?«

Nash schob die Papiere auf dem Tisch hin und her, bis er den braunen Umschlag fand, der den Bericht enthielt, und sah dann den Inhalt durch. »Nach Meinung des Pathologen ist sie irgendwann in dem Zeitraum, nachdem sie zum letztenmal gesehen worden war und bevor sie gefunden wurde, ums Leben gekommen.« Kincaid sah einen

Funken Hoffnung in Nashs Augen, Zeugnis, wie er hoffte, einer kleinen Schmelze.

Kincaid lachte prustend. »Das ist ja sehr hoffnungsvoll. Und sonst?«

»Penny MacKenzies Schädeldecke scheint ungewöhnlich dünn gewesen zu sein. Der Schlag, so wie er geführt wurde, bedurfte keiner besonderen körperlichen Kräfte. Der Arzt meint, daß der Angreifer etwa mittelgroß war, es kann ein Mann oder eine Frau gewesen sein. Wenn es eine Frau war, dann hat sie den Schlag wahrscheinlich beidhändig geführt.« Nash lehnte sich zurück, und der zerbrechliche Stuhl knarrte beunruhigend. »Dabei fällt mir ein, Superintendent«, sagte er im Konversationston und verzog den Mund zu einem dünnen Lächeln, »daß es ja ein ausgesprochen interessanter Zufall ist, daß ausgerechnet Ihre Freundin, Miss Hannah Alcock, die arme Miss MacKenzie gefunden hat.« Die momentane Entspannung war nur Illusion gewesen.

Wieder läutete das Telefon und enthob Kincaid einer Erwiderung. Er war dankbar für den Aufschub. Während Nash sprach, wanderte er zerstreut im Zimmer umher und blieb an der Tür zum Schlafzimmer stehen, in dem Cassie und Graham sich am Abend von Sebastians Tod ihrer Aussage zufolge getroffen hatten.Er erinnerte sich des flüchtig aufflackernden Lichtscheins, den er und Hannah im Fenster gesehen hatten. Von zehn bis Mitternacht, hatte Cassie gesagt. Eine lange Zeit für das, was Cassie als eilige sexuelle Begegnung dargestellt hatte. Was war sonst noch zwischen ihnen vorgegangen? Hatten sie gestritten?

Die Namen gingen Kincaid durch den Kopf – Cassie und Graham, Hannah und Patrick, Cassie und Patrick... Der Gedanke, der ihm kam, erschien plausibel. War es möglich, daß Hannah wie Penny etwas herausgefunden hatte, das eine andere Person belastete? War es möglich, daß Hannah wie Penny ihr Wissen aus einer Art Ehrgefühl oder Fairneß für sich behielt?

Nash beendete sein Telefongespräch, und Raskin ergriff die Gelegenheit, um sich bemerkbar zu machen. »Ich lasse das rasch ins Labor bringen, Sir.« Er nahm den Plastikbeutel vom Tisch. Kincaid begegnete seinem leise erheiterten Blick und sagte sich, nun seien sie, was die Gefälligkeiten anging, quitt.

»Danke«, sagte er und wandte sich Nash zu. »Dann gehe ich jetzt, Chief Inspector, wenn es weiter nichts gibt. Ich bin im Haus, falls Sie meinen Rat wünschen sollten.« Er hob grüßend die Hand und ging aus dem Zimmer, ehe Nash über die Vorstellung, bei ihm Rat zu suchen, einen Wutanfall bekommen konnte.

Als er durch den Vorsaal ging, fiel sein Blick auf den Schirmständer, einen Messingkübel, der mit einem rotgrünen Druck einer Jagdszene umkleidet war. Munter sprangen da rotbefrackte Reiter auf langgestreckten Pferden über Zäune. Vor ihnen rannte die Hundemeute, scharte sich dann um ihre Beute. Der Fuchs lag sterbend auf dem Boden.

Hannah öffnete ihre Tür sehr rasch und mit einem Gesicht, als erwartete sie schlechte Nachrichten. Sie hatte sich sorgfältiger zurechtgemacht als am Vortag, doch das geschickt aufgetragene Make-up verbarg nicht die unnatürliche Blässe ihres Gesichts, nicht die Schatten unter ihren Augen.

»Duncan.« Sie sprach seinen Namen hastig und atemlos, und Kincaid fing wieder diesen Schatten der Enttäuschung in ihren Augen auf, den er an jenem ersten Abend zu sehen geglaubt hatte, als er zu ihr an den Tisch getreten war und sich vorgestellt hatte. »Was… gibt es…«

»Nein«, sagte er ruhig, ihre unausgesprochene Frage beantwortend. »Es gibt nichts Neues. Ich bin nur gekommen, um zu sehen, wie es Ihnen geht.« Und das, was er sah, flößte ihm Unbehagen ein.

»Kommen Sie herein, kommen Sie herein. Trinken Sie eine Tasse Kaffee mit mir. Ich wollte mir gerade einen machen.«

Hannah drehte sich abrupt um und ging in die Küche, wobei sie mit dem Arm gegen die Theke schlug, als sie sie umrundete.

Hannahs Apartment war, wie Kincaid am Tag zuvor entdeckt hatte, kein Abklatsch des seinen. Die Größe und der Schnitt der Räume waren etwas anders, ebenso die Farbgebung – gedämpftes Himbeerrot anstelle von gedämpften Grüntönen. Es wirkte im Gegensatz zu seinem eigenen nach fast einer Woche Aufenthalt immer noch unbewohnt. Nirgends im Wohnzimmer lagen Kleider oder Bücher herum, auf der Ablage in der Küche stand kein Geschirr zum Trocknen.

Kincaid blieb unsicher an der Tür zu der kleinen Kochnische stehen und beobachtete die Ruckhaftigkeit von Hannahs Bewegungen, die sich auffallend von ihren sonst so ruhigen, beherrschten Gesten unterschieden. Was immer sie bedrückt hatte, sie hatte sich, so vermutete jedenfalls Kincaid, entschlossen zu handeln und versuchte jetzt, den nötigen Mut dafür aufzubringen.

»Kann ich helfen?« fragte er, als Hannah den gemahlenen Kaffee auf der Arbeitsplatte verstreute.

»Nein, nein, ich schaff' das schon. Danke.« Sie fegte

den verschütteten Kaffee in den Filter und setzte den Filter auf die Kanne. »So. Gleich wird er fertig sein.« Hannahs Blick flog zu Kincaids Gesicht und schweifte wieder ab. Sie sah ihm nicht in die Augen. Der Kaffee war noch nicht ganz durchgelaufen, als sie den Filter herunternahm und Kaffee in eine Tasse goß.

»Kommen Sie. Setzen wir uns.« Er legte ihr eine Hand zwischen die Schulterblätter, führte sie ins Wohnzimmer und fragte sich dabei die ganze Zeit, wie er das Thema aufs Tapet bringen sollte, das ihm am Herzen lag.

Sie setzten sich, aber auch das schien Hannah nicht zu beruhigen – sie kauerte zusammengekrümmt auf der Sofakante, und ihre Hände zitterten, als sie die Tasse hob.

»Kalt?« fragte Kincaid.

»Ich oder der Kaffee?«

»Schwach. Ihr Witz, nicht der Kaffee.« Kincaid lächelte, und sie schien sich ein wenig zu entspannen. »Hannah«, sagte er langsam, »hat Patrick Rennie irgendwann einmal etwas über Cassie Whitlake zu Ihnen gesagt?«

»Nein«, antwortete sie verwundert und sah ihn zum erstenmal direkt an. »Wieso? Ich meine«, ihre Stimme wurde energischer, »weshalb sollte er mit mir über Cassie sprechen, und wieso sollte er irgend etwas wissen, was der Erwähnung wert wäre? Sie glauben doch nicht, daß Cassie… irgend etwas mit…«

»Ich glaube, daß Patrick eine ganze Menge darüber weiß, womit Cassie etwas zu tun hat und womit nicht – ja, daß er weit mehr über Cassie Whitlake weiß, als er vor anderen, besonders seiner Frau, zugeben möchte.«

»Patrick… und Cassie?« Das Rouge auf Hannahs Wangen glühte auf der plötzlichen Blässe ihrer Haut.

»Ja, das glaube ich.« Kincaid sprach im Konversationston und trank dabei von seinem Kaffee. »Sehen Sie, Cassie hat schon seit einiger Zeit ein Verhältnis mit Graham Frazer, aber da hat sich, soweit mir bekannt ist, in letzter Zeit etwas verändert. Ein neuer Liebhaber ist auf den Plan getreten, ein Mann mit großer Zukunft, ein aufgehender Stern. Und Cassie ist plötzlich ungemein darauf bedacht, daß ja niemand erfährt, daß sie immer noch mit Graham zusammen ist.«

Er schwieg, um Hannahs Reaktion abzuwarten. Sie saß sehr still, die Kaffeetasse schief in der Hand, offensichtlich vergessen.

»Es würde mich nicht wundern, wenn sie versucht hat, mit Graham Schluß zu machen, und er auf stur geschaltet hat. Er macht mir den Eindruck eines ziemlich sturen Burschen.

Und jetzt«, fuhr Kincaid fort, »sehen wir uns die Situation einmal aus einem etwas anderen Blickwinkel an. Cassie möchte nicht, daß Patrick die Sache mit Graham erfährt, richtig? Das wäre das Ende der Romanze, Ende der großen Zukunftsaussichten, ob nun real oder eingebildet. Aber was ist mit Patrick? Was würde es für Patrick bedeuten, wenn jemand, insbesondere seine Frau, dahinterkäme, daß er ein Verhältnis mit Cassie hat? Ehekrach? Eine unerquickliche Scheidung vielleicht? Skandalberichte in der Boulevardpresse?«

Er neigte fragend den Kopf zur Seite, als hätte Hannah sich skeptisch geäußert.

»Altmodisch, meinen Sie? Nicht skandalös genug, um eine beginnende politische Karriere zu ruinieren? Vielleicht nicht. Aber ziehen Sie folgendes in Betracht – Marta Rennies Eltern sind in dem Wahlkreis, in dem Patrick aufgestellt ist, politisch sehr aktiv. Sie sind Patricks wichtigste Geldgeber. Ich würde sagen, es würde sich für Patrick nicht gerade günstig auswirken, wenn sie jetzt dahinterkämen, daß er ihre Tochter betrogen hat. Was meinen Sie?«

»Nein.« Das Wort war kaum ein Flüstern. Hannah schien einen Moment zu brauchen, um sich zu fassen, dann erst sprach sie wieder. »Nein, ich glaube das nicht. Ich glaube es einfach nicht. Patrick würde niemals...« Ihre Stimme schwoll an, bekam einen hysterischen Unterton. »Wie können Sie nur so etwas sagen? Warum tun Sie mir das an?«

»Aber Hannah, hören Sie mir doch zu.« Kincaid beugte sich vor und streckte eine Hand nach ihr aus. Sie zuckte vor seiner Berührung zurück. »Wenn Sie etwas über Patrick Rennie wissen, wenn Sie etwas gesehen oder gehört haben, wenn er Ihnen vielleicht irgend etwas gesagt hat, dann dürfen Sie das nicht für sich behalten. Es könnte gefährlich sein. Ich möchte nicht, daß Sie das gleiche Ende nehmen wie...«

»Nein! Das ist ja absurd. Ich höre mir das nicht an!« Sie sprang auf. Ihr Atem kam in kurzen Stößen. »Verschwinden Sie auf der Stelle!«

Auch Kincaid stand auf. Sie starrten einander an. Er konnte das Zittern ihres Körpers sehen, fühlte ihren Atem an seinem Gesicht.

»Warum, Hannah? Was schulden Sie ihm? Was hat Patrick Rennie je für Sie getan?«

Eine ganze Weile hielt er ihrem Blick stand, dann schien alle Wut sie plötzlich zu verlassen. Sie wandte sich halb von ihm ab und senkte den Kopf, als hätte sie nicht mehr die Kraft, ihn hochzuhalten. »Patrick Rennie«, sagte sie leise, »ist mein Sohn.«

14

Das kleine Empfangsgebäude der Rievaulx-Abtei diente als Verkaufsstelle für Eintrittskarten und Souvenirs und als eine Art Minimuseum. Ein Modell der vollendeten Abtei unter einem Glassturz lud zu näherer Betrachtung ein. An den Wänden hingen Zeichnungen und Fotografien zur Geschichte der Abtei, doch Hannah ging an ihnen vorüber, ohne ihnen einen Blick zu gönnen. Sie hatte ihre Hausaufgaben schon am vergangenen Abend gemacht, nachdem Patrick erwähnt hatte, daß er die Absicht habe, hierherzukommen.

Da hatte sie in der Begegnung noch nicht mehr gesehen als eine Gelegenheit, mit ihm allein zu sprechen, ohne sich näher an den gefährlichen Abgrund der Enthüllung heranzuwagen. Sie hatte warten wollen, bis ihre Beziehung sich ein wenig über den ersten Funken warmer Herzlichkeit hinaus entwickelt hatte – sie hatte Vertrauen wachsen lassen wollen, sich ihrem Ziel mit aller Behutsamkeit nähern, ihn vielleicht fragen wollen, was für Gefühle er seiner leiblichen Mutter entgegenbrachte.

Jetzt schreckte sie vor all den erdachten Choreographien zurück, war unfähig, einen klaren Gedanken zu fassen. Aber sagen mußte sie es ihm. Aus irgendeinem Grund fühlte sie sich dazu gezwungen, ihm Kincaids Verdacht mitzuteilen; es schien ihr unmöglich, die Beziehung unter Vorspiegelung falscher Tatsachen fortzuführen. Wie konnte sie von Patrick erwarten, daß er ihr gegenüber ehrlich sein würde, wenn sie nicht mit ihm ehrlich umging? Sie mußte seinen eigenen Bericht hören, selbst beurteilen, ob er wahr war oder nicht. Konnte ihr Sohn des Mordes fähig sein? Sie konnte es nicht ertragen, es nicht zu wissen.

Hannah trat durch die Hintertür des kleinen Gebäudes ins Freie. Der erste Blick auf die langgezogenen grünen Rasenflächen raubte ihr buchstäblich den Atem. Sie spürte das Brennen von Tränen in ihren Augen und drängte sie zurück.

Vor ihr erhob sich die Rievaulx-Abtei, eingebettet in eine natürliche Mulde am Fuß des Rievaulx-Moors, wie ein Edelstein eingefaßt vom leuchtend grünen Gras im Vordergrund und den roten und goldenen Tönen der Bäume, die den Hang bedeckten. Eine sanfte, tiefhängende Wolkendecke hatte die Morgensonne verdrängt, und die Feuchtigkeit in der Luft schien die Farben mit einer elementaren Lebendigkeit zu tränken.

Sie ging sehr langsam über den Rasen, den Blick auf die hochstrebenden Bögen des Chors gerichtet. Sechshundert Mönche hatten hier gelebt, gegessen, geschlafen, gebetet, die Schafe versorgt und die Gärten. Sie konnte sie beinahe bei ihrer Arbeit singen hören, derart zeitlos, traumhaft war die Atmosphäre dieses Ortes. Einen Herzschlag lang wußte sie, wie nahe sie sich ihrem Gott gefühlt haben mußten, und Neid durchzuckte sie.

Patrick saß auf einem abgebröckelten Sims, den Rücken an eine der Chorsäulen gelehnt, von deren verwittertem Stein sich sein Haar leuchtend abhob. Die genoppte braune Wolle seines Shetlandpullovers hätte beinahe das grobe braune Tuch einer Mönchskutte sein können, doch der Rauch, der von der Zigarette zwischen seinen Fingern aufstieg, ruinierte das Bild. Sie hatte ihn niemals rauchen sehen.

Er zeigte keine Überraschung über ihr Erscheinen, sprach erst, nachdem sie eine Weile dagestanden und ihn angesehen hatte.

»Ich dachte mir schon, daß Sie vielleicht kommen würden. Wunderbar, nicht wahr?« Er wies mit einer Kopfbewegung auf den Chor rund um sie herum. Er ließ die Zigarette fallen und trat den Stummel in den Boden. Auf ihren Blick hin sagte er: »Wenn Marta dabei ist, rauche ich nie. Da würde ich ja den Vorteil meiner moralischen Überlegenheit einbüßen. Und Politiker«, er lächelte, und seine Stimme hatte einen spöttischen Unterton, den sie nie zuvor gehört hatte, »halten an jedem Vorteil eisern fest.«

»Ist das auch der Grund, weshalb Sie nicht wollen, daß jemand von der Sache mit Cassie erfährt?« sagte Hannah, erstaunt, wie ruhig ihre Stimme klang. Sie hatte nicht die Absicht gehabt, ihn direkt zu beschuldigen; doch die Worte sprangen ihr wie von selbst über die Lippen. »Wozu waren Sie bereit, Patrick, um zu verhindern, daß Marta davon erfährt? Um zu verhindern, daß Sie vielleicht die Unterstützung von Martas Eltern verlieren und damit wahrscheinlich die Wahl?« Hannah merkte, daß sie keuchte, und sie begann zu frösteln wie bei einer Erkältung.

Patrick zog überrascht die Augenbrauen hoch. Er setzte zum Sprechen an, ging dann ein paar Schritte zur Mitte des Chors und blieb, die Hände in den Hosentaschen, mit dem Rücken zu ihr stehen. Nach einem kleinen Moment sagte er ruhig: »Mir ist klar, daß wir alle verdächtig sind. Das wäre jedem Idioten klar. Aber gerade von Ihnen habe ich aus irgendeinem Grund keinen Angriff erwartet. Wie sind Sie denn«, fuhr er fort, ohne sich umzudrehen, »auf diese... diese phantastische Geschichte gekommen?«

»Duncan Kincaid glaubt, daß Sebastian hinter Ihre Beziehung zu Cassie gekommen ist und Ihnen gedroht hat, sie publik zu machen – um Geld zu erpressen oder nur, weil er Cassie haßte, weiß ich nicht.«

Jetzt drehte er sich doch um, immer noch ruhig und bedächtig. »Das ist doch Unsinn, Hannah. Glauben Sie im Ernst, daß Marta mich wegen eines Seitensprungs verlassen würde? Daß sie klein und gedemütigt zu ihren Eltern und ihrer Clique in Sussex zurücklaufen und zugeben würde, daß sie mich nicht halten konnte? Oder daß ihre Eltern öffentlich die Demütigung ihrer Tochter zugeben würden? Nie im Leben. Wir haben es nicht nur mit meinem Ehrgeiz zu tun, wir haben es auch mit dem Ehrgeiz dieser Familie zu tun, und die gibt ihre Ambitionen so leicht nicht auf. Selbst wenn man ihnen unwiderlegbare Beweise vorlegte, würden sie sämtliche Augen zudrükken, weil ihnen das in den Kram paßt. Oh, Marta würde sicher kräftig sticheln und noch ein bißchen mehr Gin schlucken, aber das wäre auch alles.«

»Aber was...«

»Sie halten mich für gefühllos, nicht wahr?« Patricks Ton war überraschend bitter. »Sie glauben, ich hätte Marta und ihre Eltern wegen ihres Einflusses gewählt?« Einen Moment lang starrte er sie herausfordernd an, aber sie sagte nichts. »Dann lassen Sie sich belehren, Hannah. *Sie* haben mich gewählt. Ich war für sie das perfekte Mittel zur Erfüllung ihrer gesellschaftlichen Ambitionen, das Kuscheltier, das man verhätschelt und pflegt wie eine preisgekrönte Katze, der charmante Schwiegersohn, der stets bereit ist, sich geschwätzigen alten Damen zu opfern. Ich würde sagen, ich habe meinen Teil der Abmachung durchaus erfüllt.« Wieder lag in seinem Lächeln dieser Hauch von Selbstironie.

Es klingt alles so verführerisch plausibel, dachte Hannah. Wie sollte sie ihm nicht glauben, wenn sie ihn so vor sich sah, so merkwürdig verletzlich wirkend in dieser leicht gebeugten Haltung, während der Wind das glatte blonde Haar auf seiner Stirn zauste?

»Aber Patrick...«, Hannah hatte Mühe, die Worte zu finden, um fortzufahren, »was ist dann an dem Abend passiert, an dem Sebastian gestorben ist? Duncan glaubt, daß Penny Sie gesehen hat.«

Patrick kam zu dem Torbogen zurück und lehnte sich an die Säule. Er zog eine zerknüllte Packung Marlboro aus seiner Hosentasche, riß im Schutz seiner gekrümmten Hand ein Streichholz an und zog einmal an der Zigarette, bevor er zu sprechen anfing. »Ich war an dem Abend tatsächlich draußen. Marta habe ich gesagt, ich wollte ein Buch aus dem Wagen holen – ob sie das geglaubt hat oder nicht, weiß ich nicht. Sie war nüchterner als sonst. Wir waren erst am Morgen angekommen, und Cassie war mir den ganzen Tag aus dem Weg gegangen, so daß ich schließlich anfing zu glauben, sie wollte mich nicht sehen.« Während er sprach, beobachtete er, wie der Wind die Glut am Ende seiner Zigarette anfachte. Nicht einmal hob er den Blick zu Hannah. »Schließlich bin ich zu Cassies Bungalow gegangen und habe geklopft, aber sie hat sich nicht gemeldet. Ich hatte im Auto ein Notizbuch liegen, da habe ich eine Seite herausgerissen und Cassie einen kurzen Brief geschrieben, den ich ihr in den Türspalt gesteckt habe.«

»Und dann sind Sie direkt in Ihr Apartment gegangen?« Hannah bemühte sich, ruhig zu sprechen, nicht zu verraten, wie verzweifelt sie hoffte, daß es so gewesen war.

»Nein, nicht direkt.« Patrick ließ das Streichholz ins Gras fallen, wich Hannahs Blick immer noch aus. »Ich dachte, sie säße vielleicht noch an der Arbeit, ein Vorwand, um in ihrem Büro auf mich zu warten. Das war wahrscheinlich naiv von mir. Das Büro war dunkel und leer, genau wie der Salon, aber als ich durch den Salon wieder hinausgegangen war und gerade durch die Empfangshalle gehen wollte, hörte ich hinter mir ein Geräusch.«

Er schien jetzt ganz in seinem eigenen Bericht gefangen, schien mehr zu sich selbst als zu Hannah zu sprechen, während er sich einer Einzelheit nach der anderen erinnerte. »Ich hörte, wie jemand ganz plötzlich die Luft einsog, es klang beinahe wie ein unterdrückter Schrei. Ich drehte mich um, und als meine Augen sich an die Dunkelheit gewöhnt hatten, konnte ich beim Sofa eine Gestalt stehen sehen. Es kam immerhin soviel Licht durch die Salonfenster, daß ich glaubte, Penny zu erkennen. Ich wollte etwas sagen, aber wie sie da so stand, ohne sich zu rühren, ohne ein Wort zu sprechen, das hatte etwas ganz Sonderbares. Es wirkte verstohlen, vielleicht auch ängstlich. Na ja, und dann überlegte ich mir, daß ich eigentlich auch nicht erpicht darauf war, mich erklären zu müssen, und da hab' ich mich umgedreht und bin gegangen.« Zum erstenmal hob er den Blick und sah sie an. »Ich hätte gleich zu Anfang die Wahrheit sagen sollen. Aber ich wollte keine Erklärungen abgeben müssen. Ich hätte sicher irgendwelche Ausreden erfinden können, aber Ausreden klingen auch immer wie Ausreden. Als Penny dann auch nichts sagte, wurde es irgendwie immer peinlicher. Es wäre beinahe komisch gewesen, wenn das Ende nicht so tragisch gewesen wäre.«

Das Knattern eines Rasenmähers zerfetzte den tiefen Frieden der Abtei. Hannah fuhr zusammen. Sie meinte, nie ein aufdringlicheres Geräusch gehört zu haben. Patrick seufzte und rieb sich das Gesicht.

»Ich habe keinerlei Beweise, Hannah. Keinen Beweis dafür, daß ich an diesem Abend nichts anderes getan habe und einfach zu Bett gegangen bin.« In Erwartung einer Antwort hielt er den Blick jetzt auf sie gerichtet.

»Was hätten Sie getan, wenn es so gewesen wäre, wie Duncan sagt? Wenn Sebastian mit Marta gesprochen hätte, und sie Sie verlassen und das Geld ihrer Mutter mitgenommen hätte?« Sie sprach ohne Erregung, nur neugierig.

»Wenn ich diese Vorwahl nicht gewinne, dann gewinne ich die nächste oder die danach, und ich brauche ihre Hilfe nicht, um es zu schaffen. Ich könnte es eines Tages bis zum Premierminister bringen, Hannah, wenn ich meine Trümpfe richtig ausspiele, und Marta ist schon lange keine Hilfe mehr, sondern eher eine Last.«

»Aber wenn Sie bereits eine Frau geheiratet hatten, die Sie benutzen wollte, wieso suchen Sie sich dann eine zweite, die genau das gleiche vorhat?«

Er zuckte die Achseln. »Schlechte Menschenkenntnis wahrscheinlich. Natürlich hab' ich es allmählich gemerkt, aber sie ist dennoch sehr... attraktiv. Ich kenne vielleicht meine Stärken als Politiker, aber deswegen bin ich noch lange nicht unfehlbar. Außerdem hatte ich nie die Absicht, Cassie zu heiraten.« Sein Mund verzog sich zu einem kleinen ironischen Lächeln, und er richtete sich auf, trat einen Schritt näher an sie heran. »Und jetzt möchte ich Ihnen eine Frage stellen, Hannah. Woher nehmen Sie das Recht, mir Vorwürfe zu machen? Oder vielleicht«, er lächelte wieder, »sollte ich mich lieber fragen, wieso ich mich verpflichtet fühle, mich vor Ihnen zu rechtfertigen. Irgend etwas... zwingt mich, Ihnen gegenüber ehrlich zu sein. Ich verstehe das nicht.«

Hannah wandte sich von ihm ab. Sie stand am Scheideweg, sie mußte sich entscheiden. Jetzt zu sprechen, erforderte mehr Mut als alles andere, was sie je in ihrem Leben getan hatte. Er hatte ihr den perfekten Einstieg geliefert, und dennoch blieb sie stumm, und ihr Geist war wie erstarrt. Sie zwang sich zu atmen. Und nach einem langen Augenblick des Schweigens begann sie stockend zu sprechen, aber die Worte, die sie sagte, hatten keine Ähnlichkeit mit denen, die sie vorbereitet hatte.

»Sie hätten mich mit sechzehn sehen sollen, Patrick. Zu groß, zu knochig, nur Arme und Beine und linkische Bewegungen. Kein Junge zeigte auch nur das geringste Interesse an mir, bis mich eine Schulfreundin in den großen Ferien mit nach Hause nahm und ihr älterer Bruder sich meiner erbarmte. Er kann höchstens neunzehn gewesen sein, aber ich fand ihn toll, in meinen Augen war er ein weltläufiger Gentleman. Ich war neugierig und fühlte mich geschmeichelt, und er war sehr ungeschickt – aber das wußte ich damals nicht, ich fand nur alles ziemlich enttäuschend.«

Sie drehte sich halb herum und riskierte einen Blick auf sein verwundertes Gesicht, ehe sie fortfuhr.

»Natürlich waren die Konsequenzen solcher... solcher Dummheit und Naivität unausweichlich. Sie können sich nicht vorstellen, wie schrecklich es für mich war, meinen Eltern sagen zu müssen, ich sei schwanger. Meine Eltern... sie hatten für Fehler kein Verständnis. Ich war bereits für das folgende Jahr an der Universität angenommen. Daß ich das Kind vielleicht behalten könnte, war für sie undenkbar. Und ich – ich hatte nicht den Mut, mich ihnen entgegenzustellen. Ich hätte es schaffen können. Ich hätte von der Schule abgehen und mir eine Stellung suchen können. Irgend etwas hätte ich bestimmt arbeiten können.«

Hannahs Stimme war lauter geworden. Sie merkte, daß sie wieder zu zittern begonnen hatte, und kreuzte die Arme fest über ihrer Brust. Dann sprach sie weiter, ruhiger jetzt. »Es wurde alles sehr diskret abgewickelt. Ich fuhr zu einer Tante. Als das Kind geboren war, ein kleiner Junge, brachten meine Eltern ihn weg. Sie sagten, sie hätten ein gutes Zuhause für ihn gefunden.«
drehte sich jetzt ganz herum, um ihm ins Gesicht sehen zu können. Sie senkte die Arme, als wollte sie sich vor ihm entblößen. »Erst im vergangenen März, als mein Vater starb und ich Einsicht in seine persönlichen Unterlagen bekam, fand ich heraus, was sie tatsächlich getan hatten. Mein Vater – er war Anwalt, sagte ich das? – hatte unter seinen Mandanten ein Ehepaar Rennie, das unbedingt ein Kind wollte. Selbstverständlich hat mein Vater ihnen niemals gesagt, daß er ihnen seinen eigenen Enkel gebracht hat. Ein glattes, sauberes Geschäft.« Hannah unterdrückte angestrengt den plötzlichen hysterischen Wunsch zu lachen. »Und wissen Sie das Schlimmste von allem? Mein Vater hat die ganzen Jahre mit ihnen Kontakt gehalten, und ich hatte keine Ahnung. Ihre Eltern haben ihm Ihre Schulzeugnisse geschickt – Fotos von Patricks erstem Kricketspiel, Patricks erstes Pony –, und ich habe nichts davon je zu Gesicht bekommen. Für ihn waren Sie ein realer Mensch, aber ich... mir war das nie vergönnt.«

Die Worte gingen ihr aus. Sie hatte keine Rechtfertigung mehr anzubieten. Zum erstenmal seit sie zu reden begonnen hatte, sah sie ihn direkt an. Erst als sie die bleiche Stille seines Gesichts sah, erkannte sie, wie ungerührt er geblieben war, als sie ihn mehr oder weniger des Mordes beschuldigt hatte.

Die Stille dröhnte in ihren Ohren. Sie konnte sich nicht erinnern, wann das Knattern des Rasenmähers aufgehört hatte.

Patrick schluckte. »Was... ich kann das nicht glauben. Sie sollen meine Mutter sein?« Seine Stimme war ungläubig, ausnahmsweise einmal nicht beherrscht. »Das kann nicht sein. Sie sind zu jung...«

»Nein, das bin ich nicht, Patrick. Ich war ja praktisch noch ein Kind.«

Er schüttelte den Kopf. »Unmöglich, Sie...«

»Weshalb sollte ich dich belügen? Welchen Grund sollte ich haben, dir das zu erzählen, wenn es nicht wahr wäre?«

Er gab nach. »Aber ihn habe ich gekannt. Ihren Vater. Er hat Dad und mich manchmal zum Mittagessen in seinen Club eingeladen, wenn mein Vater in London zu tun hatte. Ich habe die Namen nicht miteinander in Verbindung gebracht. Ich hätte mir nicht träumen lassen...«

»Daß er dein Großvater war? Nein, er hat dafür gesorgt, daß du niemals auf diesen Gedanken kommst.« Dieser letzte Verrat ihres Vaters kränkte sie tief. Sie schloß die Augen. Sie sah das Bild deutlich vor sich. Ihr Vater, jovial bei Zigarren und Brandy, wie er zu dem gesichtslosen Major Rennie sagte: »Verraten Sie dem Jungen nicht, daß ich seine Adoption arrangiert habe. Das würde ihn vielleicht befangen machen.« Als sie die Augen öffnete, sah sie, daß Patrick sie konsterniert anstarrte.

»Warum erzählen Sie mir das alles jetzt, Hannah? Sie hätten sich längst mit Ihrem Vater auseinandersetzen können. Sie waren eine Erwachsene mit den Rechten einer Erwachsenen. Und warum so?« Seine Verwirrung war in seiner Stimme zu hören. »Wie haben Sie mich gefunden? Ich meine, hier, im Followdale House?«

»Ich habe einen Privatdetektiv engagiert.« Sie zuckte unter seinem angewiderten Blick zusammen.

»Guter Gott, ich kann es nicht glauben. Sie haben mich überwachen lassen? Sie haben mich bespitzelt...«

»Ich habe nur die Adresse deiner Eltern. Ich konnte doch nicht einfach zu ihnen gehen und sagen, ich wollte dich sehen. Und ich wollte dich erst einmal auf neutralem Boden kennenlernen, ganz ohne Vorurteile, so objektiv wie möglich. Ich war nicht einmal sicher, ob ich überhaupt mit dir sprechen würde.«

»Wie angenehm risikolos für Sie. Sie haben sich wieder einmal alle Möglichkeiten offengelassen. Was hätten Sie denn getan, wenn ich häßlich und unangenehm gewesen wäre? Oder dumm? Wären Sie dann einfach gegangen und hätten so getan, als wäre nichts gewesen – genau wie Sie das vor fast dreißig Jahren getan haben?« Patricks Gesicht war nackt, bar allen routinierten Charmes, und zum erstenmal entdeckte Hannah in ihm einen Widerschein ihrer eigenen Züge. »Warum haben Sie sich dann doch entschlossen, mit mir zu sprechen, Hannah?«

»Ich mußte es einfach tun. Ich könnte nicht weiterleben, ohne mit dir gesprochen zu haben.«

»Ging es Ihnen um Ihren Seelenfrieden oder um meinen?«

Darauf hatte Hannah keine Antwort. Unglücklich stand sie vor ihm und wartete darauf, was als nächstes kommen würde.

»Was haben Sie erwartet? Haben Sie geglaubt, Sie könnten nach all diesen Jahren einfach in mein Leben treten und würden mit offenen Armen aufgenommen werden?«

»Patrick, bitte...«

»Daraus wird nichts, Hannah. Wir haben keine gemeinsame Basis, auf der wir aufbauen können. Meine Eltern waren mir echte Eltern. Und was haben Sie mir gegeben? Mein Leben, gewiß. Soll ich vielleicht dankbar sein, daß Sie mich nicht abgetrieben haben? Das wäre wahrscheinlich möglich gewesen, selbst damals.«

Sie fühlte sich völlig ausgehöhlt, sie hatte keine Kraft mehr zu sprechen. Wie konnte sie diesem plötzlich so harten, barschen Mann beschreiben, wie sehr sie ihn in jenen Monaten, als sie mit ihm schwanger gewesen war, geliebt hatte? Wie sie getrauert hatte, als man ihn ihr genommen hatte? Und wie konnte sie ihm erklären, was ihr später geschehen war? Es schien lächerlich, absurd, auch nur daran zu denken. Mit Anstrengung holte sie Atem. »Patrick, ich...« Die Tränen, die sie bis jetzt zurückgedrängt hatte, drohten sie zu ersticken. »Du verstehst es nicht. Ich kann es dir nicht begreiflich machen.«

»Nein.«

Das Schweigen zog sich in die Länge, bis Hannah meinte, sie müsse sprechen, sie müsse ein Steinchen finden, das sie in diesen Abgrund werfen konnte, der sich zwischen ihnen aufgetan hatte. »Ich wollte...«

»Sie wollten«, sagte Patrick, freundlicher jetzt, »das Unmögliche. Was für eine Enttäuschung für Sie«, fügte er ironisch hinzu, »den lang verlorenen Sohn zu finden und ihn des Mordes für fähig zu halten.«

»Nein, Patrick, das stimmt nicht. Das habe ich nie gedacht.« Hannahs Stimme schwoll erregt an. »Ich hatte Angst um dich, ich hatte Angst, du könntest in Schwierigkeiten stecken. Ich wollte nicht, daß du...«

»Sie wollten sich das Bild des perfekten Sohnes nicht

verderben lassen, wie? Den Sie wie den Märchenprinz in einen tiefen Schlaf versetzt haben, um ihn eines Tages mit dem Mutterkuß zu wecken?«

Sie weinte jetzt offen. »Nein, Patrick, bitte, das ist unfair.«

»Ja, das ist es wahrscheinlich«, sagte er nach einer kleinen Pause, »aber Ihre Erwartungen waren es auch. Sie hätten, wie man so schön sagt«, in seinem Lächeln lag kein Humor, »die Finger davon lassen sollen.« Einen Moment lang sah Patrick sie schweigend an, dann schien er einen Entschluß gefaßt zu haben. »Tut mir leid, Hannah.«

Hannah sah zu, wie er seine Hand auf die abgebröckelte Mauer legte, sie übersprang und über den Rasen davonging.

Sie saß auf dem Toilettendeckel, ein feuchtes Tuch an ihr Gesicht gedrückt. Sie hatte aufgehört zu weinen und fühlte sich ausgelaugt, von jenem seltsamen leichten Schwindelgefühl erfaßt, das manchmal auf langes Weinen folgt. Es war Jahre her, daß sie so geweint hatte, ihr Schluchzen aus solchen Tiefen aufgestiegen war. Jetzt fühlte sie sich auf merkwürdige Weise in Frieden, beinahe gereinigt.

Patrick hatte natürlich recht gehabt. Was hatte sie erwartet? Bedingungslose Annahme? Vielleicht sogar Liebe? Das waren Phantasien gewesen, aus dem Hunger geboren. Sie hatte das Bild des perfekten Sohnes geschaffen, um eine undefinierte Leere in ihrem eigenen Inneren zu füllen.

Hannah seufzte und tauchte das Tuch in das Becken mit dem kalten Wasser. Nun, jetzt war es vorbei. Sie hatte getan, was sie sich vorgenommen hatte – es war sinnlos, noch länger hierzubleiben und sich weiter zu erniedrigen.

Vorausgesetzt, daß die Polizei sie abreisen ließ. Noch einmal tupfte sie ihr Gesicht mit dem feuchten Tuch ab, dann rieb sie es mit einem Handtuch trocken, vermied es aber, in den Spiegel zu sehen. Es würde Stunden dauern, ehe die Schwellungen zurückgingen, und es war das beste, wenn sie jetzt gleich mit Inspector Nash sprach. Sonst würde ihr ihre Entschlossenheit vielleicht wieder abhanden kommen.

Auf der Suche nach moralischer Unterstützung ging Hannah zuerst zu Kincaids Apartment, aber als ihre zum Klopfen gekrümmte Hand die Tür berührte, merkte sie plötzlich, daß sie ihm jetzt nicht ins Gesicht sehen konnte, und wandte sich ab. Besser, sie sprach allein mit Nash.

Der Flur war leer, das Haus still, und Hannah wurde sich bewußt, daß sie keine Ahnung hatte, wie spät es war. Mittag? Früher Nachmittag? Teezeit? Die Zeit hatte alle Bedeutung für sie verloren. Einen Moment blieb sie am Kopf der Treppe stehen und überlegte, was sie Nash sagen wollte. Daß ihr Arbeitgeber krank sei? Daß sie eiligst nach Oxford zurückmüsse, weil dort ein dringendes Projekt wartete?

Schuldbewußtsein überflutete sie. Wie hatte sie Miles' Krankheit in diesen letzten Tagen so einfach vergessen können? Es war ihr nicht einmal eingefallen, in der Klinik anzurufen, um sich nach seinem Befinden zu erkundigen, und das nach allem, was er für sie getan hatte. Höchste Zeit, daß sie sich endlich zusammennahm.

Sie hörte kein Geräusch. Nur der feine Luftzug verriet ihr, daß die Tür hinter ihr sich geöffnet hatte. Ehe sie sich umdrehen oder etwas wagen konnte, erhielt sie einen harten Stoß in den Rücken.

Und als ihr die Treppe entgegenkam, klammerten sich

ihre Gedanken an ein kleines, belangloses Detail – die Hand in ihrem Rücken hatte sich warm angefühlt.

15

Von Suffolk nach Sussex nach Wiltshire nach Oxfordshire, Ringelringel Rosen. Gemma wurde schwindlig, wenn sie an die letzten zwei Tage dachte. Und müde.

Ihre Kleider sahen jetzt schon aus, als hätte sie in ihnen geschlafen, und dabei war dies erst ihr zweiter Besuch an diesem Morgen. Lavender Lane, Wildmeadow Estates. Puh! Der Name paßte auf diese neue Siedlung am Stadtrand von St. Albans wie die Faust aufs Auge. Kästen von Häusern, die wie geklont aussahen, zogen sich in akkuraten Reihen über das Land, aus dem man alles herausgerissen hatte, was mit wilden Wiesenblumen nur die entfernteste Ähnlichkeit hatte. Sahen allerdings nicht billig aus – Mr. Edward Lyle mußte recht gut verdienen.

Das Haus der Lyles war von den Häusern seiner Nachbarn nicht zu unterscheiden. Gemma hielt den Wagen an und vermerkte sorgfältig den Meilenstand in ihrem Dienstheft. Kincaid vergaß das dauernd, und sie ärgerte sich immer wieder darüber. Vielleicht konnte man es sich mit dem Gehalt eines Superintendenten leisten, so nachlässig zu sein. Dann fragte sie sich seufzend, warum sie eigentlich so schlecht gelaunt war. Sie arbeitete nicht gern allein, das war einer der Gründe. Sie hatte sich an Kincaids Gesellschaft gewöhnt und fand sie merkwürdigerweise durchaus angenehm – merkwürdigerweise deshalb, weil sie sich erinnerte, wie nervös sie gewesen war, als sie ihm zugeteilt worden war.

Und außerdem hatte sie bei diesem Fall – wenn man es überhaupt einen Fall nennen konnte – das Gefühl, ständig im dunkeln zu tappen. Wie sollte sie Nachforschungen anstellen, wenn sie gar nicht wußte, wonach sie forschen sollte? Der Ort der Handlung lag in Yorkshire, und sie hatte keinen blassen Schimmer, ob die fragmenthaften Informationen, die sie ausgrub, überhaupt von Nutzen waren.

Die Lavender Lane wirkte wie ausgestorben, als hätten sämtliche Bewohner plötzlich ihre Sachen gepackt, um zum Mond zu fliegen. Nirgends ein Kinderwagen, in keinem der Vorgärten stehengebliebene Kinderfahrräder oder Tretautos. Gemma klingelte bei den Nachbarn zu beiden Seiten, jedoch ohne Erfolg. Natürlich, die Hypotheken hier konnten nur Doppelverdiener bezahlen – die Mütter waren wahrscheinlich alle irgendwo bei der Arbeit und die Kleinen beim Babysitter oder im Hort. Sie wollte gerade entmutigt zu ihrem Auto zurückkehren, als sie sah, wie sich in einem der Fenster des Hauses gegenüber ein Store bewegte.

Die Frau, die auf Gemmas Läuten öffnete, trug Jeans und T-Shirt. Auf ihrer Hüfte hockte ein etwa zweijähriger Junge mit schmutzigem Gesicht. »Wenn Sie die Lyles suchen«, sagte sie und musterte Gemma mit neugierigem Blick, »die sind im Urlaub.«

»Ich weiß. Wir führen im Zusammenhang mit gewissen Ereignissen an ihrem Urlaubsort eine Routineuntersuchung durch. Kennen Sie die Lyles? Vielleicht können Sie mir weiterhelfen.«

»Janet ist doch nichts passiert?« Das Kind hörte das Erschrecken in der Stimme der Mutter und begann zu quengeln.

»Nein, nein, Mrs. Lyle geht es gut, aber es hat zwei unerklärliche Todesfälle gegeben.«

»Unerklärlich? Sie meinen Unfälle?« Die Frau faßte ihr Kind fester, und der Kleine begann nun wirklich zu brüllen.

»Wir sind nicht sicher.« Gemma bemühte sich, das Heulen des Kindes zu übertönen. »Deshalb machen wir diese Untersuchungen. Wenn ich Ihnen vielleicht ein paar Fragen…«

»Dann kommen Sie doch lieber herein.« Die Frau schaukelte den Jungen auf ihrer Hüfte und sagte: »Schon gut, Malcolm, schon gut.« Dann bot sie Gemma die freie Hand. »Ich bin Helen North.« Sie wies mit dem Kopf zum rückwärtigen Teil des Hauses. »Kommen Sie mit in die Küche. Janet und ich sind ganz gut befreundet, wenn *er* nicht dabei ist«, bemerkte sie über ihre Schulter, »und es täte mir sehr leid, wenn ihr etwas zugestoßen wäre. Sie hat es sowieso schon schwer genug gehabt, das arme Ding.«

Gemma folgte ihr. Helen, fand sie, war ein recht altmodischer und eleganter Name für diese lässige junge Mutter. Helen North führte Gemma an einen kleinen Tisch in der hellen Küche und setzte ihren kleinen Sohn mitten in einem Durcheinander von Bauklötzen nieder.

»Möchten Sie vielleicht eine Tasse Tee?«

»Gern, danke.« Im allgemeinen dankte Gemma Gott für eine starke Blase – bei ihrer Arbeit mußte sie mehr Tee trinken als ein Pastor –, aber diesmal hatte die Aussicht auf eine Tasse Tee ausnahmsweise etwas Verlockendes.

»Gut«, sagte Helen. »Ich setze nur das Wasser auf.«

Der schwache Singsang in der Stimme der Frau war bei den letzten Worten ausgeprägter geworden.

»Sie sind Irin«, sagte Gemma.

»Aus County Cork.« Helen lächelte. »Ich geb' mir Mühe, nicht so zu reden, als wäre ich gerade erst herübergekommen, aber es bricht eben immer wieder durch, wenn ich nicht aufpasse. Würden Sie glauben«, sie zauste die roten Locken ihres Sohnes, »daß er das Haar von seinem Vater hat? Und dabei bin ich doch die Irin.«

»Und mein Sohn«, antwortete Gemma, »hat Haare wie ein Skandinavier, so hell und so glatt.« Sie lachten gemeinsam.

»Vielleicht ist das der Grund, weshalb Eddie Lyle mich nicht mag«, sagte Helen, als sie Gemma eine Tasse hinstellte und sich ihr gegenüber setzte. »Iren sind in seinen Augen nicht ganz gesellschaftsfähig. Er war Berufssoldat, obwohl man das kaum glauben würde, wenn man ihn so sieht. Er war in Nordirland stationiert, und für ihn sind alle Iren eine miese Bande.

Oder vielleicht kommt es auch daher, daß mein Mann für den Bauunternehmer hier arbeitet.« Mit einer raschen Geste deutete sie zur Siedlung hinaus. »Ich frag' mich wirklich, woher der Mann seinen Hochmut nimmt. Seine Eltern waren auch nur kleine Wirtsleute. Ich finde das völlig in Ordnung, aber Janet sagt immer, er mag es nicht, wenn man darüber spricht. Meiner Ansicht nach ist der Mann größenwahnsinnig.«

Gemma entdeckte mehr als ein Fünkchen Boshaftigkeit in Helen Norths Geplauder. Edward Lyle mußte sie schon sehr verschnupft haben.

»Wie kommt es, daß Sie und Janet befreundet sind?«

»Wir sind hier in der Straße die beiden einzigen Frauen, die zu Hause bleiben. Da kriegt man richtig Sehnsucht nach einem Erwachsenengespräch.« Sie neigte den Kopf leicht zur Seite und sah Gemma nachdenklich an.

»Manchmal beneide ich Frauen wie Sie, die im wirklichen Leben stehen und mit Erwachsenen zu tun haben.«

»Ich glaube nicht, daß Sie mich so sehr beneiden wie ich Sie«, erwiderte Gemma. Sie berührte leicht das Haar des umherspazierenden kleinen Jungen.

»Na ja, es war ja auch meine Entscheidung, zu Hause zu bleiben und lieber mit etwas weniger auszukommen. Ich sollte mich wirklich nicht beschweren. Bei Janet ist das etwas anderes. Er hat ihr nicht erlaubt zu arbeiten, nicht einmal, als Chloe zur Schule kam. Das sei nicht standesgemäß! Ich bitte Sie! Und dabei ist sie gelernte Krankenschwester. Mein Gott, ist das eine Verschwendung.«

Helen schwieg einen Moment, ihr Gesicht voller Verachtung. »Aber als er seine alte Mutter zu ihnen ins Haus holte«, fuhr sie dann gedankenvoll fort, »da kam ihm ihre Ausbildung grad recht. Oh, ja«, beteuerte sie, als hätte Gemma Zweifel geäußert, »die alte Dame konnte man am Ende überhaupt nicht mehr allein lassen, und wer war da besser geeignet als Janet, sich um sie zu kümmern? Die alte Dame hat nämlich getrunken, wissen Sie. Angeblich soll sie angefangen haben, als ihre einzige Schwester starb. Die war damals noch sehr jung. Jedenfalls hat Janet es mir so erzählt. Und sie schluckte viel zu viele Medikamente. Sie ließ sich von irgendeinem alten Kurpfuscher behandeln, der sie mit Tabletten vollgestopft hat. Janet war wütend, aber sie konnte nichts dagegen tun.«

»Eine gefährliche Kombination«, sagte Gemma.

»Das kann man wohl sagen«, antwortete Helen. »Das hat sich ja dann auch gezeigt.«

»Wieso?«

»Ach, Sie wissen nichts von dem Unfall?« Gemmas verständnisloser Gesichtsausdruck beantwortete diese

Frage. »Eine tragische Geschichte.« Helen schnalzte bedauernd mit der Zunge und schüttelte den Kopf. »Die alte Dame nahm eines Tages, als Janet zu Fuß zum Einkaufen gegangen war, Janets Wagen. Sie hat einen Riesenunfall gebaut und war sofort tot. Später haben sie festgestellt, daß sie getrunken und Tabletten geschluckt hatte.«

»Wie schrecklich.« Gemma beugte sich auf ihrem Stuhl vor und sagte teilnahmsvoll: »Für Janet muß das ja scheußlich gewesen sein.«

»Ja, sie machte sich entsetzliche Vorwürfe. Sie hätte dies tun sollen, sie hätte jenes tun sollen. Als hätte sie die alte Frau rund um die Uhr überwachen können. Und ihn hätten sie sehen sollen, ganz der gramgebeugte Sohn. Aber als sie noch am Leben war, hat er sie kaum eines Wortes gewürdigt. Ich bin Janets wegen zur Beerdigung gegangen. Da stand er ganz würdevoll und sehr korrekt am Grab, und eine Krokodilsträne tropfte ihm aus dem Auge. Zum Kotzen, sage ich Ihnen.« Helen schüttelte mit gekrauster Stirn den Kopf. »Warum schießt sie den Kerl nicht in den Wind, können Sie mir das sagen?«

Die Frage schien rhetorisch zu sein, dennoch schüttelte Gemma den Kopf. »Nein. Tut mir leid. Ist es schon lange her, daß die alte Mrs. Lyle gestorben ist?«

»Das war im letzten Winter. Und nicht lange danach kam er mit diesem Urlaubsplan daher. Er sagte, er wolle Janet damit aufheitern, aber sie war überhaupt nicht scharf darauf. Ich glaube eher, er wollte seinen Chef damit beeindrucken. Janet hat mir erzählt, daß er sich das Geld leihen mußte, um ihre Woche zu kaufen. Und dann konnte er nicht mal eine Zeit bekommen, in der Chloe schulfrei gehabt und mitkommen hätte können.«

Der kleine Junge begann quengelig zu werden und an

der Bluse seiner Mutter zu zupfen. Er hatte genug davon, übersehen zu werden. Gemma trank ihren Tee aus und machte Anstalten zu gehen. »Vielen Dank für den Tee und dafür, daß Sie sich die Zeit genommen haben.«

Helen North wurde plötzlich verlegen, die Nachwirkung allzu offenherziger Geständnisse. »Ich hätte nicht sagen sollen... Es ist Janet gegenüber wirklich nicht fair...«

Gemma beruhigte sie. »Sie haben nicht ein Wort gesagt, das ich nicht selbst gesagt hätte. Ich habe eine Nachbarin, die sich um die Mutter ihres Mannes kümmert – Sie können sich nicht vorstellen, was sie sich von der alten Dame alles gefallen lassen muß...« Als sie zum Ende ihrer kleinen Anekdote kam, hatte Helen ihr Gleichgewicht wiedergefunden.

Kincaid stand auf seinem Balkon, wie ihm das, wenn er nachdenken wollte, zur Gewohnheit geworden war. Er schlug seinen Hemdkragen zum Schutz gegen das kühle Lüftchen hoch, das ihm um die Ohren strich. Das feuchte, unentschlossene Wetter entsprach seiner Stimmung.

Es fiel ihm sehr schwer, sich an die Vorstellung zu gewöhnen, daß Hannah Patricks Mutter war. Niemals hätte er sie für alt genug gehalten, einen erwachsenen Sohn zu haben. Und er hatte die beiden zusammen gesehen, hatte gesehen, wie da ein Funke übergesprungen war, hatte sogar eine schwache Regung von Neid verspürt. Hatte auch Hannah das gesehen? Kein Wunder, daß sie so durcheinander gewesen war.

Lieber Gott, wozu hatte er Hannah getrieben? Er hatte sie mit einer Art Schocktherapie dazu bewegen wollen, ihm wichtige Informationen zu geben, von denen er vermutete, daß sie sie zurückhielt; keinesfalls hatte er sie Hals über Kopf in eine Konfrontation mit Patrick treiben wollen. Aber dazu war es offenbar gekommen; sie waren beide nicht da, das hatte er festgestellt. Hannah hatte ihn mit solcher Dringlichkeit aus ihrem Apartment hinauskomplimentiert, daß ihm gar nichts anderes übriggeblieben war, als zu gehen. Als er ein paar Minuten später zurückgegangen war, um noch einmal zu versuchen, sie zum Reden zu bringen, hatte er vom Fenster auf dem Treppenabsatz die Bremslichter ihres Wagens aufleuchten sehen, als der auf die Straße hinausgefahren war.

Marta Rennie, nüchtern und mürrisch, wußte nicht, wo ihr Mann war, und es schien ihr auch gleichgültig zu sein. »Er schaut sich irgendwelche Sehenswürdigkeiten an«, sagte sie spöttisch. »Mein Gott, geht mir das auf die Nerven.« Und damit hatte sie die Tür geschlossen, noch ehe Kincaid weitere Fragen stellen konnte.

Es schien ihm, daß alles, was er seit Beginn dieser Affäre getan hatte, schiefgegangen war. Er mochte sich drehen und wenden wie er wollte, stets gingen seine Schläge ins Leere; es war Schattenboxen mit einem unsichtbaren Feind. Er hätte sich anhören sollen, was Penny MacKenzie zu sagen gehabt hatte. Er hätte seine Gedanken über Patrick Rennie für sich behalten sollen.

Er hätte Hannah niemals aus den Augen lassen dürfen.

Das Summen des Telefons riß ihn aus seinen Selbstvorwürfen. Er rannte hinein, riß den Hörer von der Gabel, hörte Gemmas Stimme. »Was denken Sie sich eigentlich dabei, mich in der ganzen Weltgeschichte herumzuhetzen?«

Kincaid lachte, aufgemuntert durch den herben Ton ihrer Stimme. »Das weiß ich ehrlich gesagt selber nicht. Was gibt's denn?«

»Das kann ich Ihnen sagen – mir klebt schon der Autositz am Hintern.«

»Ach so, Mitleid wollen Sie? Also von mir bekommen Sie das nicht. Sie tun wenigstens etwas.«

»Da haben Sie recht. Ich war heute morgen in aller Frühe bei Mrs. Marjorie Frazer in ihrem Büro in Finchley. Sie war nicht erfreut, mich zu sehen, das kann ich Ihnen versichern. Saß anfangs sehr auf ihrem anwaltschaftlich hohen Roß. Aber dann hat sie sich's anscheinend überlegt und ist zu dem Schluß gekommen, daß es nicht schaden könnte, ihren Ex-Mann richtig anzuschwärzen. Sie sagt, anfangs habe sie das Sorgerecht für die Tochter Angela gehabt, aber dann sei sie es müde geworden, immer die Böse zu sein, und habe sich überlegt, daß Angela, wenn sie mit Graham zusammenlebe, vielleicht merken würde, daß er auch nicht der Supervater ist.«

»Ich würde sagen, das Ziel hat sie erreicht. Es wundert mich allerdings, daß Angela je eine hohe Meinung von ihrem Vater gehabt haben soll.«

»Aber jetzt scheint Mrs. Frazer es sich wieder anders überlegt zu haben. Angela ist im letzten Trimester von der Schule geflogen, einem Nobelinternat. Wegen Drogen, würde ich sagen, Mrs. Frazer hat allerdings nichts darüber verlauten lassen. Wie dem auch sei, jetzt habe sie die Nase voll, sagte sie. Sie ist jetzt entschlossen, das alleinige Sorgerecht zu erkämpfen und ihm selbst das Besuchsrecht zu verweigern.« Gemma machte eine Pause. »Ich hatte nicht den Eindruck, daß es Mrs. Frazer unbedingt um das Wohl ihrer Tochter zu tun ist. Es geht mehr um die Wut auf ihn.« Gemma schien sowohl verwundert als auch empört über einen solchen Mangel mütterlicher Zuwendung.

»Die arme Angela«, sagte Kincaid. »So ist das also.

Kein Wunder, daß sie nach ein bißchen Freundlichkeit lechzt.«

»Er scheint nicht gerade ein angenehmer Typ zu sein. Ich habe mich bei ein paar Leuten im Versicherungsgeschäft umgehört. Er ist nicht sehr beliebt. Er hat anscheinend die Neigung, andere niederzumachen. Und es wird getuschelt, daß seine Geschäfte nicht ganz sauber sind – etwas Konkretes habe ich allerdings nicht erfahren.« Sie machte eine kleine Pause, um ihre Worte wirken zu lassen, und Kincaid wartete geduldig. Er hatte gelernt, daß es das beste war, Gemma ihre Geschichten auf ihre Weise erzählen zu lassen. »Es heißt außerdem, daß er kokst. Halten Sie's für möglich, daß Angela sich an Papas Vorräten vergriffen hat?«

»Kann schon sein«, antwortete Kincaid.

»Glauben Sie«, sprach Gemma etwas zögerlich weiter, »daß auch sexueller Mißbrauch vorliegen könnte?«

»Ich weiß nicht. Möglich ist es.« War es ganz gewiß in Anbetracht dessen, was er von der Beziehung zwischen Angela und ihrem Vater gesehen hatte. Und was, wenn Angela sich Sebastian anvertraut hatte? Das wäre eine plausible Erklärung für Sebastians heftige Abneigung gegen den Mann. Vielleicht hatte Sebastian Graham auch damit gedroht, ihn bloßzustellen, entweder vor Cassie oder seiner geschiedenen Frau.

Gemma räusperte sich, und ihm wurde bewußt, daß er sie hängengelassen hatte. »Entschuldigen Sie, Gemma. Haben Sie noch etwas?«

Gemma berichtete von ihrem Gespräch mit Helen North und fügte dann hinzu: »Wenn Mr. Lyle nicht eine verdammt gute Stellung hat, würde ich sagen, daß er ein wenig über seine Verhältnisse lebt – die Hypothek auf das

Haus, eine Ehefrau, die nicht arbeitet, eine Tochter, die ein teures Internat besucht. Scheint übrigens ein ziemliches Ekel zu sein«, schloß sie.

»Noch so ein vollkommener Ehemann und Vater?«

»Und liebevoller Sohn.«

Kincaid hörte Papier rascheln, als Gemma in ihrem Heft blätterte.

»Wo sind Sie jetzt eigentlich?«

»In einer Zelle in St. Albans. Miles Sterrett von der Klinik, in der Hannah Alcock arbeitet, konnte ich noch nicht erreichen. Man hat mir gesagt, er sei krank...«

»Bleiben Sie dran, Gemma. Ich glaube, bei mir hat es gerade geklopft.«

Der Hauch eines Klopfens, so schwach, daß er meinte, es sich eingebildet zu haben. Als er die Tür öffnete, war niemand draußen. Er kehrte zum Telefon zurück.

»Gemma? Ich habe anscheinend schon Halluzinationen. Hören Sie, erledigen Sie heute, was Sie können, und kommen Sie dann so bald wie möglich hierher. Mir ist die ganze Sache nicht geheuer, auch wenn das vielleicht melodramatisch klingt.«

Nachdem sie das Gespräch beendet hatten, blieb Kincaid noch einen Moment stehen und überlegte. Er fand, es sei an der Zeit, sich noch einmal mit Angela Frazer zu unterhalten.

Kincaid war auf halbem Wege die erste Treppe hinunter, als er einen Fuß sah, einen Frauenfuß in einem pfirsichfarbenen Socken, auf der Treppe unter ihm. Nicht weit davon lag ein flacher Lederschuh. Mit einem Ruck blieb er stehen, dann raste er los.

Hannah Alcock lag auf den Stufen unter ihm.

16

Hannah lag halb auf der Seite, halb auf dem Rücken; ihr Kopf hing abwärts; ihre Arme waren ausgestreckt, als hätte sie versucht, ihren Sturz abzufangen. Obwohl Kincaid im ersten Moment vor Schreck wie gelähmt war, nahm sein Gehirn alle Details auf – ihr Pullover, pfirsichfarben wie der Strumpf, war hochgerutscht, und darunter war ein breiter Streifen heller Haut zu sehen. Diese unvorteilhaft entblößten Rippen hoben und senkten sich in gleichmäßigem Rhythmus.

Erleichterung überschwemmte Kincaid. Er schloß die Augen und atmete einmal tief durch, um wieder zur Ruhe zu kommen, dann kniete er neben ihr nieder. Obwohl ihr Kopf wie verrenkt erschien, hatte sie eine gesunde Gesichtsfarbe, und er glaubte nicht, daß ihre Bewußtlosigkeit sehr tief sei. Behutsam berührte er ihre Schulter.

»Hannah.« Sie antwortete mit einem leisen Laut, und ihre Lider flatterten. Er versuchte es noch einmal, etwas dringlicher. »Hannah.« Sie öffnete die Augen und sah ihn verständnislos an. »Hannah! Hannah!«

Ein Funke des Erkennens blitzte in Hannahs Augen auf. Sie drehte ein wenig den Kopf und stöhnte. »Was …« Noch einmal bewegte sie sich vorsichtig, als Empfindung und Orientierung gleichzeitig zurückkehrten. »Mein Kopf. Oh, Gott, das ist ja furchtbar.« Sie versuchte sich aufzurichten und verzog vor Schmerz das Gesicht.

»Vorsichtig, vorsichtig, wo tut es weh?«

»Mein Kopf … hinten.«

»Und Ihr Hals? Der tut nicht weh?«

Sie drehte versuchsweise den Kopf in beiden Richtungen. »Nein. Der scheint in Ordnung zu sein.«

»Gut. Können Sie Ihre Beine bewegen?« Sie bog ein Bein nach dem anderen ab und nickte. »Okay. Das ist gut. Nein, warten Sie«, sagte Kincaid, als sie erneut versuchte, sich aufzurichten. »Wir sollten das lieber ganz langsam tun.« Er schob ihr den Arm unter den Kopf und stützte ihn. »Besser so?«

»Ja. Aber ich glaube, ich bin ganz in Ordnung. Wirklich. Ich fühle alles und kann alle Glieder bewegen.« Hannah beugte zur Demonstration wiederum Arme und Beine. »Lieber Gott, ich komme mir wie das bucklige Männlein vor.« Sie lächelte schwach.

»Ich bin froh, daß Sie nicht so aussehen«, sagte Kincaid mit Nachdruck.

Er wußte nicht, ob er es wagen sollte, sie zu bewegen, aber nachdem noch ein paar Minuten vergangen waren und Hannah sich darüber beschwerte, daß ihr das Blut in den Kopf stieg, improvisierte er. Er schob ihr den Arm unter die Schultern, hob sie vorsichtig hoch und drehte sie so, daß sie mit dem Rücken an die Wand gelehnt auf der Stufe sitzen konnte.

Hannah bewegte ihren Kopf hin und her. »Alles in Ordnung. Lassen Sie mich jetzt...«

»Warten Sie!« unterbrach Kincaid. »Sehen wir erst einmal, wie groß der Schaden ist.« Er strich mit seinen Fingern leicht über ihren Hinterkopf. In der Nähe des Scheitels bildete sich bereits eine Schwellung. »Da bekommen Sie auf jeden Fall eine Beule, aber die Haut ist nicht geplatzt. Was noch?«

Sie umfaßte mit der linken Hand ihr rechtes Handgelenk. »Das Handgelenk tut verdammt weh, aber ich kann es bewegen.«

»Noch etwas?«

»Nein, ich glaube nicht.«

»Okay. Ich vermute, Sie werden außerdem noch ein paar blaue Flecken haben.«

Als er sich aufrichtete, merkte er, daß seine Hände zitterten, und auf seinen Fingerspitzen schien ihm ein Abdruck ihres Haares und der Schwellung darunter zurückgeblieben zu sein. Die Reaktion würde sich geben, das wußte er, und er verbannte das erste Bild, das sich in sein Gehirn eingegraben hatte – Hannah, wie sie reglos, wie zerbrochen zu seinen Füßen lag –, aus seinen Gedanken.

»So, und jetzt erzählen Sie mir, was passiert ist.«

Zum erstenmal zeigte Hannah Angst. »Ich stand oben an der Treppe. Da ging die Tür zum Vorplatz auf – ich weiß noch, daß ich mich so ganz verschwommen, wie nebenbei, gewundert habe, wieso ich keine Schritte hörte oder sonst irgendein Geräusch. Und dann hatte ich schon die Hand im Rücken.«

»Haben Sie gesehen ...«

»Nein. Es ging ganz schnell. Ich bekam einen Stoß, und das ist im Grunde alles, woran ich mich erinnere.« Sie betastete vorsichtig ihr Handgelenk. »Ich muß versucht haben, den Sturz abzufangen.«

Kincaid legte ihr die Hand auf den Arm. »Hannah, sind Sie sicher, daß Sie nicht wissen, wer es war? Haben Sie nicht einmal eine Vorstellung?«

Sie schüttelte den Kopf. »Nein. Weshalb sollte ...«

Vorn im Haus schlug krachend die Tür zu, dann hörten sie schnelle Schritte im Vorsaal. Patrick Rennie kam in den Flur gelaufen, rot im Gesicht, vor Zorn oder vor Aufregung. Er blieb stehen, als er sie sah, und blickte fragend von einem zum anderen.

»Hannah? Wieso... was ist passiert?« Seine Verwirrung schlug in Besorgnis um, als er Kincaids schützende Pose sah. »Ist alles in Ordnung?«

Kincaid, der immer noch Hannahs Arm hielt, spürte, wie sie steif wurde. Als sie nichts sagte, antwortete er für sie. »Sie hat ziemliche Schmerzen.« Er hielt inne, den Blick aufmerksam auf Rennies Gesicht gerichtet. »Jemand hat sie die Treppe hinuntergestoßen.«

Einen Moment lang starrte Rennie sie beide ungläubig an. Dann begann er zu stammeln wie ein Schuljunge. »W-w... gestoßen? Sie ist gestoßen worden? Warum zum Teufel sollte jemand Hannah die Treppe hinunterstoßen wollen? Sie hätte ja...«

Ausnahmsweise einmal, dachte Kincaid boshaft, hatte Rennie alle weltmännische Gewandtheit verloren. »Ich dachte, Sie könnten das vielleicht...« begann er, als Rennie ihn unterbrach.

»Haben Sie einen Arzt angerufen? Und was ist mit der Polizei? Die treiben sich den ganzen Tag hier im Haus herum, und jetzt, wo sie sich nützlich machen könnten...«

»Beruhigen Sie sich, Mr. Rennie. Ich hatte noch gar keine Zeit, jemanden anzurufen. Vielleicht...« Kincaid spürte, wie Hannah ihn anstieß, und sie sagte leise, drängend: »Nicht. Lassen Sie mich jetzt nicht allein.«

»Vielleicht«, fuhr er zu Rennie gewandt fort, ohne Hannah anzusehen, »könnten Sie die Polizei anrufen.«

»Ich habe den Eindruck, Sie sind dauernd dabei, mir Tee zu kochen.« Hannah versuchte ein Lächeln, das nicht ganz glückte.

»Tja, das scheint mein Los zu sein«, antwortete Kincaid aus der Küche. »Ich bin im falschen Zeitalter geboren. Ich bin überzeugt, ich hätte einen phantastischen Butler abgegeben.«

»Sie als Jeeves? Das kann ich mir nicht vorstellen.« Diesmal war ihr Lächeln echt, und es erleichterte Kincaid zu sehen, wie ihr Gesicht sich entspannte. Mit Rennies Hilfe hatte er sie die Treppe hinauf in ihr Apartment geführt, und dort hatten sie ihr auf das Sofa geholfen.

Rennie war geblieben, wartete offensichtlich auf eine Gelegenheit, ohne Kincaid mit Hannah sprechen zu können. Hannah schien sich nach dem ersten, beinahe instinktiven Zurückschrecken vor ihrem Sohn gefangen zu haben, aber sie hatte ihn nicht ein einziges Mal angesehen, kein Wort mit ihm direkt gesprochen. Kincaid hatte nicht die Absicht, sie so bald allein zu lassen.

Rennie gab schließlich auf und sagte mit der anmutigen Gewandtheit, die man von ihm gewohnt war: »Ich sehe schon, ich bin hier im Augenblick nicht erwünscht. Aber Sie geben mir Bescheid, wenn ich irgend etwas tun kann?« Er richtete das Wort an Hannah, nicht an Kincaid, und als er an der Tür war, drehte er sich noch einmal zu ihr um. »Es tut mir leid, Hannah.« Kincaid hatte den Eindruck, daß die Worte sich nicht auf ihren Sturz bezogen.

Mit einem Tablett, auf dem zwei Tassen Tee und ein Teller mit Keksen standen, kam Kincaid aus der Küche wieder ins Wohnzimmer. »Der Tee ist fertig.«

»Oh, wie schön.« Hannah nahm sich einen Keks. »Ich glaube, ich habe ganz vergessen, zu Mittag zu essen. Kein Wunder, daß ich mich so schwach fühle.«

Kincaid zog sich einen Sessel heran und setzte sich so nahe zu ihr, daß er ihr Tee und Kekse reichen konnte. Er sah ihr forschend ins Gesicht, als sie die Tasse von ihm entgegennahm.

Als sie ein wenig gegessen und getrunken hatte, sagte er: »Hannah, erzählen Sie mir, was sich heute zwischen Ihnen und Patrick Rennie abgespielt hat. Ich glaube, Sie müssen darüber sprechen«, fügte er hinzu, um seine Forderung etwas abzumildern.

Ihre Tasse klapperte auf der Untertasse, als sie sie absetzte. »Ich hatte es mir völlig anders vorgestellt. Ich wollte nie...« Hannah wandte sich ab, als ihre Augen, die schon vom früheren Weinen rot und geschwollen waren, von neuem feucht wurden. »Zuerst hab' ich ihn all dieser schrecklichen Dinge beschuldigt, die ich vorher von Ihnen gehört hatte. Die Worte sind einfach von selbst so rausgekommen. Ich konnte es nicht verhindern. Und dann hab' ich ihm gesagt...«

»Daß Sie seine Mutter sind?«

Sie lachte zitternd. »Ich bin wirklich einmalig! Mißtrauisch. Zänkisch. Kein Wunder, daß er nicht gerade vor Begeisterung außer sich geraten ist.« Hannah kreuzte fröstelnd ihre Arme über der Brust.

»Sie stehen immer noch unter Schock.« Kincaid neigte sich zu ihr. »Ich hätte Sie nicht bedrängen sollen«, sagte er reuig. »Ich...«

»Nein. Nein, ich muß es Ihnen erzählen. Ich möchte es Ihnen erzählen.« Ihre Stimme schwoll an, und Kincaid sah, wie sie um ihre Beherrschung kämpfte. »Ich habe einfach alles falsch gemacht«, fuhr sie fort und sprach jetzt sehr klar und ruhig. »Von Anfang an. Erfolgreich. Selbständig. So habe ich mich gesehen. Keinem anderen Rechenschaft schuldig. Ehe und Familie bedeuteten für mich immer Verlust von Autonomie.« Hannah drehte einen Zipfel der Decke zwischen ihren Fingern. »Nichts als Getue. In Wahrheit hatte ich einfach nichts zu geben, nichts zu teilen.« Sie hob den Blick und sah ihn an. »Und Patrick... Ich glaube, am meisten hat Patrick mir übelgenommen, daß ich so lange gewartet habe. Er konnte nicht verstehen, weshalb ich nicht schon vor Jahren nach ihm gesucht habe, wenn mir wirklich soviel daran gelegen war, ihn kennenzulernen. Und es ist wahr, ich hätte damals schon nach ihm suchen können. Ich hatte Riesenillusionen von meiner Kraft und Eigenständigkeit, aber ich habe nie den Mut aufgebracht, meinen Vater zu fragen. Mein Vater...«

Kincaid wartete, während sie versuchte, eine bequemere Lage zu finden. Sie wirkte erschöpft, ihr fielen fast die Augen zu. »Hannah...«

»Nein. Ich muß es Ihnen erzählen, ehe es alles entschwindet.«

Kincaid gab nach. Ihrem Zwang zu sprechen gegenüber war er machtlos. Er hatte Ähnliches bei Unfallopfern oder Menschen im Schock oft genug erlebt, doch Hannah drückte sich vernünftiger aus als die meisten.

»Patrick... Wie hätte ich ihm erklären können, was im letzten Jahr mit mir passiert ist? Das mit der biologischen Uhr ist Quatsch, ich weiß.« Ihre Lippen verzogen sich zu einem schwachen Lächeln. »Aber als ich mir klarmachte, daß ich nie wieder ein Kind bekommen kann – da hat sich irgend etwas in mir verändert. Plötzlich erschien mir alles so leer. So sinnlos...«

Kincaid protestierte irritiert. »Sie werden mir jetzt doch nicht mit dieser alten Mär kommen, daß Frauen ihre Erfüllung nur in der Ehe und durch Kinder finden? Das kann ich mir bei Ihnen einfach nicht vorstellen.«

Sie wollte den Kopf schütteln, hielt aber dann inne und berührte mit einer Hand leicht ihren Nacken. »Nein.« Danach schwieg sie so lange, daß Kincaid schon glaubte, sie sei ihm in eine andere Welt entglitten. Dann aber sagte sie leise: »Ich glaube nicht, daß Sex viel damit zu tun hat. Es sind die kleinen Lügen, die Selbsttäuschung. Panzer, nichts als Panzer. Man versteckt sich hinter einem Panzer wie irgendein Weichtier. Man hat Angst...«

»Angst wovor, Hannah?«

Wieder schüttelte sie beinahe unmerklich den Kopf. »Vor dem Verlust...« Ihr Blick wich dem seinen aus. Sie nahm ihre Tasse, trank durstig den kalten Tee und wich vor dem Abgrund zurück, dem sie sich genähert hatte.

Sie zwinkerte einmal, dann schloß sie ihre Augen. Die dunklen Wimpern lagen strahlenförmig auf ihren Wangen. Die leere Teetasse begann in ihrer Hand zu kippen. Kincaid wollte sie ihr gerade abnehmen, als sie, die Augen noch immer geschlossen, wieder zu sprechen begann. »Eines Tages wurde mir klar, daß kein Mensch mich vermissen würde, wenn ich am nächsten Morgen nicht mehr aufwachen würde. Außer Miles.

Miles und ich waren einmal ein Paar, am Anfang.« Hannah lächelte ein wenig bei der Erinnerung. »Er verlor das Interesse, als seine Gesundheit nachließ. Oder vielleicht hatte ich auch schon damals nicht genug zu geben. Trotzdem, ich bin alles, was er hat, ausgenommen einen unsympatischen Neffen, den er nicht mag, und ich habe ihn schrecklich vernachlässigt, seit ich... so total von Patrick besessen bin.«

Sie öffnete die Augen und sah Kincaid an. Im Licht des späten Nachmittags wechselte die Farbe ihrer Augen von Hellbraun zu Grün, einem Grün, das beinahe so klar war wie das von Patrick Rennies Augen. »Besessenheit... Der reine Egoismus«, sagte sie träumerisch, um dann in bestimmterem Ton fortzufahren. »Welches Recht hatte ich, Patrick ausfindig zu machen und ihn zu bespitzeln, über seine Qualifikation als Sohn zu urteilen? Ich hätte in sein Büro gehen und ihm die Wahrheit sagen können, ihm so die Chance zu einem Anfang auf gleicher Ebene geben können. Statt dessen...« Ein trostloses kleines Achselzucken faßte den Sachverhalt zusammen.

»Ich habe den Eindruck«, sagte Kincaid behutsam, »daß Sie sich ziemlich gründlich für Fehler bestraft haben, die jeder hätte machen können. Keiner von uns weiß schon vorher alle Antworten. Warum sollte es für Sie und Patrick zu spät sein? Warum können Sie ihm nicht sagen, was Sie jetzt mir gesagt haben? Was haben Sie zu verlieren?«

»Ich... Er möchte nicht...«

»Woher wissen Sie, was Patrick möchte und was nicht? Mir hat er vorhin nicht den Eindruck eines Menschen gemacht, der entschlossen ist, alle Verbindungen abzubrechen.« Aber vielleicht, dachte Kincaid, hatte Patrick einen Vorteil darin gesehen, die Rolle des reuigen Sohns zu spielen, der zu seiner liebenden Mutter zurückfindet.

»Es ist merkwürdig.« Hannah unterbrach seine unerfreulichen Spekulationen. »Nach allem, was heute geschehen ist, fühle ich mich schrecklich distanziert. Es ist so, als sähe ich alles durch ein Teleskop, aber von der falschen Seite. Klar und fern. Wahrscheinlich wird das nicht andauern. Aber immerhin sehe ich ganz deutlich, daß ich nicht hinter Patrick herlaufen und von ihm erwarten kann, daß er die Leere in meinem Leben füllt.«

Hannahs Stimme war zunehmend schläfriger geworden. Kincaid räumte das Teegeschirr ab, und als er wieder zu ihr zurückkehrte, wurde er sich bewußt, daß er sie doch noch nicht ihrer Ruhe überlassen konnte. Die unausgesprochene Frage lastete wie ein schweres Gewicht auf ihm.

»Hannah, könnte Patrick Sie die Treppe hinuntergestoßen haben?«

Sie brauste nicht auf wie zuvor bei jeder Andeutung, daß Patrick schuld sein könnte, sondern antwortete mit schläfriger Nachdenklichkeit. »Natürlich habe ich mich das auch gefragt. Aber nein, ich glaube es nicht.« Sie hielt inne, um nach den richtigen Worten zu suchen. »In diesem Stoß war eine solche – *Bosheit*. Ich habe es wirklich gespürt.« Sie runzelte in angestrengter Konzentration die Stirn. »Heute habe ich etwas von dem wahren Patrick gesehen, nicht meine idealisierte Version von ihm. Da ist ein gewisser Zorn unter der Oberfläche, eine gewisse Bitterkeit, aber er besitzt auch die Fähigkeit, über sich selbst zu lachen, sich selbst und seine Gefühle mit Distanz zu sehen. Einen derartigen Haß kann ich mir bei ihm nicht vorstellen.« Sie begann wieder zu frösteln. »Ich frage mich sowieso, warum jemand mich so sehr hassen sollte?«

»Was hat er...«

Ein Klopfen an der Tür schnitt seine Frage ab, aber Hannah legte ihm die Hand auf den Arm, als er aufstehen wollte, um die Tür zu öffnen. »Ich werde Ihnen nicht sagen, was er mir über Cassie und Penny erzählt hat. Das müssen Sie ihn schon selbst fragen. Das verstehen Sie doch?«

Kincaid zögerte, dann nickte er. Es hatte keinen Sinn, sie unter Druck zu setzen – er bekam langsam ein Gefühl für ihren Eigensinn. Außerdem verstand er sie tatsächlich.

Anne Percy stand geduldig vor der Tür. Kincaids Herz schlug einen Purzelbaum, und er schalt sich einen Narren.

Auf der Treppe begegnete Kincaid Chief Inspector Nash.

»Ich bin gerade auf dem Weg zu Miss Alcock, um ihre Aussage zu Protokoll zu nehmen.« Nash begrüßte ihn nicht, sprach in jenem höhnischen Ton, auf den Kincaid am liebsten mit einer kindischen Erwiderung geantwortet hätte.

»Dr. Percy ist jetzt bei ihr. Sie scheint nicht allzu schlimm verletzt zu sein.«

»Ach, tatsächlich?« Nashs Stimme triefte vor Sarkasmus. »Na, ist das nicht eine Überraschung?«

»Was wollen Sie damit sagen?« Kincaid hatte Mühe, seinen Zorn zu zügeln.

»Na, ist Ihnen noch nicht der Gedanke gekommen, junger Freund, daß so ein Sturz eine ganz praktische Sache ist? Ganz allein, keine Zeugen, ein kleiner Sturz auf der Treppe.«

»Ich habe sie selbst gefunden. Sie war bewußtlos.«

»Na, sag' ich doch, sehr praktisch, von einem teilnahmsvollen Polizeibeamten gefunden zu werden.« Nash schnalzte mit der Zunge und sagte dann sehr herablassend: »Und Bewußtlosigkeit, Jungchen, kann jeder vortäuschen.« Er ließ seine Lider flattern und stöhnte.

Kincaid schloß die Augen und holte tief Atem. »Haben Sie eine Ahnung, Chief Inspector, warum Miss Alcock es riskieren sollte, sich den Hals zu brechen?«

»Na ja, wenn man die Leute rechts und links umlegt, kann es doch nicht schaden, selbst als Opfer zu erscheinen. Das ist ein alter Trick.«

»Welches Motiv soll sie für den Mord an Sebastian Wade oder Penny MacKenzie haben?«

»Die gleiche Frage könnten Sie bei jedem der anderen stellen. Sagen Sie's mir doch, junger Mann. Sie sind doch derjenige, der mit ihr so gut Freund ist.« Nash grinste, und Kincaid hatte das Gefühl, daß der ganze Wortwechsel zur Farce wurde.

»Es tut mir leid, aber da kann ich Ihnen nicht helfen, Inspector. Da müssen Sie sie schon selbst fragen.«

Kincaid stürmte zur Haustür hinaus, als hoffte er, draußen an der frischen Luft wieder einen klaren Kopf zu bekommen. Selbst in kleinen Dosen genossen, erzeugte Chief Inspector Nash bei ihm das Gefühl, im dicksten Nebel herumzutappen. Er hatte einige Fragen an Patrick Rennie und hatte nicht die geringste Absicht, Nash zur Teilnahme an dem Gespräch aufzufordern und sich von ihm alles vermasseln zu lassen.

Er lief im Garten herum, in dem es allmählich dunkel wurde, und wünschte, er hätte Gemma oder Peter Raskin bei sich, um sich mit ihnen zu besprechen. Die erste Etage von Followdale House war durch Feuerschutztüren in mehrere Abschnitte unterteilt – eine trennte den Teil des Hauses, in dem sich sein Apartment und die Terrassentür befanden, von jenem ab, in dem Hannahs Suite und die Haupttreppe waren; hinter der nächsten befanden sich die Apartments des anderen Flügels. Als er durch die Tür zwischen seinem Apartment und der Treppe getreten war, glaubte er, gehört zu haben, wie sich die Tür auf der anderen Seite geschlossen hatte.

In dem Moment hatte er sich nichts dabei gedacht; doch das hatte sich geändert, als Patrick Rennie Minuten, nachdem er Hannah gefunden hatte, erhitzt und schwer atmend zur Haustür hereingekommen war. Kincaid hatte keine Ahnung, wie lange Hannah auf der Treppe gelegen hatte, aber es war möglich, daß es nur Minuten gewesen waren. Rennie konnte die Hintertreppe hinunter- und um das Haus herum nach vorn gelaufen sein, weil er sehen wollte, welche Wirkung sein Schlag auf Hannah gehabt hatte.

Kincaid kehrte zum Haus zurück. Im Vorsaal zögerte er einen Moment. Wo war Peter Raskin? Hatte inzwischen jemand mit den anderen Gästen gesprochen und ihre Aussagen aufgenommen?

Er stand still und lauschte. Kein Geräusch war zu hören, nichts, was bezeugt hätte, daß Leben und Bewegung im Haus waren. Es erstaunte ihn, daß ein Haus von dieser Größe, in dem fast ein Dutzend Menschen wohnte, so einsam und verlassen wirken konnte. Das angeregte Geplauder der Cocktailstunde am ersten Abend war jetzt beinahe nicht mehr vorstellbar – die Gäste hatten eindeutig den Geschmack an der Gesellschaft ihrer Mitbewohner verloren.

Er ging durch den dunklen Empfangsraum zum Salon, in dem eine einzige Lampe brannte. Ein feines Geräusch aus der Bar veranlaßte Kincaid, zur Tür zu gehen.

Patrick Rennie saß allein an einem Tisch und schob trübsinnig sein Glas auf der polierten Kunststoffplatte hin und her.

»Genau der Mann, den ich gesucht habe«, sagte Kincaid, und Rennie hob mit einem Ruck den Kopf.

»Wie geht es ihr?«

»Dr. Percy ist jetzt bei ihr. Ich glaube nicht, daß sie ernstlich verletzt ist.« Kincaid holte sich am Tresen ein Bier und setzte sich Rennie gegenüber. »Wo sind die anderen alle?«

»Sie haben sich wohl in ihre Zimmer eingeschlossen und warten auf die Katastrophe. Nash hat diesen Constable herumgeschickt, weil er die Leute verhören möchte. Ich weiß nicht, ob er schon alle zusammengetrommelt hat.« Rennie schwieg einen Moment, dann sah er Kincaid an und wechselte das Thema. Es schien ihm wichtig zu sein, das loszuwerden, was ihn bedrückte. »Ich habe mich heute Hannah gegenüber abscheulich benommen. Und jetzt das.« Rennie machte eine vage Handbewegung in Richtung zur Treppe. Er sah Kincaid forschend in die Augen. »Hat sie Ihnen gesagt, wie wir zueinander stehen?«

»Ja.«

»Und hat sie Ihnen auch erzählt, wie idiotisch ich mich heute morgen benommen habe?«

»Sie sagte mir, Sie hätten es ihr übelgenommen, daß sie einfach so in Ihr Leben hineinplatzte«, antwortete Kincaid trocken.

Rennie rieb sich die Stirn. »Was sie das gekostet haben muß... und dann bin ich ungefähr mit dem Feingefühl eines Nilpferdes auf ihr herumgetrampelt.« Seine Augenbrauen hoben sich, als er voll Spott über seine eigene Unzulänglichkeit lächelte. »Ich vermute, es war der Schock. Jahrelang habe ich mir über sie Gedanken gemacht, wer sie wohl sein könnte, was für ein Mensch sie sei, warum sie mich hergegeben hatte – das alles überfiel mich plötzlich von neuem. Glauben Sie, es ist zu spät für einen Neuanfang?«

An der Rolle des Briefkastenonkels fand Kincaid nun überhaupt keinen Geschmack, und in diesem Fall störte es ihn besonders, daß möglicherweise die eine Partei versucht hatte, den vorzeitigen Heimgang der anderen herbeizuführen.

»Das kann ich wirklich nicht sagen.« Er trank einen

Schluck von seinem Bier und fügte dann wie beiläufig hinzu: »Es käme sicher sehr darauf an, wo Sie heute waren, kurz bevor Sie ins Haus kamen.«

Rennie wurde rot. »Lieber Gott, ich war wirklich ein verdammter Idiot. Sie hatten recht mit Cassie. Es hat letztes Jahr angefangen. Marta wußte, daß etwas im Gange war, aber ich habe sie trotzdem überredet, hierherzukommen. Ich dachte, Cassie sei wirklich an mir gelegen. Ich dachte, sie sei es wert, daß ich meine Zukunft für sie riskiere.« Er schüttelte den Kopf wie verdattert über seine eigene Dummheit. »Aber in diesem Urlaub ist sowieso alles schiefgegangen. Heute nachmittag wollte ich mit ihr reden und klare Verhältnisse schaffen. Ich ging zu ihrem Bungalow und wollte gerade klopfen, als ich sah, daß die Tür nur angelehnt war. Na ja, es war die übliche alte Geschichte. Ich frage mich, warum ich so perplex war.« Er lächelte, aber sein Gesicht war immer noch gerötet, und er sah Kincaid nicht in die Augen.

»Kompromittierende Situation?«

»Ziemlich.«

»Und wer war der Glückliche?«

Rennie wandte sich ab. »Graham Frazer.«

17

Kincaid ging im trübe erleuchteten Empfangsraum auf und ab und horchte ein wenig schuldbewußt nach Anne Percys leichtem Schritt auf der Treppe. Er hatte Patrick Rennie allein mit seinem Whisky in der Bar zurückgelassen und wußte jetzt noch weniger, ob der Mann authentisch war oder ein begabter Lügner.

Wenn Cassie seine Geschichte bestätigen sollte, war das dann ein ausreichendes Alibi für ihn? Hannah hatte Kincaid erzählt, daß sie versuchsweise bei ihm geklopft hatte, ehe sie zur Treppe gegangen war. Es sei aber nur ein sehr leichtes Klopfen gewesen, hatte sie gesagt, da sie plötzlich anderen Sinnes geworden sei und beschlossen habe, sich allein mit Nash auseinanderzusetzen. War das vielleicht das Geräusch gewesen, das er gehört hatte, während er mit Gemma telefonierte? Oder war er im fraglichen Moment auf dem Balkon gewesen und hatte überhaupt nichts gehört?

»Es ist alles eine Zeitfrage«, murmelte er vor sich hin. Angenommen, Hannah hatte nur Minuten auf der Treppe gelegen – konnte Patrick beweisen, daß er direkt von Cassies Bungalow gekommen war? Und wie verhielt es sich mit Cassie und Graham? Alibi auf Gegenseitigkeit bei einem narrensicheren Mordversuch? Immer vorausgesetzt natürlich, daß Hannah nicht eine halbe Stunde oder länger bewußtlos dagelegen hatte – dann konnte es jeder von den dreien gewesen sein. Aber weshalb sollte einer von ihnen – oder sonst jemand – Hannah töten wollen?

Und wo waren die anderen in der fraglichen Zeit gewesen?

In einem Anfall zorniger Frustration schlug Kincaid sich mit der Faust in die offene Hand. Nichts hatte er zuwege gebracht. Er, der sich so oft über die unkreative Monotonie der Schreibtischarbeit beklagt hatte, hätte jetzt alles für einen Stapel sauber getippter Protokolle der tüchtigen Gemma gegeben. Chief Inspector Nash war von anfänglich bewußter Ablehnung auf eine hinterhältige Ausweichtaktik umgestiegen; beide Strategien zeitigten dasselbe Resultat – Kincaid hatte keinerlei Fakten.

Eine Bewegung in dem schattig düsteren Raum, ein Luftzug vielleicht, veranlaßte Kincaid, sich nach der Tür zum Salon umzudrehen. Im dämmrigen Licht glaubte er flüchtig Sebastian Wade zu sehen, wie er ihn an jenem Spätnachmittag gesehen hatte – nonchalant an den Türpfosten gelehnt, die Hände in den Hosentaschen, ein boshaftes Lächeln im Gesicht.

Wie zum Teufel, dachte Kincaid, paßt das alles zusammen?

Rasche Schritte auf der Treppe zogen ihn in den Vorsaal. Anne Percy begegnete seinem fragenden Blick mit einem Lächeln.

»Es geht ihr gut«, sagte sie, die letzten Stufen herunterkommend. »Sie ist natürlich ein bißchen mitgenommen. Am Handgelenk hat sie eine kleine Verstauchung und am Kopf eine ziemlich dicke Beule. Ich habe ihr gesagt, daß sie gesunde Knochen hat.« Erheiterung lag in Annes Lächeln. »Keine Anzeichen von schleichender Osteoporose.« Sie seufzte, streckte sich und sagte in ernsterem Ton: »Sie geben doch auf sie acht, nicht wahr, Duncan? Ich werde den Gedanken nicht los...« Mit gekrauster Stirn hielt sie einen Moment inne. »Wer auch immer sie gestoßen hat, er hätte leicht bleiben können, um dafür zu sorgen, daß sie nie wieder aufsteht.«

»Es ist möglich, daß er mich aus meinem Apartment kommen hörte. Was hier passiert ist, hat sich im Grunde ähnlich abgespielt wie bei Sebastian und Penny. Der Täter sah eine Gelegenheit und packte sie kurzerhand beim Schopf. Das Risiko war praktisch gleich Null. Hätte er sich allerdings auf der Treppe über Hannah gebeugt, so wäre das nicht ganz so risikolos gewesen.«

Anne schauderte. »Ein schlechter Gedanke.«

»Ja, ich weiß. Ich habe ihr gesagt, sie soll ihr Apartment absperren und nicht weggehen, ohne mir Bescheid zu sagen. Worauf sie erklärte, sie brauche keinen Babysitter«, fügte er mit einer gewissen Gereiztheit hinzu. »Sie war ganz fügsam und vernünftig, bis sie anfing sich zu erholen.«

»Jetzt ist Chief Inspector Nash bei ihr. Beruhigend wird das sicher nicht auf sie wirken.«

»Nein. Aber es ist gut, wenn sie es hinter sich bringt. Dann wird er sie hoffentlich in Ruhe lassen.« Kincaid musterte Anne beifällig. Unter einem gelben Lackmantel trug sie fuchsienfarbene Leggins und dazu ein passendes langes Oberteil mit breiten Streifen. Mit Kincaids Bild von einer Landärztin hatte sie absolut nichts gemein.

»Was ist denn so lustig?« fragte Anne, als sie das breite Lächeln auf seinem Gesicht sah.

»Ich dachte gerade an unseren ruppigen alten Hausarzt, der uns verarztet hat, als wir klein waren.«

Sie blickte an sich hinunter und lachte. »Na ja, die Zeiten ändern sich eben. Gott sei Dank.« Ihr Blick ging zu ihrer Uhr. »Aber manches andere scheint sich nie zu ändern. Ich bin schon wieder zu spät dran. Die Mädchen warten auf ihr Abendessen. Ich muß mich beeilen, tut mir leid.«

Er war plötzlich verlegen, als sei er daran schuld, daß sie ihre Pflichten vergessen hatte, doch er sagte recht ruhig: »Ja. Kommen Sie, ich bringe Sie hinaus.«

Ihr gelber Mantel raschelte und quietschte, als sie hinausgingen, und einmal streifte ihr Arm leicht den Kincaids. Als sie den Wagen erreichten, öffnete sie die Tür und warf ihr Köfferchen hinein. Dann drehte sie sich nach Kincaid um. Er stand ihr nahe genug, um den Lavendelduft wahrzunehmen, der von ihr ausging – ein sauberer, angenehmer Duft –, und er suchte nach einem Wort, das sie vielleicht doch noch einen Moment zurückhalten würde. »Vielen Dank. Das war alles ziemlich scheußlich für Sie, denke ich mir.«

Anne lächelte. »Oh, der Tod ist mir vertraut. Die Umstände waren hier anders. Aber morgen ist der Amtsarzt sowieso aus dem Urlaub zurück, dann habe ich keinen Notdienst mehr.«

»Tut mir leid«, sagte Kincaid in das Schweigen hinein, das zwischen ihnen hing.

»Ja, mir tut es auch leid«, antwortete Anne Percy, als sie in ihren Wagen stieg. Kincaid sah ihr nach, als sie davonfuhr, und wußte nicht, was sie beide eigentlich gemeint hatten.

Am selben Abend fuhr Gemma in nördlicher Richtung die Banbury Road hinauf. Große, stattliche Häuser flankierten die Straße zu beiden Seiten, warm und einladend im Glanz ihrer erleuchteten Fenster. Das herbstlich gefärbte Laub der alten Bäume in den Gärten wirkte wie ausgebleicht im schwindenden Licht.

Sie war nie zuvor in Oxford gewesen – nie hatte ein Fall sie hierher geführt, und es war ganz sicher kein Ort, den ihre Eltern für einen Urlaubsaufenthalt gewählt hätten. Ihre Eltern fuhren, soweit sie zurückdenken konnte, jedes Jahr zur gleichen Zeit für zwei Wochen in dasselbe Dorf in Cornwall – ein hübscher, zuverlässiger Ort und nicht im mindesten abenteuerlich.

Sehr zu ihrer Überraschung war Gemma bezaubert von der Stadt. Nachdem sie sich durch die Vermittlung der Haushälterin einen Abendtermin bei Miles Sterrett gesichert hatte, blieben ihr mehrere Stunden freie Zeit, die sie dazu nutzte, die Stadt zu erforschen. Vom Cornmarket bis zum Magdalen College hinunter und zum Fluß lockten die stillen, grünen Innenhöfe der Colleges.

Sie ging langsam, den Kragen ihrer marineblauen Jacke gegen den Wind hochgeschlagen, und als sie die Brücke über den Cherwell erreichte, stützte sie die Ellbogen auf die Brüstung und sah den Booten zu, die leicht wie Wasserflöhe über das Wasser huschten.

Ein Universitätsstudium hatte so weit außerhalb ihrer Möglichkeiten gelegen, daß sie andere nie um dieses Privileg beneidet hatte, aber jetzt plötzlich verspürte sie eine flüchtige Trauer um eine verpaßte Gelegenheit. Kincaid hatte ihr einmal bei einem Bier nach der Arbeit erzählt, daß er die Möglichkeit gehabt hätte, mit einem Polizeistipendium zu studieren, aber er hatte sich nie beworben. »Verspätete Rebellion, vermute ich«, hatte er gesagt und dabei leicht spöttisch eine Augenbraue hochgezogen. »Das wäre den Wünschen und Erwartungen meiner Eltern zu sehr entgegengekommen. Jetzt finde ich es ziemlich albern, daß ich die Chance damals nicht genutzt habe.«

Oxford, dachte Gemma, als sie in die Seitenstraße einbog, die sie am Nachmittag übersehen hatte, wäre für Kincaid das Richtige gewesen.

Die Julia Sterrett Klinik sah genau so aus, wie der Name vermuten ließ – ein großes Privathaus in einer ruhigen Seitenstraße der Banbury Road. Auskunft über das wahre Wesen des Hauses gab lediglich ein diskretes Schild, das in den Backstein neben der Haustür eingelassen war. Gemma läutete und wartete, und nach einem Moment hörte sie schwerfällige Schritte und das Geräusch der Riegel, die zurückgezogen wurden.

»Sie sind sehr pünktlich, Miss«, sagte die Haushälterin, als sie die Tür öffnete.

Gemma war die rundliche kleine Haushälterin weit sympathischer als der Drachen von Sekretärin, mit dem sie es am Nachmittag zu tun gehabt hatte.

»Guten Abend, Mrs. Milton. Paßt es jetzt?«

»Oh, ja, ich führe Sie gleich hinauf.«

Mrs. Milton stapfte keuchend und mit rotem Kopf die Treppe hinauf, und Gemma folgte ihr mit etwas schlechtem Gewissen. Wenn sie zurückschaute, konnte sie rechts von der Haustür das Empfangsbüro sehen, und sie wußte von ihrem Besuch am Nachmittag, daß die eigentliche Klinik Erdgeschoß und erste Etage des Hauses einnahm, während im obersten Stockwerk Miles Sterrett seine Privaträume eingerichtet hatte.

Oben angekommen, klopfte Mrs. Milton an eine Tür, winkte Gemma einzutreten und zog die Tür dann energisch hinter ihr zu. Gemma stand allein auf der Schwelle und fühlte sich ein wenig wie Daniel in der Löwengrube. Nach den grimmigen Versuchen der Sekretärin, sie abzuwimmeln, hatte Gemma einen alten Herrn erwartet, bettlägerig vielleicht, oder im Rollstuhl an ein Krankenzimmer gefesselt.

Sie befand sich in einem Arbeitszimmer mit Bücherwänden, ledernen Klubsesseln, einem leuchtenden Orientteppich unter ihren Füßen und einem offenen Kamin, in dem ein helles Feuer brannte. Miles Sterrett saß an einem eleganten Schreibtisch, den Kopf über einige Papiere gebeugt. Er sah auf und lächelte, stand auf und kam durch das Zimmer auf sie zu, um sie zu begrüßen.

»Sergeant James.«

»Guten Abend, Mr. Sterrett.« Gemma mußte aufblikken, als sie ihm die Hand gab. Er war groß und schlank, mit einem schmalen Gesicht und feinem Haar, das im Feuerschein eher gelblich wirkte als grau. Er trug einen blaßgelben Pullover und eine dunkle Hose. Nur die dunklen Schatten unter seinen Augen und eine leichte Verzögerung seiner Bewegungen verrieten seine Krankheit.

»Kommen Sie, setzen Sie sich. Mrs. Milton hat uns Kaffee gemacht.« Er wies sie zu einem von zwei Sesseln am Feuer und nahm in dem anderen Platz. Auf einem niedrigen Tisch zwischen ihnen stand ein Tablett mit Tassen und einer Wärmekanne. Als Miles Sterrett nach ihrer Tasse griff, sah Gemma das leichte Zittern seiner Hand.

»Soll ich einschenken?«

Miles Sterrett lehnte sich zurück und legte die Hände auf seinen Knien übereinander. »Danke.« Er nahm seine Tasse und wartete, bis Gemma sich selbst eingegossen hatte, ehe er sprach. »So, und jetzt verraten Sie mir erst einmal, Sergeant, worum es sich eigentlich handelt. Mrs. Milton hat mir versichert, daß es Miss Alcock gut geht?«

Die letzten Worte endeten im Ton einer Frage, und Gemma hatte den Eindruck, daß sich hinter Sterretts höflicher Zurückhaltung echte Beunruhigung verbarg.

»Ja, Miss Alcock geht es gut, Sir. Aber in der letzten Woche sind im Followdale House zwei Personen unter verdächtigen Umständen gestorben, und wir sind selbstverständlich um die Sicherheit der anderen Gäste besorgt.«

»Sie wollen doch nicht sagen, daß Hannah…«

»Nein, nein, aber je eher wir die Sache klären können, desto beruhigender ist es für alle Beteiligten.« Gemma trank einen Schluck Kaffee. »Wissen Sie, ob Miss Alcock Verbindungen irgendeiner Art zu Sebastian Wade oder Penny MacKenzie hatte?«

Er schüttelte den Kopf. »Ich kann mich nicht erinnern, daß sie je eine der beiden Personen erwähnt hätte.«

»Hat sie früher schon einmal in diesem *timesharing*-Hotel Urlaub gemacht? Hat sie zu Ihnen etwas darüber gesagt, weshalb sie sich für dieses Hotel entschieden hat?«

Sterrett griff nach seiner Tasse, und Gemma fiel auf, daß er nur daraus trank, und sie dann sogleich wieder abstellte. »Sie hat eigentlich kaum etwas darüber gesagt. Ich fand das ziemlich seltsam, weil Hannah und ich schon seit Jahren befreundet sind.« Er lächelte, und das Lächeln milderte die Strenge seines Gesichts. »Hannah kam vor fast fünfzehn Jahren zu mir – mit den besten Empfehlungen von einer Forschungsabteilung der Universität. Ich bin kein Wissenschaftler, und der Erfolg unserer Arbeit hier«, er machte eine kurze, umfassende Geste, »ist in erster Linie Hannahs Brillanz und hartnäckiger Ausdauer zu verdanken. Sergeant...« Er brach ab und sah Gemma mit gerunzelter Stirn an. »Sie sind eine zu schöne junge Frau, um ›Sergeant‹ genannt zu werden, finde ich. Kann ich Sie nicht ›Miss‹ oder ›Mistress‹ nennen, oder meinetwegen auch ›Madam‹, obwohl ich das auch ziemlich scheußlich finde?«

Gemma, die bei anerkennenden Pfiffen auf der Straße nicht einmal mit der Wimper zuckte, spürte, wie sie bei diesem Kompliment rot wurde. Sie mußte zugeben, daß es auch reichlich chauvinistisch war, aber sie brachte es nicht fertig, daran Anstoß zu nehmen. »Na gut, dann nennen Sie mich ›Mistress‹, wenn Sie möchten.«

»Einverstanden, Mrs. James. Wenn Sie von mir ein Leumundszeugnis über Hannah haben möchten, kann ich nur sagen, daß ich über sie und ihre Vergangenheit nichts weiß, was auch nur im geringsten fragwürdig wäre. Für mich ist sie eine Freundin, die mir nähersteht als jeder Verwandte, und ich würde für sie jederzeit die Hand ins Feuer legen. Ganz gewiß ist sie nicht fähig, einen Menschen zu töten.« Seine Hände zuckten, während er sprach.

»Mr. Sterrett, ich glaube nicht, daß die Untersuchungsbeamten diese Möglichkeit ernsthaft in Betracht ziehen, aber wir müssen diese Nachforschungen nun einmal anstellen. Das werden Sie sicher verstehen.« Gemma wechselte das Thema, um ihm Gelegenheit zu geben, sich zu beruhigen. »Trägt die Klinik den Namen eines Ihrer Familienangehörigen, Mr. Sterrett?«

»Den meiner Frau. Sie ist vor nahezu dreißig Jahren an der Creutzfeldt-Jakob-Krankheit gestorben. Damals war die Krankheit kaum erforscht, und da ich mein Geld erbte, wollte ich es in eine gute Sache investieren.« Er lächelte sie wieder an. »Machen Sie kein so unglückliches Gesicht, Mrs. James. Ich trauere nicht mehr um meine verstorbene Frau. Das ist alles sehr lange her. Wir hatten keine Kinder – und das war vielleicht gut so, wenn man die Geschichte ihrer Familie bedenkt. Ihre einzige Schwester war emotional ausgesprochen labil, und mein Neffe ist ein armseliger Wicht.«

Miles starrte einen Moment lang ins Feuer, dann trank er seinen Kaffee aus und sagte mit einiger Überwindung, wie es Gemma schien: »Es überrascht mich, daß Hannah mich nicht angerufen hat. Ich vermute, sie fürchtete, die Geschichte würde mich beunruhigen. Auf die Idee, daß die Polizei mich aufsuchen könnte, wenn auch in noch so attraktiver Form, ist sie wahrscheinlich gar nicht gekommen.« Sowohl das Lächeln als auch die Schmeichelei wirkten diesmal gezwungen. Gemma hatte den Eindruck, lange genug hiergewesen zu sein.

Sie trank ihren Kaffee aus und stand auf. »Ich habe Sie ermüdet. Das tut mir leid. Ihre Sekretärin würde mich mit Haut und Haaren auffressen, wenn sie das wüßte.«

Sterrett lachte. »Das ist ihre Art der Konkurrenz mit Mrs. Milton. Das geht schon seit Jahren so.« Er stand auf, ließ es sich nicht nehmen, sie hinauszubringen. Auf der Treppe gab er ihr nochmals die Hand. »Sie nehmen es mir nicht übel, wenn ich nicht mit hinunterkomme? Mrs. Milton sperrt Ihnen die Tür auf.«

»Danke, Sir. Es tut mir leid, wenn ich Sie beunruhigt haben sollte.« Es war ein Standardsatz, aber Gemma war es ernst damit.

Sie hatte ein Zimmer in einem kleinen Hotel am Stadtrand reserviert, und nachdem sie ausgepackt und sich eingerichtet hatte, verbrachte sie den Rest des Abends damit, bei Kincaid anzurufen, der sich nicht meldete.

Hannah schlief auf dem Sofa, den Kopf halb unter dem Kissen vergraben, während die Decke zu Boden zu gleiten drohte.

In ihrem Traum ging sie durch die Vorortstraßen ihrer Kindheit. Über ihr blühten die Kirschbäume. Vertraute Stimmen, denen sie keine Namen geben konnte, schallten aus den Gärten, und sie ging schneller. Ihr Haus schien stets um die nächste Ecke zu sein – sie war sicher, sie würde es finden, wenn nur das leise, beharrliche Klopfen aufhören würde.

Das Geräusch nagte an den Rändern ihres Traums und zog sie schließlich in einen Zustand schlaftrunkenen Erwachens hinüber. Stöhnend versuchte sie sich aufzurichten – ihre Muskeln waren steif, und sie hatte heftige Kopfschmerzen. In den Scheiben der Balkontür spiegelte sich ihr Bild. Draußen war es jetzt ganz dunkel, und sie konnte nicht sagen, ob sie Stunden oder Minuten geschlafen hatte. Das Klopfen ging weiter, als sie steifgliedrig zur Tür schlurfte, und sie hörte seine flehende Stimme, noch ehe sie die Tür erreicht hatte. »Hannah, ich bin's, Patrick. Bitte! Ich muß mit Ihnen sprechen.«

Einen Moment zögerte sie, und gleich darauf überkam sie heiße Scham. Sie würde nicht an ihm zweifeln, sie würde nicht ihr Leben von Furcht regieren lassen. Das Gefühl der Demütigung hatte sie draußen auf der Treppe veranlaßt, sich vor ihm zurückzuziehen, aber seitdem hatte sie viel nachgedacht. Mit unsicherer Hand zog sie den Riegel an der Tür auf.

Patrick musterte sie besorgt, ehe er sprach. »Wie fühlen Sie sich?«

»Den Umständen entsprechend, denke ich.« Zerstreut berührte Hannah ihr bandagiertes Handgelenk. »Dr. Percy hat gesagt, morgen würde ich mich wahrscheinlich wie eine Hundertjährige fühlen. Der Prozeß hat schon angefangen.«

Er folgte ihr ins Wohnzimmer und legte, als sie sich setzte, fürsorglich die Decke um sie. Nachdem er sich einen Sessel herangezogen und sich so gesetzt hatte, daß er ihr ins Gesicht sehen konnte, sagte er mit entwaffnender Offenheit: »Duncan Kincaid glaubt, ich könnte Sie die Treppe hinuntergestoßen haben, obwohl er, höflich wie er ist, es nicht direkt gesagt hat.« Patrick lächelte. »Hannah«, das Lächeln verschwand ganz, »glauben Sie, daß ich Sie gestoßen habe?«

Sie schüttelte müde den Kopf. »Nein. Ehrlich nicht.« Zum erstenmal seit er ins Zimmer gekommen war, sah sie ihm in die Augen. Er schien im Lauf eines einzigen Tages zehn Jahre gealtert zu sein. Feine Linien, die sie vorher nicht bemerkt hatte, kräuselten sich rund um seine Augen. Es war fast so, dachte Hannah, als wäre eine Maske von seinem Gesicht gezogen worden, und er säße jetzt mit entblößten Zügen vor ihr.

Er seufzte. »Dann ist es ja gut. Aber ich mache mir Sorgen um Sie – um dich, Hannah. Wenn man nicht weiß, warum etwas geschieht, ist es sehr schwer, ihm ein Ende zu bereiten.«

Hannah antwortete nicht. Sie fühlte sich zu erschöpft, um von neuem ihre Unwissenheit zu beteuern. Nach einer kleinen Weile fuhr Patrick zu sprechen fort.

»Ich war gemein zu dir, heute morgen. Ich weiß selbst nicht, warum. Wahrscheinlich sind in dem Moment zu viele Kinderphantasien über mich hereingebrochen.« Als er ihr verwundertes Gesicht sah, versuchte er zu erklären. »Ach, du weißt schon. Erst habe ich meine Mutter als Camille gesehen«, er hob eine Hand zu seiner Stirn und grinste, »die im Kindbett starb und mich mit ihrem letzten schwachen Atemzug segnete. Später habe ich sie mir warm und weich und liebevoll vorgestellt – eines Tages würde sie mich finden und in den Schoß einer anderen Familie aufnehmen. Die typische Phantasie eines Einzelkindes. Niemals«, er beugte sich vor und lächelte sie wieder an, »habe ich sie mir als erfolgreiche und intelligente Karrierefrau vorgestellt, niemals anregend und attraktiv. Es war ein ganz schöner Schock, das kann ich dir sagen.«

Hannah, die sich plötzlich bewußt wurde, wie sie aussehen mußte, fuhr sich mit den Fingern durchs Haar. »Es tut mir leid«, sagte sie und wußte selbst nicht, ob es ihr leidtat, daß sie ihn so überfallen hatte mit ihrer Enthüllung, oder daß sie nicht seinem Mutterbild entsprach.

»Es tut dir leid? Du lieber Gott, diesem ganzen Kinderkram hätte ich doch längst entwachsen sein müssen. Und ich habe dich nicht einmal nach meinem Vater gefragt.«

Hannah spürte die Verletzlichkeit unter seinem heitergelassenen Gebaren.

»Meinen Eltern habe ich nie gesagt, wer er war, aber du verdienst es, wenigstens etwas zu wissen«, sagte sie widerstrebend. »Er hieß Matthew Carnegie. Eine gute Familie.« Sie verzog ein wenig den Mund. »Wie mein Vater es formuliert hätte. Ich weiß nicht, was aus ihm geworden ist, ich wollte es nicht wissen. Ich wollte ihn nie wiedersehen.« Sie riß die Mauer ein, die sie im Lauf der Jahre hochgezogen hatte, und dachte zurück, versuchte sich zu erinnern, was die sechzehnjährige Hannah damals zu Matthew hingezogen hatte. »Er war blond – das hast du von ihm – und gutaussehend, natürlich noch unfertig, linkisch. Er hat mich zum Lachen gebracht.« Diese Erinnerung überraschte sie. »Und er war sehr sanft.«

Patrick ließ sich einen Moment Zeit, um das zu verarbeiten, und nickte. »Es muß dich eine Menge Mut gekostet haben, deinen Eltern nichts von ihm zu sagen.«

»Mut? Nein, das war reine Sturheit. Und außerdem wußte ich, daß ich die Demütigung nicht ertragen würde, wenn er es erfahren sollte, wenn seine Familie es erfahren sollte.«

Patrick beugte sich wieder vor und sah sie mit brennendem Blick an. »Hannah, glaubst du, wir könnten noch einmal anfangen? Vielleicht nicht so, wie jeder von uns es sich vorgestellt hat – wir waren beide ziemlich unrealistisch –, aber einfach als – Freunde?«

Hannah schloß die Augen, um sich nichts von dem Ansturm plötzlicher Sehnsucht anmerken zu lassen. »Ich habe nie geglaubt, ich könnte deine Mutter verdrängen. Oder überhaupt eine richtige Mutter sein. Ich wollte nur ein Gefühl der Zugehörigkeit – der Verbundenheit.«

Patrick berührte ihre Schulter, ein wenig ungeschickt, als sei er nicht sicher, wie er reagieren sollte. »Ich glaube, es ist am besten, wenn ich dir jetzt erst einmal eine Weile Ruhe lasse, Hannah.« Er stand auf. »Du bist vorsichtig, ja? Ich möchte dich nicht verlieren«, ein Hauch von Ironie schwang in seiner Stimme, »wo ich dich doch gerade erst gefunden habe.«

Kincaid sah, wie vor ihm Patrick Rennie, daß Cassie Whitlakes Tür nur angelehnt war. Er klopfte leicht. Als er von drinnen nichts hörte, stieß er die Tür langsam auf.

Das Wohnzimmer des Bungalows wurde nur von einem Licht im Flur dahinter dämmrig erleuchtet; er brauchte deshalb einen Moment, um sich zu orientieren. Cassies Stimme drang von dem Sessel, der am Feuer stand, zu ihm. Mürrisch und kurz. »Hauen Sie ab.«

Kincaid griff zum Schalter der Tischlampe und zwinkerte im plötzlichen Aufflammen gelben Lichts. Cassie hockte zusammengekauert im Sessel, blaß und mit wirrem Haar, in einen gesteppten Morgenrock gewickelt.

»Sie sollten sich angewöhnen, hinter sich abzuschließen«, sagte Kincaid.

»Das hat jetzt wohl nicht mehr viel Sinn.«

Kincaid ließ sich auf der Armlehne des anderen Sessels nieder. »Sieht aus, als hätten Sie's gründlich verpfuscht, hm?« meinte er in leichtem Ton.

Zorn sprühte in ihren Augen. »Ich? Du lieber Gott.« Sie wandte ihr Gesicht ab, und er sah den roten Striemen auf ihrer Wange. »Das Schwein hat mich geschlagen.«

»Wer? Graham Frazer?«

»Natürlich. Patrick spielte die beleidigte Leberwurst und stolzierte gekränkt hinaus, aber nicht ohne Graham die Situation genauestens auseinandergesetzt zu haben. Und wer hat Sie in die schmutzigen Details eingeweiht?«

»Patrick.«

»O Gott.« Sie begann zu weinen. »Es ist alles aus.«

»Keine Aussicht mehr auf Downing Street Nummer zehn?«

»Sie...« begann Cassie, aber dann brach sie ab, zu verzweifelt sogar, um ihn zu beschimpfen.

»Aber es war doch eigentlich klar, daß das passieren mußte«, sagte Kincaid etwas teilnahmsvoller. »Sie haben ein riskantes Spiel gespielt.«

Cassie wischte sich mit dem Handrücken die Tränen aus dem Gesicht. »Ich hatte keine Ahnung, daß Graham so schwer abzuschütteln sein würde.« Sie schniefte. »Es fing als nettes kleines Abenteuer an. Bevor ich Patrick kennengelernt hatte. Aber je mehr ich versuchte, auf Distanz zu gehen, desto aufdringlicher wurde Graham. Und mit der Zeit hatte ich Angst davor, Schluß zu machen – Angst vor seiner Reaktion, genauer gesagt.«

»Hat er Ihnen denn gedroht?«

Cassie zuckte die Achseln. »Nicht direkt. Aber er gab immer diese kleinen Kommentare – was denn wohl passieren würde, wenn die Geschäftsleitung erfahren sollte, daß ich mit den Eigentümern schlief? So in der Art. Ich konnte das auf die Dauer nicht aushalten. Eine Zeitlang konnte ich zwischen den beiden lavieren. Aber dann tauschte Graham seine Woche – er wollte nicht bis zu den Schulferien warten. Angela ist ja im Moment sowieso nicht in der Schule, und er wollte mich unbedingt sehen.«

»Er hatte wohl Glück«, meinte Kincaid, »daß er eine Woche in den Schulferien bekommen hatte?«

»Glück?« Cassie schien verwundert. »Er hätte so ziemlich jeden Zeitraum haben können, den er wollte – außerdem hätte er jederzeit tauschen können. Es gibt immer Leute, die bereit sind umzusteigen. Warum«, sie sah ihn mit inständig flehendem Blick an, »mußte er sich ausgerechnet diese Woche aussuchen?« Es schien sich um eine rein rhetorische Frage zu handeln.

Sie gefiel ihm besser so, ohne diesen amerikanischen Schliff vollendeter Gepflegtheit, ledig ihrer leicht spöttisch-überheblichen Art. Er vermutete, daß sie auch im Bett diese harte Seite ablegte und gerade der Kontrast sie für Patrick Rennie und Graham Frazer so anziehend gemacht hatte.

»Was ist denn nun passiert heute?« fragte er, seine Spekulationen beiseite schiebend.

Cassie schluckte und schob sich eine Strähne ihres zerzausten Haars hinters Ohr. »Graham war wütend. Ich habe ihn noch nie so erlebt. Er fühlte sich von mir zum Narren gehalten. Er sagte, ich hätte ihn nur benutzt.« Sie sah Kincaid an. »Ich war heute nicht gerade die willfährige Geliebte. Aber das konnte Patrick natürlich nicht wissen.«

»Nein. Und dann – nachdem Patrick gegangen war?«

Cassie berührte mit einem Finger ihre Wange. »Ich kann von Glück sagen, daß ich so glimpflich davongekommen bin. Ich glaube, jetzt ist es endlich aus.«

»Um welche Zeit heute nachmittag hat sich das alles abgespielt?«

»Woher zum Teufel soll ich das wissen?« brauste Cassie auf. »Rund um mich herum bricht alles zusammen, und Sie erwarten, daß ich auf die Zeit achte?«

»Es könnte unter Umständen sehr wichtig sein zu wissen, was jeder von Ihnen drei tat, als jemand auf den Gedanken kam, Hannah Alcock die Treppe hinunterzustoßen. Hat denn niemand danach gefragt?«

»Doch, der Constable war hier – der aussieht wie ein preisgekröntes Rindvieh.« Feindseligkeit schärfte ihre Stimme, und Kincaid erinnerte sich, wie schwer Constable Trumble es am Morgen nach Sebastians Tod mit ihr gehabt hatte. »Ich habe gesagt, ich könnte mich nicht erinnern.«

Kincaid ließ nicht locker. »Denken Sie nach. Was haben Sie getan, bevor Graham kam?«

Cassie kaute nachdenklich auf ihrem Daumennagel. »Ich habe gearbeitet. Im Haus war es so still wie in einem Grab, und mir fing an, unheimlich zu werden. Dann kreuzte Angela auf und schnüffelte ein bißchen herum...«

»Was wollte sie?« fragte Kincaid neugierig. Er konnte sich nicht vorstellen, daß Angela Cassie freiwillig aufsuchen würde.

»Soweit ich mich entsinne, hat sie keinen Ton gesagt«, fauchte Cassie. »Sie ist nur herumgelaufen und hat alle meine Sachen angetatscht. Dieses Mädchen hat was Grusliges, und heute war sie mal wieder in voller Vampirmontur. Als ich sie gefragt habe, was sie wolle, sagte sie ›nichts‹ und ging. Na, danach hatte ich restlos genug. Ich bin hierher gegangen, um mir eine Tasse Kaffee zu machen.« Sie schwieg, um zu überlegen. »Es muß nach drei gewesen sein – ich hatte bis spätestens um drei einen Anruf erwartet. Als er nicht kam, habe ich den Anrufbeantworter eingeschaltet.«

»Und Graham?« Kincaid wartete mit geschärfter Aufmerksamkeit. Gemma hatte ihn etwa um Viertel nach drei angerufen. Nach Beendigung des Gesprächs war er hinuntergegangen, hatte Hannah gefunden und hatte erst danach gedacht, auf seine Uhr zu schauen, als Patrick durch die Haustür hereingestürmt war. Es war zwanzig vor vier gewesen.

»Ich weiß nicht. Ich hatte mir einen Kaffee gemacht und war auf dem Klo gewesen.«

»Und wie lange war Graham schon da, als Patrick kam?«

»Lange genug«, antwortete Cassie mit einer gewissen Bitterkeit, »um einen Ringkampf anzufangen und mir die Hälfte meiner Kleider vom Leib zu reißen.«

»Und Sie wissen nicht zufällig«, fragte Kincaid hoffnungsvoll, »um welche Zeit Patrick wieder weggegangen ist?«

Cassie richtete sich auf und warf ihm einen wütenden Blick zu. »Seien Sie doch nicht so verdammt blöd.«

Als Kincaid aus Cassies Bungalow kam, sah er Eddie Lyle über den Parkplatz zur Haustür eilen. »Na, dem pressiert's aber«, brummelte er vor sich hin und grinste. »Lyle!«

Eddie Lyle drehte sich um und wartete, bis Kincaid ihn eingeholt hatte. Seine Brillengläser blinkten im Licht des Portals.

»Hat Sie heute nachmittag jemand vernommen?« fragte Kincaid im Konversationston, als sie auf gleicher Höhe waren.

»Ja, ja, natürlich«, antwortete Lyle auf seine pingelige, leicht nörgelnde Art. »Ich war gerade von meiner Wanderung zurückgekommen, als ich von dem Sturz der armen Miss Alcock auf der Treppe hörte.« Er schüttelte den Kopf, und Kincaid war nicht sicher, ob er über Hannahs

Unfall entrüstet war oder über die nachmittägliche Belästigung.

»Sie waren wandern?«

»Ja, ich war oben auf dem Sutton Bank. Ein herrlicher Tag.« Lyle begleitete seine Worte mit einer vagen Geste. »Janet hatte sich nach dem Mittagessen hingelegt, und ich wollte ihr ein bißchen Ruhe gönnen. Sie hatte sich in letzter Zeit nicht wohl gefühlt, wissen Sie«, fügte er in vertraulichem Ton hinzu. »Seit Mutters Tod hat sie immer wieder diese Anfälle von Müdigkeit. Und jetzt, da hier all diese gräßlichen Dinge passieren, ist sie völlig erschöpft.«

»Ja, das kann ich verstehen.« Kincaid nickte teilnahmsvoll, überzeugt, daß ein Zusammenleben mit Edward jeden erschöpfen würde.

»Aber ich habe Janet gesagt, daß wir bis zum Ende unserer Woche am Samstag bleiben.« Lyle stach mit dem Zeigefinger in die Luft, um seinen Worten Nachdruck zu verleihen. »Chief Inspector Nash hätte zwar sicher nichts dagegen, wenn wir vorher abreisen würden, aber wenn ich für etwas bezahlt habe, möchte ich auch den vollen Gegenwert haben. So«, sagte er mit einem Blick auf seine Uhr, »und jetzt muß ich gehen. Meine Frau hat sicher schon das Essen fertig, und ich mag es nicht, wenn es kalt ist.« Er winkte Kincaid herablassend zu und eilte geschäftig die Treppe hinauf.

18

Sie konnte nicht weg sein.

Kincaids plötzlich schweißnasse Hand rutschte am Türknauf ab, als er Hannahs Apartment zu öffnen versuchte.

Die Tür war abgeschlossen. Er trat zurück und sah vom Fenster des Treppenvorplatzes aus zum Parkplatz hinunter. Das knallige Rot seines Midget stach ihm blitzend ins Auge; der Platz neben dem MG, an dem Hannahs grüner Citroën gestanden hatte, war leer.

Sein Magen krampfte sich zusammen, und gleichzeitig sagte er sich, er solle sich nicht so anstellen. Kein Grund zur Panik – sie war wahrscheinlich nur irgendwo hingefahren, um sich Kaffee oder eine Zeitung zu holen. Aber keine vernünftige, rationale Erklärung vermochte die Angst zu mildern, die ihn quälte.

Den halben Vormittag hatte er damit vertan, in seinem Apartment hin- und herzulaufen und auf einen Anruf von Gemma zu warten, immer in dem Glauben, Hannah säße sicher und geborgen in ihrer Suite.

Er hätte es besser wissen müssen. Hannah Alcock hatte zu lange ihr eigenes Leben geführt, um sich plötzlich an die Weisungen anderer zu halten. Kincaid starrte zum Parkplatz hinunter und fragte sich, was sie an diesem Morgen aus dem Haus getrieben hatte.

Die Tür zum gegenüberliegenden Flügel öffnete sich mit Schwung. Kincaid drehte sich herum. Angela Frazer kam zur Tür herein und blieb stehen, den Blick scharf auf ihn gerichtet. Cassie hatte die Wahrheit gesagt. Von der normalen Fünfzehnjährigen war nichts zu sehen; alles war unter der Punk-Vampir-Tarnung versteckt. Gesicht und Lippen leuchteten weiß, die Augen waren dunkel umrandet wie die einer Kleopatra, das Haar stand in gelsteifen Stacheln vom Kopf ab.

Kein schlechter Abwehrmechanismus, dachte er. Sie sah in der Tat absolut unzugänglich aus. Aber was, fragte er sich, hatte Angela Frazer wieder hinter ihre Maske getrieben? Er schob seine Sorge um Hannah für den Augenblick beiseite und konzentrierte sich auf Angela. Unter ihrem Blick kam er sich vor wie eine Fliege unter dem Mikroskop. Er schob eine Hüfte auf das Fensterbrett und verschränkte die Arme. »Wo hast du dich denn versteckt gehalten?« fragte er, bemüht, die frühere Vertrautheit wiederherzustellen.

Keine Antwort. Es überraschte ihn nicht. Seine Worte hatten sogar in seinen eigenen Ohren gönnerhaft und künstlich heiter geklungen. Er versuchte es mit einer direkteren Taktik. »Womit habe ich dein Anschweigen verdient?«

Der Blick der dunklen Augen ließ ihn los, als Angela den Kopf senkte und an der Wand entlang auf ihn zuging, wobei sie mit einem Finger die Abschlußleiste der Täfelung entlangfuhr, als wolle sie prüfen, ob sie staubig sei. Knapp außerhalb seiner Reichweite blieb sie stehen und hob wieder den Kopf, um ihn anzusehen. »Mit gar nichts.«

»Mit gar nichts? Aber Angela, dich bedrückt doch etwas. Zwei Tage lang läßt du dich nicht blicken, und jetzt, wo du endlich wieder auf der Bildfläche erscheinst, siehst du aus wie Frankensteins Braut. Was ist passiert?«

Angelas Blick wanderte über ihre mit Silberknöpfen besetzte schwarze Jeansjacke und den Minirock aus Leder. Die Knie unter dem Saum des schwarzen Rocks waren blaß und rundlich – Kinderknie, nicht einmal die Grübchen fehlten.

Man hätte sie in den Arm nehmen oder übers Knie legen müssen – beides hätte wahrscheinlich gewirkt, beides konnte Kincaid sich nicht erlauben. Er konnte nur warten.

»Vorher haben Sie mich Angie genannt.«

»Richtig. Ich dachte, wir wären Freunde.«

Bei diesen Worten hob sie mit einem Ruck den Kopf und sagte trotzig: »Sie haben überhaupt nichts getan. Dabei haben Sie's versprochen. Allen ist es egal, was Sebastian passiert ist. Ich mein' ja nicht«, ergänzte sie, sich plötzlich in den Mittelstandskonventionen verfangend, nach denen sie erzogen worden war, »daß mir die arme Miss MacKenzie und Miss Alcock nicht leid tun, aber Sebastian war...«

»Natürlich. Ich weiß. Es ist ganz richtig, daß du so empfindest.« Ganz gleich, was für Fehler Sebastian gehabt hatte, er hatte Angelas Loyalität verdient. Kincaid nutzte den Moment der Weichheit und faßte das Mädchen bei der Schulter. »Ich habe mich bemüht, Angie. Ich bemühe mich immer noch.«

Angelas Gesicht verzog sich, und plötzlich lag sie schluchzend an seiner Schulter, die Arme fest um seine Taille geschlossen. Kincaid brummte beruhigend und strich ihr über den Hinterkopf, wo das unbehandelte Haar sich so weich und fein anfühlte wie Flaum. Er wünschte, er hätte ihr ihren Kummer abnehmen können.

Nach einer Weile ließ das Schluchzen nach. Sie trat von ihm weg und wischte sich mit der Hand über die Augen. Kincaid, der nicht das blütenweiße Taschentuch besaß, das die Situation eigentlich erforderte, kramte ein zerknittertes Papiertaschentuch aus seiner Hosentasche. »Hier. Es ist relativ sauber.«

Angela wandte ihm den Rücken zu und schneuzte sich. Dann sagte sie leise und giftig: »*Sie* hat ihn dazu gezwungen.«

Kincaid hatte den Eindruck, ein Stichwort verpaßt zu haben. »Wer hat wen wozu gezwungen?«

»Tun Sie doch nicht so.« Angela schniefte. »Sie wissen schon.«

»Nein, ich weiß es wirklich nicht. Sag es mir.« Er horchte auf. Seine Stimme jedoch zeigte nur freundliches Interesse – ein falscher Ton, eine falsche Geste konnten Angela veranlassen, sich wieder zurückzuziehen.

Sie zögerte, zog den Reißverschluß an ihrer Jacke auf und zu. »An dem Abend, an dem Sebastian ... er hat gesagt, er wäre nicht weg gewesen, aber er ist weggegangen. Ich hab's genau gehört.«

»Dein Vater?«

Sie nickte. »Und an dem Morgen, an dem Miss MacKenzie gestorben ist, bin ich aufgestanden, und er war nicht da. Er hat gesagt, er sei die ganze Zeit dagewesen.«

Kincaid hakte vorsichtig nach. »Angie, was glaubst du denn, daß dein Vater getan hat?«

»Ich weiß es nicht.« Ihre Stimme hob sich klagend. »Aber wenn er was getan hat, dann hat sie ihn dazu gebracht.«

»Cassie?« fragte Kincaid, der Antwort sicher.

Angela nickte.

»Warum glaubst du das?«

»Die treffen sich doch dauernd, und dann flüstern sie miteinander. Sie denken, ich merke es nicht.« Kincaid hörte die Genugtuung hinter dem Tadel. »Und immer wenn ich reinkomme, hören sie auf zu reden und rücken auseinander. Mit so einem Blick. Sie wissen schon.«

»Aber etwas Bestimmtes hast du nicht gehört?«

Angela schüttelte den Kopf und trat ein paar Schritte zurück. Vielleicht gewann ihr Instinkt, ihren Vater zu schützen, nun doch die Oberhand über ihren Wunsch, ihn anzuschwärzen.

»Es könnte doch etwas ganz Harmloses sein, meinst du nicht? Vielleicht siehst du das alles ein bißchen übersteigert.« Kincaid sprach in leichtem Ton, ein klein wenig spöttisch, um sie zu reizen.

»Ich hab' gehört, wie er zu ihr gesagt hat, daß er es meiner Mutter schon zeigen würde«, gab Angela heftig, über seinen Spott verärgert, zurück. »Daß es ihr noch leid tun würde und allen anderen auch, die ihm Knüppel zwischen die Beine schmeißen wollten. Was ist, wenn...« Angela brach mit erschrockenem Blick ab. Sie war weiter gegangen, als sie vorgehabt hatte. »Ich muß gehen.«

»Angie!«

»Bis später.« Sie schlüpfte durch die Tür hinaus, und eine Sekunde später hörte er ihren leichten Schritt auf der Haupttreppe.

Er starrte auf die Tür, die leise seufzend hinter ihr zufiel. Der gute Graham hatte vielleicht heimliche Nötigung betrieben. Andererseits, was war, wenn... Wenn man über diesen Burschen doch etwas Handfestes in Erfahrung bringen könnte, nicht nur Gerüchte und Beschuldigungen aus zweiter Hand. Graham Frazer war so glitschig wie ein Eiswürfel. Und ebenso kalt.

Am Kopf der Treppe lief ihm Maureen Hunsinger in die Arme. Ihr rundes Gesicht glänzte wie ein polierter Apfel, ihr kauses Haar war feucht, als käme sie direkt aus dem Bad.

»Ich wollte gerade zu Ihnen«, sagte sie strahlend. Dann wurde ihr Gesicht ernst. »Ich wollte mich von Ihnen verabschieden.«

»Sie reisen ab?« fragte Kincaid.

Maureen nickte. »Chief Inspector Nash hat uns die Erlaubnis gegeben.« Es klang beinahe wie eine Entschuldigung. »Das war für die Kinder alles zuviel. Wozu es noch hinausziehen? Außerdem...«, sie wandte sich ab, und Kincaid glaubte, Verlegenheit zu entdecken, »nach dem, was Hannah gestern passiert ist, kann man ja... ich meine, es könnte doch jeden erwischen, nicht wahr? Wir haben Angst, die Kinder aus den Augen zu lassen. Es ist einfach zu beunruhigend.« Maureen seufzte und strich sich eine Haarsträhne aus dem Gesicht. Kincaid merkte, daß es ihm leid tat, ihre robuste Lebensfreude so gedämpft zu erleben.

»Sie haben sicher recht«, tröstete er sie. »Ich würde genauso handeln.«

»Ja? Wir wollen unsere Woche hier vielleicht verkaufen oder gegen einen anderen Ort eintauschen. Ich glaube nicht, daß ich mich hier je wieder richtig wohl fühlen kann. Haben Sie...«

»Nein. Nichts Eindeutiges.« Kincaid beantwortete die Frage, die sie nicht formuliert hatte, und stellte die, welche ihm zu schaffen machte. »Haben Sie Hannah heute morgen schon gesehen, Maureen?«

»Ja, aber ich habe nicht mit ihr gesprochen.«

»W...«

»Wir haben gerade die erste Ladung zum Auto runtergetragen. Es war bestimmt vor mindestens einer Stunde. Sie wissen vielleicht, wie das ist, wenn man mit Kindern reist – man fragt sich, wie man das viele Zeug überhaupt ins Auto gebracht hat...«

»Maureen.« Kincaid versuchte, sie wieder zum Thema zurückzubringen.

»Na ja, also ich kam gerade aus dem Haus, als sie wegfuhr. Sie hat mir zugewinkt. Und ich habe zurückgewinkt, nur hatte ich die Arme leider voller Lego.« Sie lächelte. »Emma hat mir dann geholfen, sie wieder einzusammeln.«

»Emma?«

»Sie kam gerade herein, als ich hinausging. Vielleicht hat sie mit Hannah gesprochen.«

»Danke, Maureen. Ich werde sehen, ob ich sie finden kann.« Kincaid lächelte ihr liebevoll zu. »Viel Glück.«

Er hatte schon einen Schritt zur Treppe gemacht, als Maureen ihn an der Schulter faßte und zurückhielt. »Passen Sie auf sich auf«, sagte sie leise. Dann hob sie sich auf die Zehenspitzen und küßte ihn mit warmem Druck ihrer Lippen auf die Wange.

Er fühlte sich auf merkwürdige Weise getröstet.

Emma fand ihn, bevor er sie fand. Jeder, dachte Kincaid, schien ihn an diesem Morgen zu suchen, nur die nicht, die er am dringendsten finden wollte.

Sie trafen sich im Vorsaal. Emma nickte ihm mit kurzer, scharfer Kopfbewegung zu, als sei er auf ihren Befehl erschienen. Das Nicken jedoch schien nur ein letztes Relikt ihrer barschen Unverwüstlichkeit zu sein. Sie sah erschöpft aus und irgendwie so – Kincaid suchte nach dem rechten Wort –, als sei sie aus dem Leim gegangen. Ihr Rücken war krumm, wie er ihn nie gesehen hatte, und selbst das eisengraue Haar hing schlaff und strähnig herab.

»Gehen wir hinaus, ja?« Ihre Stimme hatte, wie er erleichtert feststellte, nichts von ihrer Kraft eingebüßt.

Emma führte ihn auf die Veranda hinaus und hob ihr Gesicht einen Moment der Sonne entgegen. »Yorkshire hat beschlossen, uns noch einen schönen Herbsttag zu gönnen, ehe wir abreisen. Für morgen ist Regen angesagt.

Wußten Sie«, sagte sie, sich ihm zuwendend, »daß morgen Sebastians Beerdigung ist? Und ich lasse Penny jetzt nach Hause überführen. Man hat die Leiche freigegeben.« Ihre Schultern fielen schlaff herab. »Ich fahre morgen nach dem Trauergottesdienst nach Hause. Ich muß Pennys Beerdigung vorbereiten.«

Mehr als der Schmerz um die Schwester schien auf Emma zu lasten – der Wunsch, für Penny das zu tun, was sie für notwendig und angemessen hielt, das Bedürfnis, ihr ein letztes Lebewohl zu sagen.

»Ich wußte gar nichts von Sebastians Beerdigung. Ich komme auch.« Und er würde dafür sorgen, daß Angela Frazer ihn begleitete. »Emma, Maureen sagte mir, daß Sie vielleicht heute morgen mit Hannah gesprochen haben, ehe sie weggefahren ist.«

»Ja, das stimmt.«

»Was hat sie gesagt? Ich meine«, erklärte er ungeduldig, »hat sie gesagt, wohin sie wollte? Und warum?«

»Ich würde doch meinen, das Warum liegt auf der Hand«, versetzte Emma mit einer gewissen Schärfe. »Wenn mich jemand die Treppe hinuntergestoßen hätte, würde ich in noch weitere Fernen verschwinden.«

»In noch weitere Fernen als wohin?«

»Sie hat gesagt, sie wolle sich die Wasserfälle ansehen, solange das Wetter noch hält. Sie sei schließlich im Urlaub, und zum Teufel mit Ihnen allen. So ungefähr hat sie's ausgedrückt.«

»Was für Wasserfälle?« fragte Kincaid.

»Aysgarth, vermute ich. Oben in Wensleydale. Das sind hier in der Gegend die einzigen größeren Wasserfälle.« Emma strecke den Arm nach dem Türgriff aus, drehte sich dann aber noch einmal herum. »Sie war heute morgen ganz gut auf den Beinen, wenn man bedenkt, was für einen Sturz sie hinter sich hat. Sie hat keinen Tag älter als siebzig ausgesehen.« Mit einem Schatten ihres grimmigen Lächelns nickte sie ihm zu und ging ins Haus.

Kincaid war auf dem Weg zu seinem Wagen, um sich eine Karte zu holen, als Janet Lyle mit gesenktem Kopf, die Hände tief in den Taschen ihres Anoraks, um das Haus herumkam. Sie machte ein finsteres Gesicht, das erstemal überhaupt, daß Kincaid bei ihr einen Ausdruck schlechter Laune sah. Ihre Miene hellte sich auf, als sie ihn gewahrte, und sie ging schneller, wechselte ihren Kurs, um ihn abzufangen. »Ach, Sie fahren wohl nicht zufällig nach Thirsk?«

»Nein, ich hatte es eigentlich nicht vor. Brauchen Sie eine Fahrgelegenheit?«

»Ja, verflixt, Eddie ist heute morgen einfach mit dem Wagen abgebraust.« Verärgerung verlieh ihren Gesten Lebhaftigkeit, und zum erstenmal konnte Kincaid sie sich als energische, durchsetzungsfähige Krankenschwester vorstellen. »Er sagte, er müßte ein Fax ins Büro schicken. Aber ich habe neulich ein paar Stiefel für Chloe bestellt – hier im Dorf ist ein hervorragender Schuhmacher. Sie sollten heute morgen fertig sein, und am Freitag schließt der Laden den halben Tag. Das ist wirklich sehr dumm jetzt.«

Sie sah tatsächlich verstimmt aus, aber sie wirkte, da sie ihre mäuschenhafte Art abgelegt hatte, auch ausgesprochen lebendig.

»Ihr Mann sagte, Sie fühlen sich nicht wohl.«

»Ach das!« Janet tat es mit einem Achselzucken ab. »Das ist typisch seine Art. Als seine Mutter starb, stand für ihn fest, daß ich langsam dahinsieche und dringend einen richtigen Urlaub brauchte. Man nennt das Übertragung, wenn ich nicht irre.« Sie lächelte, und ihre ebenmäßigen weißen Zähne blitzten. »Wenn ich den Urlaub gewollt hätte, dann wäre ich nach Mallorca geflogen.«

Gemma steuerte ihren Wagen langsam durch das Tor von Followdale House und hielt mit laufendem Motor an, um sich erst einmal umzusehen. Das erste, was sie erblickte, war Kincaids Midget, der auf dem gekiesten Vorplatz stand. Da wußte sie, daß sie an der richtigen Adresse war.

Als nächstes sah sie Kincaid selbst, der neben seinem Wagen stand, auf der Kühlerhaube eine Karte ausgebreitet. Cordhose und seegrüner Pullover, Tweedjackett mit Ellbogenflicken, das hellbraune Haar vom leichten Wind malerisch zerzaust – ein gutaussehender Mann, dachte Gemma. Sie hielt neben ihm an, stieg aus und schlang sich ihre Umhängetasche über die Schulter.

»Olala, der lässige Landedelmann heute, wie? Planen Sie Ihre nächste Jagd, oder stehen Sie nur für *Country Life* Modell?«

Er fuhr herum. »Gemma!« Die aufblitzende Freude auf seinem Gesicht erlosch so rasch, daß sie glaubte, ihr Auge habe sie getrogen. »Wo zum Teufel sind Sie gewesen?«

»Ja, ich freue mich auch, Sie zu sehen, vielen Dank. Ich hab' mir fast das Genick gebrochen, um möglichst schnell hier zu sein, und das ist das einzige, was Sie mir zu sagen haben?« entgegnete Gemma gutmütig, aber ein wenig schockiert war sie doch. Es war nicht Kincaids Art, so auf andere loszugehen.

»Entschuldigen Sie, Gemma.« Das vertraute Lächeln kehrte wieder, wenn auch nicht ganz so strahlend wie sonst. »So, und jetzt sagen Sie mir, wo Sie gewesen sind.«

Sie lehnte sich an ihren Escort – zu spät fiel ihr ein, daß er dringend eine Wäsche brauchte – und kramte in ihrem Beutel nach ihrem Heft. Die Seiten flatterten raschelnd, als sie sie durchblätterte. Sie wußten beide, daß sie das Heft gar nicht brauchte, aber es war ein Requisit, das ihnen einen glatten Übergang vom Privaten zum Dienstlichen erlaubte.

»Es ist mir schließlich doch noch gelungen, mit Miles Sterrett zu sprechen. Dieser Drachen von einer Sekretärin in der Klinik bewacht ihn ja wie ihren Augapfel. Daraufhin habe ich aber mein Glück bei der Haushälterin versucht, und siehe da, es ging wie geschmiert. ›Ein kurzer Besuch nach dem Abendessen‹, sagte sie. ›Wir wollen ihn nicht ermüden.‹« Gemma machte eine kleine Pause und klappte über ihrem eingelegten Finger das Heft zu. »Ich habe übrigens gestern abend Ewigkeiten versucht, Sie zu erreichen. Aber Sie haben sich nicht gemeldet.«

»Okay, *mea culpa*. Und weiter?«

»Er hat einen leichten Schlaganfall gehabt, aber er ist immer noch mehr auf Draht als manche Leute, die angeblich im Vollbesitz ihrer geistigen Kräfte sind.« Gemma machte eine kleine Pause, um sich zu sammeln. »Jünger als ich erwartet hatte – vielleicht sechzig –, und immer noch durchaus attraktiv, wenn auch vielleicht ein bißchen hager.« Ein Zug in Kincaids Miene veranlaßte sie, eilig weiterzusprechen. »Er hatte von den Geschehnissen hier keine Ahnung und war ziemlich besorgt um Hannah Alcock. Ich hatte den Eindruck, er fand diesen *timeshare*-Urlaub ziemlich untypisch für sie, und das bereitete ihm Unbehagen. Sie schmeißt anscheinend die ganze Klinik praktisch allein, und er hat für den Rest des Personals sehr wenig übrig. Ohne Hannah, sagte er, würden sich die Verwandten und das Finanzamt um das Vermögen streiten müssen, oder er würde es vielleicht einfach dem National Trust vererben.« Gemma lächelte. »Seinen Humor hat er sich trotz allem bewahrt.«

»Tja, ich hab' meinen leider verloren«, versetzte Kincaid. »Hannah ist tatsächlich etwas passiert – gestern hat jemand sie die Treppe hinuntergestoßen.«

»Ist sie...«

»Nein, es ist ihr nichts passiert. Aber jetzt ist sie plötzlich verschwunden.«

Gemma sah auf die Karte, die immer noch ausgebreitet auf der Kühlerhaube lag. Kein Wunder, daß er so unkommunikativ gewesen war. »Sie wollen sie suchen«, sagte sie. »Wissen Sie schon wo?«

»Hm?« Sein Blick schien auf eine große Blumenschale konzentriert. »Nur eine Möglichkeit«, antwortete er vage. »Die Aysgarth-Wasserfälle.«

»Ich fahre mit Ihnen. Keine Widerrede«, fügte sie hinzu, obwohl er durch nichts zu erkennen gegeben hatte, daß er sie überhaupt gehört hatte. »Ich hole nur rasch meine Sachen aus dem Auto. Sie können mich unterwegs aufs laufende bringen.«

Gemmas Fallakte war unter den Beifahrersitz gerutscht, und während sie noch quer über dem Fahrersitz lag und nach dem Hefter angelte, hörte sie Kincaid sagen: »O mein Gott!«

Der völlig ausdruckslose Ton seiner Stimme veranlaßte sie, sich so heftig aufzurichten, daß sie sich den Kopf am Wagendach anschlug und es nicht einmal spürte.

Sein sonst so lebhaftes Gesicht war starr und reglos wie Marmor.

»Was ist?« fragte Gemma erschrocken.

Er sah sie an. »Hannah.« Seine Stimme gewann an Kraft. »Sebastian hatte überhaupt nichts damit zu tun. Er war nur im Weg. Genau wie Penny.«

»Wie...«

»Der Grund ist nicht etwas, das Hannah über den Mord an Sebastian weiß.« Kincaid umfaßte mit beiden Händen Gemmas Schultern. »Hannah war von Anfang an das Zielobjekt.«

19

Als Hannah fröstelnd in der Kälte stand, die von den gewaltigen Steinplatten unter ihren Füßen heraufzog, ging ihr auf, daß sie sich etwas vorgemacht hatte. Die fieberhafte Energie, die sie beim Erwachen beschwingt hatte, war verpufft, und jetzt fühlte sie sich so hohl und leicht wie eine leere Hülle. Was heute morgen vernünftig schien, hielt jetzt einer logischen Prüfung nicht mehr stand.

Nichts als der Mut der Verzweiflung hatte sie heute morgen aus dem Haus getrieben. Sie würde sich nichts von der Furcht diktieren lassen; sie würde sich nicht verhätscheln und entmündigen lassen wie ein schwaches altes Weib.

Das hatte durchaus überzeugend geklungen. Aber Tatsache war, daß sie geflohen war, als säßen ihr die Furien im Nacken; geflohen vor dem Haus und seiner gesichtslosen Bosheit.

Sie schob die Gedanken weg und blickte flußabwärts zum sanften Tal der Ure hinunter, das zu ihren Füßen ausgebreitet lag. Eine Wolke schob sich vor die Sonne, und Hannah zog ihre Jacke fester um sich. Sie hätte das einzige Wesen auf der Welt sein können, so tief war hier die Einsamkeit; nirgends ein Zeichen menschlichen Lebens – nicht einmal Schafe oder Trockenmauern, nur die baumbestandenen Hänge und ein blauer Horizont und auf der anderen Seite drüben ein glänzender Teppich rostroten Laubs.

Das sanfte Geräusch des Wassers, das glucksend und murmelnd in seinem steinigen Bett dahinplätscherte, hätte beruhigend wirken können, aber es vertiefte nur ihr Gefühl der Isolation. Oben bei den Mittelfällen sprangen Eltern mit ihren Kindern über halb im Wasser versunkene Steine, aber sie konnte nur die Bewegungen ihrer Münder erkennen, als lachten und schrien sie in einem Stummfilm.

Seufzend drückte sie ihr verletztes Handgelenk an die Brust. Hier gab es keinen Trost für sie. Besser, sie fuhr zurück und stellte sich. Duncan wäre zornig, und Patrick – wenn Patrick sie als eine Last sah, jemand, um den man sich kümmern und sorgen mußte, dann war alles verloren.

Hannah wandte sich dem Hang hinter ihr zu, und bei dem Gedanken an den steilen Anstieg hinauf zum Fußweg geriet ihre sowieso nur halbherzige Entschlossenheit wieder ins Wanken. Ein Mann erschien am Beginn des Wegs und rutschte und schlidderte mit schwingendem Spazierstock und lichtblitzenden Brillengläsern den Hang hinunter zu ihr. Er hatte ein Tweedjackett an und einen Tirolerhut auf dem Kopf. Verblüfft erkannte sie Eddie Lyle.

Wie sonderbar, dachte sie. Sie hätte ihm eine Vorliebe für Wanderungen nicht zugetraut. Und wie lästig – er war ein lästiger kleiner Mann, und im Augenblick hatte sie überhaupt nicht die Nerven, sich auf ihn einzustellen. Aber fliehen konnte sie auch nicht – er hatte sie gesehen und wurde sogar noch schneller, während er ihr erfreut zuwinkte.

»Wie nett, ein bekanntes Gesicht zu sehen«, sagte er, als er mit ihr auf gleicher Höhe war. »Ich dachte mir doch, daß ich auf dem Parkplatz Ihren Wagen gesehen hatte.«

Hannah fiel keine höfliche Erwiderung ein, sie beschränkte sich deshalb auf ein etwas dünnes Lächeln.

Er streckte tief Luft holend seine schmale Brust heraus und stieß geräuschvoll den Atem wieder aus. »Wunderschön hier, nicht wahr? Haben Sie die oberen Fälle auch schon gesehen? Ich muß sagen, ich finde diese hier am schönsten, ganz gleich, was die Leute sagen.«

Die letzte Bemerkung machte er in diesem Ton selbstgerechter Überlegenheit, den sie so unausstehlich fand, aber sie sagte nur »Ah ja«, da sie das Gespräch nicht durch eine Widerrede verlängern wollte. Sie fragte sich, wie Janet Lyle diesen Mann ertrug. Sie machte doch einen ganz angenehmen Eindruck. Vielleicht, dachte Hannah mit einem heimlichen Lächeln, haut sie einfach ab, so oft es möglich ist.

Lyle dozierte unverdrossen weiter, zeigte mit seinem Spazierstock bald hierhin, bald dorthin, während er die geographischen Eigenheiten des Tals beschrieb. Hannah beschränkte sich auf einsilbige Antworten und musterte ihn neugierig. Sein Verhalten wirkte merkwürdig aufgeregt. Ständig drehte er den Kopf und blickte suchend die Hänge hinter ihnen hinauf und hinunter, während er sprach. Es war beinahe so, als hielte er nach jemand Ausschau.

Hannah wandte ihren Blick flußaufwärts und sah, daß die munter springende Familie jetzt auf die Holzstufen zuhielt, die von den Mittelfällen zum Fußweg hinaufführten. Das letzte Kind verschwand mit niedergeschlagen gesenktem Kopf hinter dichtbelaubten Bäumen.

»Schauen Sie. Gleich hier, in diesen Steinen.« Lyle beugte sich vor und richtet seinen Stock wie einen Zeigestab auf den Rand des Flusses. »Versteinerter Farn, wenn ich mich nicht sehr täusche.«

Ziemlich unwillig ging Hannah zu ihm hinüber und sah hinunter. Die Farnform in dem weißen glatten Stein hätte eine Fotografie sein können. Sie war in ihren Konturen so kräftig und so zart wie uralte Gebeine.

»Rufen Sie Peter Raskin an. Sagen Sie ihm...«

»Lassen Sie mich doch mitkommen«, unterbrach Gemma. »Ich rufe vom Auto aus an.«

Als Kincaid noch zögerte, kam Patrick Rennie aus dem Haus und näherte sich ihnen mit besorgter Miene. »Hallo!« rief er. »Haben Sie Hannah gesehen?«

Kincaid sah Gemma an. »Wir dürfen keine Zeit verlieren. Treiben Sie Raskin auf, und nehmen Sie dann Rennie mit. Er wird sowieso darauf bestehen, und ich werde ihn vielleicht brauchen, wenn Peter es nicht rechtzeitig schafft.«

Er nahm die Karte von der Kühlerhaube, setzte sich in seinen Wagen und ließ den Motor an.

»Aber was soll ich denn sagen?« Gemma legte die Hand auf den Rahmen des offenen Fensters.

»Sagen Sie, was Sie wollen. Hauptsache, Sie kommen.« Kincaid legte den Gang ein und fuhr los, überließ es Gemma, sich mit dem verblüfften Rennie auseinanderzusetzen. Als Kincaid zurückblickte, nahm Gemma gerade Rennie bei der Hand und sagte: »Er will Hannah suchen. Kommen Sie...« Ihre Stimme verlor sich, als er auf die

Straße hinausfuhr. Auf Gemma war Verlaß. Sie würde schon alles in den Griff bekommen.

Nach der Art und Weise, wie Kincaid in die Kurven hineindonnerte, hätte man meinen können, er habe es auf den Großen Preis von Monte Carlo abgesehen. Die Karte lag ausgebreitet neben ihm auf dem Beifahrersitz, mit Tinte eilig eine gewundene Route eingezeichnet, damit er nicht lange suchen mußte. Bei Thirsk bog er von der Hauptstraße ab und konnte nur hoffen, daß ihn die direkteren, aber kleineren Straßen nicht aufhalten würden. Als er einen zufälligen Blick auf seine Hände warf, sah er, daß sie völlig verkrampft das Steuer umklammerten, und lokkerte sie ganz bewußt. Er fuhr mit äußerster Konzentration, sah immer wieder auf die Karte, achtete auf jeden Wegweiser, und die ganze Zeit rasten seine Gedanken.

Er hätte es sehen müssen. All die kleinen Details hatten sich kaleidoskopartig zu einem Bild zusammengefügt. Konnten Kleinigkeiten – Widersprüche, Zufälle, Ungereimtheiten – sich zu einer so tödlichen Summe addieren? Eddie Lyle hatte seiner Frau offenbar erzählt, es sei ihm nicht gelungen, eine Woche in der Ferienzeit zu kaufen oder einzutauschen. Doch Cassie war, als Kincaid eine solche Schwierigkeit im Zusammenhang mit den Frazers ausgesprochen hatte, höchst erstaunt gewesen. Lyle hatte mehr als einmal angedeutet, daß seine Frau diesen Urlaub gewünscht hatte, während sowohl Janet als auch ihre Nachbarin es so dargestellt hatten, als sei dieser Urlaub einzig seine Idee gewesen. Gemma hatte gemeint, Lyle habe sich finanziell übernommen... lebe über seine Verhältnisse... Kincaid erinnerte sich an das Gespräch, das er an jenem Tag im *Blue Plate* mitgehört hatte – als Janet ihre Sorge über Eddies Pläne geäußert hatte, ihre Tochter auf eine teure Universität zu schicken, die sie sich ihrer Meinung nach nicht leisten konnten... Eddies Tante war jung gestorben, an einer seltenen Krankheit, genau wie Miles Sterretts Frau... Miles' verachteter Neffe, und Hannah, die den Weg zu Miles' Vermögen blockierte.

Kincaid schüttelte den Kopf. Vielleicht waren das alles nur Hirngespinste, die seiner Angst um Hannah entsprangen. Aber dann fiel ihm ein, daß Eddie Lyle kurz nach Hannahs Abfahrt ›abgebraust‹ war, und unwillkürlich umfaßte er das Lenkrad wieder fester.

Das Licht fiel in schrägen Strahlen auf die Höhen des Hochmoors, als Kincaid Wensleydale erreichte. Auf den geraden Strecken jagte er die Geschwindigkeit hoch, bis das Weideland zu beiden Seiten nur noch ein grünes Flimmern war. Von dem alten Städtchen Middleham nahm er nur bunte Fahnen auf mittelalterlichen Wehrmauern wahr und die dampfenden Hinterteile von Rennpferden, die um eine Ecke verschwanden. Wensley und das verschlafene West Witton, wo alte Männer und Mütter mit Kinderwägen stehenblieben und ihm nachstarrten, zwangen ihn, langsamer zu fahren – dann ein letztes Stück freier Straße nach Aysgarth.

Gerade als er aufatmen wollte, drängte vor ihm eine Herde Schafe auf die Straße. Fluchend hielt er an. Die Schafe ließen sich nicht hetzen. Blökend trotteten sie über die Straße, eine wogende Masse wolliger, weißer Leiber, die mit großen Klecksen roter und blauer Farbe gebrandmarkt waren. Kincaid drückte auf die Hupe und schob die Säumigen mit seiner Stoßstange an. Der Schäfer drohte ihm mit seinem Stock, und das letzte Schaf machte endlich die Straße frei.

Nach einer letzten scharfen Kurve führte die Straße steil

zur Brücke über die Ure hinunter, und dort befand sich linker Hand der Parkplatz für die Aysgarth-Fälle. Kincaid ließ den Midget auf dem ersten freien Plätzchen stehen und stieg aus. Hannahs grüner Citroën stand in einer Ecke für sich, einsam und leer.

Vor ihm befand sich der Fußweg zu den Oberen Fällen; hinter ihm, über die Straße und talabwärts, führte der Weg zu den Mittleren und den Unteren Fällen.

Er zögerte einen Moment, dann rannte er den oberen Fußweg hinauf, stieß im raschen Lauf Wanderer mit Rucksäcken genauso an wie Touristen auf der Jagd nach Sehenswürdigkeiten. Nach einer Weile verdunkelten die überhängenden Zweige alter Bäume den Weg, der Boden war feucht und moosbewachsen, rundherum war das Geräusch plätschernden Wassers zu hören. Dunkle Ahnungen überfielen ihn, aber als er wieder ins Freie gelangte, sah er auf den großen Steinen nur Familien beim Picknick und schwerbepackte Wanderer, die Rast machten. Von Hannah war nichts zu sehen.

Der Pfad über die Straße war so ruhig wie ein Feldweg auf dem Land. Auf der einen Seite dehnte sich offene Wiese, auf der anderen befand sich die dicht bewachsene Uferböschung. Eine Familie kam im Gänsemarsch eine Holztreppe herauf. Die Kinder waren naß und quengelig, die Eltern wirkten gestreßt.

»Aber ich möchte jetzt ein Eis, Mami. Du hast's versprochen.« Die Stimme des kleinen Jungen schwoll bedrohlich an.

»Schluß jetzt, Trevor. Ich hab' dir gesagt...«

Kincaid prallte beinahe mit ihnen zusammen. Nach Luft schnappend sagte er: »Ist da unten noch jemand?«

»Von uns nicht.« Der Mann streckte richtungsweisend

den Arm aus. »Ein Stück weiter flußabwärts sind noch ein paar Leute.«

»Zwei Personen?«

Der Mann überlegte. »Ich glaube, ja. Aber beschwören kann ich es nicht.«

Kincaid rannte weiter, hatte sie schon vergessen, während sie ihm noch erstaunt nachblickten.

Beinahe hätte er den Wegweiser und die schmale Öffnung im grünen Gewirr der Böschung übersehen. »Untere Fälle. Nur Ausgang.« Ohne auf die diskrete Warnung des Schilds zu achten, jagte er den Weg hinunter.

Er rutschte auf Sand und Geröll in halsbrecherischem Tempo abwärts. In einer Wolke aufspritzender Steine und mit einem letzten Griff nach einem Busch schlitterte er aus den Bäumen heraus auf die ebene Fläche der Böschung.

Zehn Meter von ihm entfernt stand Hannah Alcock über den Flußrand geneigt. Hinter ihr stand vorgebeugt Eddie Lyle, und Kincaid sah einen weißen Stein in seiner Hand aufblitzen.

Er schrie, hinterher wußte er nicht mehr, was. In seiner Erinnerung war es ein wortloser, endlos widerhallender Schrei zu der Zeitlupenszene, die sich vor ihm abspielte.

Hannah richtete sich auf und drehte sich um. Ihr Gesicht verzog sich zu einem Lächeln, als sie ihn erkannte. Lyle erstarrte. Und einen Augenblick später schlang er Hannah blitzschnell seinen Arm um den Hals und griff mit der anderen Hand in seine Jackentasche. Kincaid sah stumpfen Glanz, als Lyle seine Hand aus der Tasche zog und sie an Hannahs Schläfe hob.

Eine Pistole. Der Schweinehund hatte eine Schußwaffe. Hannahs kurze Gegenwehr erstarb, als Lyle ihr die Pistole an den Kopf drückte.

Kincaid hob seine Hände und ging vorsichtig ein paar Schritte weiter.

»Kommen Sie nicht näher!« schrie Lyle schrill. Gleichzeitig umfaßte er Hannahs Hals fester, und Kincaid sah, wie ihre Augen sich verdrehten.

»Können Sie mich hören, Eddie?« Kincaid schrie nicht. Er hatte Angst, das könnte die Situation nur noch explosiver machen. »Hören Sie mir zu, Eddie. Es hat keinen Sinn. Lassen Sie sie los!«

»Keinen Sinn? Wieso?« Lyle lachte. »Und warum sollte ich Sie nicht einfach beide umlegen? Kein Mensch würde was erfahren.« Seine wichtigtuerische Pingeligkeit war einer Art fiebriger Erregung gewichen. Er genießt es, dachte Nash. Die Morde an Sebastian Wade und Penny MacKenzie mochten Notmaßnahmen gewesen sein, aber inzwischen genoß Lyle das Töten. Diese Erkenntnis entsetzte ihn.

Hannah mußte einen Laut von sich gegeben haben, denn Lyle drückte ihren Kopf noch weiter nach hinten. »Ich kann tun, was mir gefällt, Superintendent.« Die Worte troffen vor Verachtung.

»Wenn Sie uns töten, wird das nichts ändern, Eddie. Sie haben Spuren hinterlassen. Im Labor hat man auf dem Taschentuch, das Sie versteckt haben, latente Fingerabdrücke gefunden. Und außerdem Penny MacKenzies Blut.«

Ein Schatten des Zweifels flog über Lyles Gesicht. Kincaid nutzte seinen Vorteil. »Sie müssen das schon sehr lange geplant haben, Eddie. Sie und Ihre Mutter waren Miles Sterretts einzige Verwandte. Wie nett von Ihrer Mutter, daß sie etwa um die gleiche Zeit das Zeitliche gesegnet hat, als Sie in Hannahs Wohnung einbrachen. Da haben Sie wohl den Kreis der Erben ein wenig verkleinert, was, Eddie?«

»Das sind doch nur alte Polizeitricks, Kincaid. Reden, reden, bis die Verstärkung kommt, wie? Haben Sie im Ernst geglaubt, darauf würde ich hereinfallen?« Hinter Lyles leichten, spöttischen Worten war die Feindseligkeit zu hören, die ihn trieb. »Sie haben die Schmeicheleien vergessen, Superintendent.«

Kincaid schluckte. Sein Mund war so trocken, daß er kaum einen Ton hervorbringen konnte. »Darauf wollte ich noch kommen.« An Verstärkung sollte Eddie Lyle jetzt auf keinen Fall denken – er sollte glauben, er hätte alle Zeit der Welt. Aber wo zum Teufel blieb Gemma?

Und mit welchen Argumenten konnte er diesen Mann hinhalten, der nichts zu verlieren hatte? Lyle würde Miles Sterretts Geld niemals zu sehen bekommen; auf ihn wartete eine lebenslängliche Zuchthausstrafe, egal, ob er Hannah und Kincaid auch noch tötete.

»Vielleicht wären Sie so nett, meine Neugier zu befriedigen, Eddie. Ich weiß, daß Penny Sie an dem Abend gesehen hat, an dem Sie Sebastian getötet haben. Hat sie sich dann mit Ihnen auf dem Tennisplatz verabredet?«

Kincaid sprach in einem Ton, als säßen sie im Pub bei einem Bier. Er überlegte, ob es ihm möglich wäre, Lyle zu erreichen, ehe dieser die Pistole abfeuern konnte, und gestand sich ein, daß es ausgeschlossen war. Er mußte sich auf seine Zunge verlassen.

»Nur ein beiläufiger Vorschlag von mir.« Wieder lächelte Lyle. »Der Ort war so gut wie jeder andere.«

»Und Sebastian? Was hatte Sebastian herausgefunden?«

»Dieser verdammte kleine Schnüffler.« Lyles Ton klang quengelig. »Er hat mich aus *ihrem* Zimmer kommen sehen.« Er schloß seinen Arm fester um Hannahs Hals, als wolle er keinen Zweifel daran lassen, von wem er sprach. »Ich hatte – verschiedenes überprüft. Ich konnte doch nicht riskieren, daß hinterher eine Verbindung hergestellt werden würde, oder?«

»Nein. Nein, das konnten Sie natürlich nicht«, antwortete Kincaid, als sei dies die natürlichste Frage der Welt. Er glaubte, oben auf dem Fußweg gedämpfte Schritte zu hören, und sprach hastig, um zu verhindern, daß auch Lyle aufmerksam wurde. »Hören Sie, Eddie...«

»Mir reicht's allmählich, Superintendent. Stellen Sie sich da drüben hin.« Lyle wies mit dem Kopf zum Flußufer. Das Sonnenlicht fing sich in den Gläsern seiner Brille, und einen Moment lang sah es aus, als hätte er zwei kreisrunde, opale Augen, die blitzten wie Metall.

Kincaid hörte hinter sich das Geräusch rutschender Füße und rollender Steine, dann Patricks Stimme, in Panik. »Han...« Die Stimme verstummte abrupt, zweifellos von Gemmas Hand erstickt. Die Geräusche ihres keuchenden Atems übertönten das Murmeln des Wassers und den hämmernden Schlag seines Herzens und drangen klar an sein Ohr.

Lyle drehte ruckartig den Kopf nach ihnen, und Kincaid sah, wie sein Körper sich spannte. »Zurück! Alle!« Er packte Hannah noch fester.

»Geben Sie auf, Eddie. Es ist noch mehr Verstärkung unterwegs. Machen Sie es nicht noch schlimmer für Sie.«

»Schlimmer?« Lyles Gelächter schwankte am Rand der Hysterie. »Weshalb soll ich mir nicht die Genugtuung gönnen, Sie alle mitzunehmen, hm? Und ganz besonders sie.« Er drehte die Pistole an Hannahs Schläfe. »Widerlich seid ihr alle miteinander.«

»Und was wird aus Ihrer Frau?« rief Kincaid in seiner Verzweiflung. »Was wird aus Ihrer Tochter? Was glauben Sie wohl, wie das für sie sein wird, wenn sie in sämtlichen Zeitungen das Bild ihres Vaters sieht? Und darauf können Sie sich verlassen, die Presse wird sich diese Sensation nicht entgehen lassen! Die wird das gründlich ausschlachten. Und Ihre Tochter Chloe wird diese Bürde ihr Leben lang mitschleppen.«

Zum erstenmal schien Lyle unsicher zu werden. Wie ein Blinder drehte er den Kopf. Plötzlich sank Hannah zu seinen Füßen zusammen.

Kincaid sprang auf die beiden zu. Das Sonnenlicht um ihn herum schien zu gerinnen, bis er hilflos in ihm eingefangen war.

Eddie Lyle riß den Arm in die Höhe. Seine goldgeränderte Brille fiel herab. Er setzte sich die Pistole an die Schläfe und drückte ab.

20

Die Krümmungen der Regenschirme, schwarz und grau, glänzten wie die nassen Rücken von Walen. Die Kirche von Thirsk hatte immer noch Schlagseite wie ein sinkendes Schiff, und der Regen fiel in feinen Fäden – der Gelegenheit angemessen, fand Kincaid.

Die Trauerfeier zu Ehren von Sebastian Wade war kurz gewesen, da der Pastor sich bei seiner Rede auf persönliche Bemerkungen aus Sebastians Schulzeit beschränken mußte. Die Schar der Trauergäste war so spärlich gewesen wie der Sermon des Pastors: Sebastians Mutter von zwei Verwandten gestützt, ein paar Fremde, die vielleicht alte Schulkameraden waren, und die kleine Gruppe aus dem *Followdale House*. Mit seinem intensiven und häufig boshaften Interesse an den Privatangelegenheiten anderer hatte sich Sebastian offensichtlich keine Freunde geschaffen.

Cassie hatte es abgelehnt, zur Beerdigung zu gehen. »Es tut mir leid, daß er sterben mußte«, hatte sie zu Kincaid gesagt, »aber ich habe ihn nicht gemocht. Ich will jetzt nicht wie eine Heuchlerin dastehen und so tun, als wäre es anders gewesen.« Fall erledigt.

Kincaid meinte, man müßte ihre Ehrlichkeit bewundern, wenn auch nicht ihre Menschlichkeit.

Emma MacKenzie kam allein und ging, sobald der Gottesdienst beendet war. Beim Abschied im Vestibül war sie noch brüsker als sonst, als hätten die Gedanken an Pennys bevorstehende Beerdigung bereits all ihre innere Kraft absorbiert.

Kincaid hielt ihre breite, kräftige Hand einen Moment in der seinen. »Es tut mir leid, daß Penny das geschehen mußte, Emma. Wenn ich nur...«

»Nehmen Sie nicht zuviel Schuld auf sich, junger Mann.« Emma sah ihn mit ihren klaren grauen Augen sehr direkt an. »Sie hätte Ihnen sagen sollen, was sie an dem Abend gesehen hatte. Sie hatte ausreichend Gelegenheit dazu.« Emma wandte den Blick ab und fuhr ein wenig geistesabwesend fort: »Meine Schwester war keine dumme Frau, auch wenn sie häufig verhuscht war. Manchmal frage ich mich, ob sie... aber lassen wir das. Vorbei ist vorbei.« Sie schüttelte kurz Kincaids Hand und spannte ihren Schirm auf, um dem Regen zu begegnen.

In stillschweigender Übereinstimmung traten die zurückgebliebenen vier gemeinsam ins Freie hinaus. Patrick

Rennie, der seine Frau im Hotel gelassen hatte, hielt besitzergreifend Hannahs Arm. Ihre vom Schock noch immer schmal und eingefallen wirkenden Gesichter waren einander sehr ähnlich. Patrick, dachte Kincaid, war dabei, sein gestriges Verhalten wiedergutzumachen.

Gestern war es Kincaid gewesen, der Hannah gehalten und ihr die Blutspritzer vom Gesicht gewischt hatte. »Es ist ja gut. Es wird alles gut. Ihnen ist nichts passiert.« Die Worte, die er ständig wiederholt hatte, fielen ihm jetzt wieder ein, obwohl er sich ihrer in jenem Moment gar nicht bewußt gewesen war.

Er erinnerte sich, wie Gemma neben ihm gekauert und Hannah die eisigen Hände gerieben hatte. Wie Sterne hatten ihre Sommersprossen ihr weißes Gesicht gesprenkelt.

Patrick hatte sich in die Büsche geschlagen, um sich zu übergeben.

Heute morgen hatte Gemma Schreibarbeit vorgeschützt und war im Followdale House zurückgeblieben, aber Kincaid hatte den Verdacht, daß das nur ihre Art war, ihm die Möglichkeit zu geben, abzuschließen und zur Ruhe zu kommen.

Aber Kincaid war nicht allein zu Sebastians Beerdigung gegangen. Seinem Vorsatz getreu hatte er Angela Frazer mitgenommen. Still und schweigsam saß sie neben ihm im Wagen, und selbst ihr Haar wirkte ohne die violetten Stachelsträhnen friedlich und gedämpft. Erst als er einen Parkplatz in der Nähe der Kirche gefunden hatte, sprach sie, den Blick starr auf die Wasserbäche gerichtet, die an der Windschutzscheibe herabliefen. »Es ist ungerecht.«

»Ja«, antwortete er und ging um den Wagen herum, um ihr herauszuhelfen.

Sie stand jetzt neben ihm, während Graham Frazers schwarzer Ford an den Bordstein heranfuhr. »Ich muß fahren.« Angela sah ihn mit ernstem Blick an. »Danke. Was ich gesagt habe, tut mir leid... Sie wissen schon.« Dann stellte sie sich auf Zehenspitzen, streifte mit ihren Lippen rasch die seinen und lief den Weg hinunter.

»Glauben Sie, sie wird sich fangen?« fragte Hannah, während sie ihr beide nachblickten.

Kincaid lächelte und strich sich mit einem Finger über die Lippen. »Ich sehe da gewisse Anzeichen für Kraft und Flexibilität. Ich würde sagen, es ist möglich. Wenn sie ihre Eltern noch ein, zwei Jahre aushalten kann. Wenn sie sie und ihre Streitereien hinter sich lassen und sich ihr eigenes Leben gestalten kann.« Kincaid wandte sich Hannah zu. »Aber mich würde interessieren, wie es Ihnen geht.«

Hannah schauderte. »Für mich ist alles immer noch unfaßbar. Sebastian und Penny hätten nicht zu sterben brauchen. Sie hatten keinerlei Verbindung zu mir.«

»Ja, genau das hat alles durcheinandergebracht. Wenn wir gleich von Anfang an jemanden gesucht hätten, dem es darum ging, Sie aus dem Weg zu haben, hätten wir ihn früher entdeckt. Er war nicht ganz so schlau, wie er selbst glaubte.«

»Aber doch immerhin so schlau«, warf Patrick ein, »daß sein Plan beinahe geglückt wäre.«

»Ich glaube, er hat das lange, lange geplant. Die Vorstellung, daß Hannah zwischen ihm und dem Geld seines Onkels stand, muß ihm zur fixen Idee geworden sein.«

»Aber Miles hatte doch nie die Absicht, mir etwas zu hinterlassen«, protestierte Hannah verwundert.

»Nicht direkt, nein. Aber für Eddie machte es keinen Unterschied, ob das Geld an Sie direkt gehen oder der Klinik zugute kommen würde.« Kincaid machte eine kurze Pause, um seine Gedanken zu ordnen. »Nach dem, was Janet gestern abend erzählte, hatte Eddie kaum persönlichen Kontakt mit seinem Onkel – Janet fiel nicht einmal auf Anhieb sein Name ein –, aber seine Mutter korrespondierte noch gelegentlich mit ihm. Eine Bemerkung, die sie irgendwann einmal machte, muß in Eddie die Vorstellung geweckt haben, daß Sie das Herz der Klinik sind und für ihre Weiterführung lebenswichtig.«

Hannah nickte. »Das ist wahrscheinlich richtig. Es ist eine sehr spezialisierte Arbeit – wahrscheinlich wäre es schwierig, jemand anderen zu finden, der über die Qualifikationen verfügt, das Projekt zu leiten. Trotzdem, Miles hätte doch sein Vermögen auch jemand anderem hinterlassen können...«

»Aber nicht, wenn er ohne Testament gestorben wäre. Vielleicht hatte Eddie auch schon einen Plan, wie er sich bei seinem Onkel einschmeicheln wollte. Er war ja ein sehr erfinderischer Mensch. Wie dem auch sei, ich glaube nicht, daß Miles Sterrett Sie lange überlebt hätte.«

Hannah sah ihn bestürzt an. »Sie meinen, Miles auch?«

Patrick legte ihr den Arm um die Schultern.

»Warum nicht?« Kincaid zuckte die Achseln. Er machte seinen Regenschirm zu und schüttelte ihn aus. Der Regen hatte aufgehört. »Der gute Eddie verstand sowohl mit Schlafmitteln als auch mit stumpfen Gegenständen umzugehen. Ich könnte mir vorstellen, daß er bei dem Autounfall seiner Mutter ein bißchen nachgeholfen hat...«

»Das hätten Sie aber niemals beweisen können«, bemerkte Patrick.

»Nein. Ebensowenig, daß er Janet an dem Abend, an dem er Sebastian tötete, ein Schlafmittel gegeben hatte.«

»Aber was ist mit Sebastian und Penny?«

»Beide Opfer der Umstände und ihrer eigenen Veranlagung. Eddie hat uns gesagt, daß Sebastian ihn an dem fraglichen Abend in Ihr Zimmer gehen sah, Hannah. Vermutlich wollte Eddie rausfinden, ob es nicht ein Mittel gäbe, Sie so umzubringen, daß es nach einem Unfall aussah. Ich vermute, Sebastian konnte der Versuchung nicht widerstehen, ihn mit dem, was er beobachtet hatte, ein bißchen zu hänseln, und Eddie konnte es nicht riskieren, daß nach vollbrachter Tat jemand eine Verbindung von ihm zu Ihnen herstellen würde.«

»Und Penny?«

Kincaid zögerte. Das Gefühl, an Pennys Tod Mitschuld zu tragen, war immer noch stark. »Das werden wir wohl nie mit Sicherheit wissen. Ich glaube, Penny sah Patrick und Eddie in Cassies Büro gehen.« Patrick nickte zustimmend. »Sie wollte fair sein und beiden die Gelegenheit geben, sich zu melden, ehe sie etwas sagte. Leider konfrontierte sie zuerst den falschen Mann mit ihrem Wissen. Eddie Lyle hielt sich nicht an die Spielregeln.«

»Ich verstehe immer noch nicht, woher er wußte, daß ich in dieser Woche hiersein würde...«

»Erinnern Sie sich an den Einbruch in Ihrer Wohnung? Sie sagten damals zu mir, Sie hätten sich vergewaltigt gefühlt.«

»So lange hatte er das schon geplant?« Hannah starrte mit leerem Blick zum Friedhof hinaus, während sie überlegte. »Ja. Das war kurz nachdem ich den *timeshare*-Vertrag unterschrieben hatte. Ich weiß, daß ich den Eindruck hatte, meine Papiere seien durchwühlt worden, aber es fehlte nichts.«

»Und Eddie hat sich nur ein paar Wochen später das

Geld geliehen, um sich in das *timeshare*-Projekt einzukaufen«, sagte Kincaid.

»Aber das waren doch alles nur Indizienbeweise«, sagte Patrick, bei dem der Anwalt durchkam.

»Aber die Fingerabdrücke auf dem Taschentuch. Sie sagten doch...«

Kincaid antwortete Hannah mit Behutsamkeit. »Die Befunde aus dem Labor sind immer noch nicht da, aber es ist höchst unwahrscheinlich, daß man etwas entdeckt hat. Das ist ein heikles Verfahren.«

Hannah wurde blaß. »Das war nur Bluff?«

Kincaid nickte. »Ich hatte keine andere Wahl.«

Patrick machte ruckartig Hannahs Regenschirm zu und gab Kincaid die Hand. »Mit Ihnen möchte ich nicht pokern.« Er lächelte mit seinem routinierten Charme. »Ich warte auf dich, Hannah«, sagte er und ging den Weg hinunter davon.

Hannah sah Kincaid lange schweigend an. »Ich weiß nicht, was ich sagen soll. Ich muß Ihnen danken. Wenn Sie nicht gewesen...«

»Es wäre mir lieber, Sie würden das lassen. Dankbarkeit ist keine gute Voraussetzung für eine Freundschaft. Glauben Sie, wir könnten uns vielleicht...« Kincaid verstummte, wußte selbst nicht recht, was er vorschlagen wollte. Gemeinsames Mittagessen, wenn sie einmal nach London kommen sollte? Ein höflicher Austausch von Glückwunschkarten zu Weihnachten? Hannah hatte lebenslange Erfahrung als ein Mensch, der alles mit sich allein ausmacht – irgendwie konnte er sich nicht vorstellen, daß sie sich nach der Intimität, die nur zwangsweise zwischen ihnen entstanden war, in seiner Gesellschaft wohl fühlen würde.

Hannah zögerte. Ihr fehlte die ruhige Sicherheit, die eigentlich typisch für sie war. »Ich weiß es nicht. Jetzt noch nicht, glaube ich. Es wird eine Zeitlang alles schwierig genug werden.«

»Ja.« Kincaids Blick flog zu Patrick, der am Ende des Fußwegs wartete.

Hannahs Blick folgte dem seinen. »In den Monaten, in denen ich Patrick gesucht habe, habe ich sehr viel darüber nachgedacht, was ich will und was ich brauche. Irgendwie habe ich es geschafft«, sagte sie mit feiner Ironie, »Patricks Wünsche und Bedürfnisse dabei ganz außer acht zu lassen. Es wird darum zu Beginn vielleicht schwierig werden, die rechte Balance zu finden. Ich kann nicht sagen, wie sich die Beziehung zwischen uns entwickeln wird.«

»Sie wird gut werden.« Er sah sie lächelnd an, beugte sich dann zu ihr und küßte sie auf die Wange.

»Auf Wiedersehen.« Hannah wandte sich von ihm ab und ging zu Patrick, und gemeinsam gingen sie davon.

Kincaid kehrte langsam zum Parkplatz zurück, wich automatisch den Pfützen auf der mit Kopfstein gepflasterten Straße aus. Er fühlte sich ausgelaugt und unbefriedigt, als hinge er nun, nachdem er alle losen Fäden verknüpft hatte, in der Luft.

Er bog um die Ecke und sah auf, als jemand ihn anstieß. Eine Frau in einem leuchtend gelben Lackmantel eilte vor ihm die Straße hinunter. Ihr lichtbraunes Haar ringelte sich feucht, und sie schwang ihre Handtasche im Takt mit ihrem Schritt.

Kincaid rannte, um sie einzuholen. Das Herz schlug ihm bis zum Hals. Er berührte ihre Schulter. »Anne?«

Die Frau drehte sich erstaunt um. Ihr Gesicht war ihm fremd.

Gemma streckte den Kopf zur Tür herein. »Fertig?«

»In diesem Moment.« Er fegte alles von seinem Schreibtisch in eine Schublade und stieß sie zu.

»Großartiges Ablagesystem«, sagte Gemma mit einem zweifelnden Blick auf die leere Schreibtischplatte.

»Wenigstens ist das Zeug so aus dem Weg.« Kincaid stand auf und streckte sich. Sie waren getrennt nach London zurückgefahren und hatten vereinbart, die Papierberge, die sich angestaut hatten, in Angriff zu nehmen, während sie noch dienstfrei hatten.

Gemma trat ein paar Schritte ins Zimmer und rümpfte angewidert von dem durchdringenden Geruch nach kaltem Zigarrenrauch die Nase. »Die haben hier wohl Konferenzen abgehalten, während Sie weg waren?«

Kincaid grinste. »Die Beweise sind unwiderlegbar. Trinken wir noch einen zusammen?«

Gemma überlegte. »Okay, aber nur einen schnellen.«

Statt in die Kantine des Yards mit ihrer unvermeidlichen Fachsimpelei setzten sie sich in das Pub in der Wilfred Street. Kincaid drängte sich zum Tresen durch und kehrte mit den Getränken an ihren Tisch in der Ecke zurück – Wein für sich, Lager und Limette für Gemma. »Igitt!« Er schnitt ein Gesicht. »Wie können Sie dieses Zeug nur trinken.«

Kincaid regte sich jedesmal auf, und Gemma änderte niemals ihre Bestellung, wahrscheinlich aus reinem Eigensinn, vermutete er.

»Alles Übungssache.« Gemma trank kräftig und lachte.

Ein paar Minuten lang saßen sie schweigend beieinander und ließen sich vom Samstag-Abend-Lärm des Pubs umbranden. Dann schob Gemma seufzend ihren Stuhl ein wenig zurück.

»Ich muß nach Hause. Toby wird sich schon wundern, wo seine Mutter bleibt.«

»Ja.« Kincaid stellte sich das Willkommen vor, das Gemma erwartete, und einen Moment lang verspürte er Neid. Er schüttelte ihn ab und zwang sich zu einem Lächeln. »Ich wünschte…« Ja, was wünschte er sich eigentlich? Daß er überhaupt nicht nach Followdale gefahren wäre, obwohl dann Hannah vielleicht auch ums Leben gekommen wäre?

Gemma stellte energisch ihr Glas auf den Tisch, und er sah sie an und fand unerwartetes Verständnis in ihrem Blick. Ihre Mundwinkel zuckten. »Wenn Wünsche Pferde wären, wie meine Mutter immer zu sagen pflegte…«

»Genau.« Sie lächelten sich freundschaftlich an.

»Nächstes Mal mehr Glück?« meinte Gemma.

Kincaid hob sein Glas. »Prost.«

PAUL BOWLES IM GOLDMANN VERLAG

Gesang der Insekten. Roman
Geb. 30358 · TB 9782

Mitternachtsmesse. Erzählungen
Geb. 30382 · TB 9923

Eisfelder. Erzählungen
Geb. 30399 · TB 41235

Rastlos. Erinnerungen eines Nomaden
Geb. 30396 · TB 42000

So mag er fallen. Roman
TB 9081

Das Haus der Spinne. Roman
TB 9120

Himmel über der Wüste. Roman
TB 42232

Die Stunden nach Mittag. Marokkanische Erzählungen
TB 9398

New York – Tanger. Erzählungen
TB 9306

Mohammed Mrabet
M'hashish. Geschichten aus Marokko
Aufgezeichnet von Paul Bowles
TB 9293

Mohammed Mrabet
El Limón. Roman
Aufgezeichnet von Paul Bowles
TB 41117